शून्य

तथा अन्य रचनाएँ

शून्य

तथा अन्य रचनाएँ

उषा प्रियंवदा

राजकमल प्रकाशन

ISBN : 978-81-7178-555-1

मूल्य : ₹595

पहला संस्करण : 1996
तीसरा संस्करण : 2025

प्रकाशक : राजकमल प्रकाशन प्रा. लि.
1-बी, नेताजी सुभाष मार्ग, दरियागंज
नई दिल्ली-110 002

शाखाएँ : अशोक राजपथ, साइंस कॉलेज के सामने, पटना-800 006
पहली मंजिल, दरबारी बिल्डिंग, महात्मा गांधी मार्ग, प्रयागराज-211 001
1, अनमोल सोराबजी संतुक लेन, धोबी तलाव, मरीन लाइंस, मुम्बई-400 002
वेबसाइट : www.rajkamalprakashan.com
ई-मेल : info@rajkamalprakashan.com

मुद्रक : बी.के. ऑफसेट
नवीन शाहदरा, दिल्ली-110 032

SHUNYA TATHA ANYA RACHANAYEN
by Usha Priyamvada

अनुक्रम

पुनरावृत्ति

जागने के बाद भी भयंकर आतंक बना रहा। वह सब घट चुका था, फिर भी उसकी पुनरावृत्ति मन में बार-बार होती रही। एक तीखी दारुण पीड़ा, कुर्सी से गिरने से पहले एकदम अंधकार, हाथ कुछ थामने को बढ़े पर उन्होंने कुछ पकड़ भी पाया या नहीं, इससे पहले ही अचेतावस्था; आश्चर्य है उस क्षण में उन्हें बच्चों का ख़याल, अधूरा पड़ा हुआ काम, या पूरा जीवन—किसी का भी ख़याल नहीं आया—वह तो निमिष मात्र था, उसे पीड़ा ने निगल लिया था।

बाक़ी कहानी तो चिरंतन ने बाद में सुनी, कैसे वह धड़ाम से नीचे गिर गए, मूर्छा में, आवाज़ सुनकर बग़ल के कमरे से सेक्रेटरी दौड़ी आई, फ़ौरन उसने आपात्कालीन नंबर मिलाकर एंबुलेंस भेजने को कहा, जब तक एंबुलेंस आए-आए, इमारत के सुपरवाइज़र ईथन ने फ़र्स्ट-एड उपचार शुरू कर दिया। यद्यपि यह दिल का दौरा पहला था और जानलेवा भी हो सकता था, अगर तुरंत उपचार की व्यवस्था न हुई होती तो। दौरा दो घंटे के भीतर ही घातक होता है। बच गए—चिरंतन ने बार-बार अपने को समझाना चाहा, और तब, अस्पताल के साफ़-सुथरे, वातानुकूलित कमरे में लेटे-लेटे पहली बार सोचा—क्यों बच गए ? अभी तो चालीस पार किया है; शायद पत्नी और बच्चों का भाग्य होगा, या अभी जीवन में कुछ और उपलब्ध होना बाक़ी है क्या ? उनके शिथिल हाथ सफ़ेद चादर पर निस्पंद पड़े रहे; मन में एक तसल्ली थी कि बच गए। पर साथ ही साथ धड़का—कि फिर कभी ऐसा हुआ और यहाँ जैसी सुविधा न हुई तो क्या होगा ? मर जाएँगे, पर क्या इतना आसान है मर जाना। प्राण आसानी से नहीं जाते। मौत के इतने निकट जाकर क्या कभी वह यह अनुभव भूल सकेंगे। बच गए—और तब एक आल्हाद की लहर शरीर में दौड़ गई। हाँ, भाग्य ही कहना चाहिए, नहीं तो अभी किया ही क्या था ? पुरानी हवेली ढह रही थी, लड़के-बच्चे सब स्कूल-कालेजों में ही थे, कोई लड़का ठिकाने से नहीं लगा था, किसी लड़की की ब्याह-शादी की भी नहीं सोची थी। सब छोटे-छोटे तो थे ही। कितनी ज़िम्मेदारियाँ सिर्फ़ उन्हीं पर थीं, यद्यपि छः भाइयों

में सबसे छोटे थे।

चिरंतन के शिथिल हाथ भकाभक सफ़ेद चादर पर पड़े रहे। घर और बाहर की ज़िम्मेदारियों की याद आते ही एक बार फिर साँस रुकने लगी। ऐसा लगा कि एक शिकंजा फिर उनके दिल को गिरफ्त में ले लेगा। नहीं कुछ और सोचो—सुखद; मुँदती आँखों के आगे सुनहले बालों की एक झलक। और नींबू के फूलवाले शैंपू की गंध लपेटे किसकी महक थी ? क्या वह विवियन थी, सेक्रेटरी; जो रोज़ आती थी, फूलों के गुलदस्ते और उजली मुस्कान लिए हुए। पर उसके बाल तो सुनहले नहीं थे। फिर चिरंतन को अपनी बीच में रुक गई पुस्तक का ख़याल आ गया, फिर भारत में अपने विद्यार्थियों के एक हुजूम का और अपनी तीन-तीन बेटियों का जो छींटदार सलवार-कुर्तों और लहरिया चुन्नियों में धीरे-धीरे क़दम रखतीं, आँखें नीचे झुकाए स्कूल जाती थीं—अपनी पत्नी का जो कई सालों से कत्थई ऊन का वही स्वेटर बुन रही थी। बुनती थी और फिर सारा उधेड़ देती थी, फिर फंदे डालती थी और फिर नए सिरे से शुरुआत करती थी, एक-एक करके वह परिवार के हरेक सदस्य के नाम से बुना जा चुका था पर पहनना किसी को नसीब नहीं हुआ था। पुरातत्वी खुदाइयाँ और अन्वेषण, आलेख-निमंत्रण, आधी पुस्तकें—संग्रहालय के लिए ढेरों चीज़ें, यह सब उनके स्वस्थ होने का इंतज़ार कर रहे थे। अभी कितना काम बाक़ी है; क्या मालूम था कि यह अपनी मशीन ही थक जाएगी। बरसों-बरसों धड़कता है दिल, बस एक दिन अकस्मात् चुप। यह कोई बात हुई, न कोई चेतावनी, न कोई पूर्वसूचना—सुबह से भारी-भारी महसूस कर रहे थे, पर पढ़ाने चले ही आए थे। और अच्छा ही हुआ, नहीं तो अकेले फ्लैट में कौन देखने-सुननेवाला था।

चिरंतन की दृष्टि बार-बार पास रखी मशीन पर चली जाती थी, जहाँ उनके दिल की धड़कन एक छोटी-सी आवाज़ के साथ रिकार्ड होती रहती थी—अगर अगले किसी क्षण यह रुक जाए तो—

शामवाली डाक्टर सुंदर थी; जब वह कमरे में आई और उनके पलंग के पास आकर खड़ी हुई तो चिरंतन को लगा कि डाक्टर के ही बालों की झलक और महक का ही अक्स उनके अवचेतन में रहा होगा। उसके जाने के बाद उनके ख़याल फिर दिल की ओर चले गए, दिल की धड़कनें और चुप हो जाने पर नहीं; बल्कि जिस दिल को लेकर हज़ारों ग़ज़लें और गीत गाए जा चुके हैं, जो मिलते हैं, जुड़ते हैं, टूटते हैं, दिए जाते हैं, चुराए जाते हैं—चिरंतन स्वयं अच्छा गा लेते थे। पर उस समय उनके मन में वह गुनगुनाहट गूँजने लगी जो हर समय उनकी सबसे बड़ी बेटी के होंठों पर रहती थी—दिल दीवाना बिन सजना के—या फिर दर्दे दिल, दर्दे जिगर सहते रहें। उस समय चिरंतन के मन में उस बेटी के लिए बहुत ममत्व जाग उठा।

न जाने कब वह सो गए। नर्स ने जब उन्हें दवाइयाँ देने के लिए जगाया तो वह चौंक पड़े।

''आप आज अच्छा सोए—'' उसने कहा।

चिरंतन ने उसकी यूनिफ़ॉर्म पर लगे नाम के बिल्ले को पढ़ने की कोशिश करते हुए कहा—''शैरन ! दवा का समय हो गया क्या ?''

''शैरोन'', नर्स ने कहा, ''मेरा नाम शैरोन है। आज आपसे कोई मिलने नहीं आया ?''

इससे पहले वह इंटेंसिव. केयर में थे, जहाँ केवल निकट संबंधी ही आ सकते थे। यहाँ कोई ऐसा न था निकट संबंधी जो कि मिलने आता। घर पर इत्तला देने को उन्होंने मना कर दिया था।

शहर में कुछ लोगों से पहचान थी; विद्यार्थी, सहयोगी, दूर से हाल पूछ लेने की रीति पूरी कर देते थे। भारतीय विद्यार्थी यूनियन का प्रेसीडेंट कई दिन आया था।

सूप के दो-चार चम्मच लेकर चिरंतन ने ट्रे हटा दी। आदत थी परत के परत शुद्ध घी में डूबे हुए पूरी-पराँठे की, तरातर मांस-मछली की, चटपटी मुर्गी और तड़केवाली दाल की। सबकुछ गया। घी-मक्खन एकदम बंद; बस उबली सब्ज़ियाँ, सूखी रोटी, सादी दाल, ऊपर से रोज़-रोज़ कसरत करो, और स्ट्रेस घटाने के लिए मेडीटेशन। इस वक़्त एक ठंडी बीयर और एक कसे-कसे शरीरवाली स्त्री के लिए क्या नहीं दे सकते। ख़ास तौर से अगर वह स्त्री शामवाली नकचढ़ी डाक्टर हो तो और भी—हर बार जब वह उन पर झुकती है, उसके बाल सहलाने का मन होता है। डाक्टर अलीशिया ऐंडरसन; नाम उनके होंठों पर हिलगा हुआ है, सामने ठंडे होते हुए सूप, फलों के सलाद की ट्रे है। पीने को सेवेन अप। बस। वह अस्पताली गाउन पर अस्पताली कंबल ओढ़ लेते हैं और धीरे से लेट जाते हैं। खाने के बाद अस्पताल का अपना एक रुटीन है। धीरे-धीरे आहटें कम होती जाती हैं, गलियारे शांत हो जाते हैं। नर्सें अपने-अपने काम में व्यस्त हो जाती हैं। बस मशीनें चलती रहती हैं, और उनसे जुड़े पेशेंट धीरे-धीरे साँस लेते रहते हैं।

मैं ठीक हो जाने पर आपके प्रति धन्यवाद व्यक्त करने के लिए आपको खाने पर ले जाना चाहूँगा डाक्टर—कितनी बार सोचते रहने पर भी यह शब्द उच्चरित नहीं हो पाते। वह चिढ़ न जाए, चिरंतन अँधेरे में पड़े-पड़े सोचते हैं। इससे पहले तो कभी ऐसी झिझक नहीं अनुभव की। शायद इसलिए कि वह डाक्टर है। और वह पेशेंट। डाक्टर-पेशेंट का रिश्ता ही ऐसा है कि वह डेट नहीं करते, या फिर उसके विदेशी होने का अजनबीपन तो नहीं।

चिरंतन जानते हैं कि यह दोनों कारण डाक्टर अलीशिया को लेकर नहीं हैं। प्रोफ़ेसर और विद्यार्थी का रिश्ता भी ऐसा ही होता है। एक सत्र के लिए विज़िटर

होकर आने पर वह पुरुष व स्त्री के बीच के व्यवहार को तुरंत समझ गए। फैकल्टी हैंडबुक में सफ़े के सफ़े इस विषय पर थे—और एक वरिष्ठ सहयोगी हाल में ही एक छात्रा की शिकायत पर जल्दी रिटायर कर दिए गए थे।

तब; फिर; चिरंतन जानते हैं कि अलीशिया केवल डाक्टर होने के नाते ही औपचारिक नहीं है। उसका व्यवहार दूर तक ठंडा है। वह ठंडी है, बरफ़ की तरह—सीधे-सपाट देखती है। बात करती है, हाल पूछती है—दवाएँ कम-बढ़ करती है। उसके लिए वह केवल एक पेशेंट हैं। पुरुष नहीं। कभी-कभी इस बात से उन्हें चिढ़ उठती है। वह चाहते हैं कि वह भर आँख उन्हें देखे; देखे और समझे कि चिरंतन को कभी भी इसकी कमी नहीं महसूस हुई। कभी उन्हें किसी के लिए प्रयत्न नहीं करना पड़ा, क्या चेहरे की बनत थी या पद की गरिमा—बाल-बच्चों की कचपच, पत्नी की एकरसता को दूर करने के लिए कोई न कोई जीवन में मौजूद ही रहता था, चाहे फ़ाइल पकड़े हँसती, शर्माती, आह्लादित अपराजिता, अन्विता, अनन्या या अपर्णा हुई। या साइट के सर्किट हाउस की सुखमी, जो बाद में खानसामा के साथ भाग गई। जैसे अनायास, अनिर्धारित यह सब प्रारंभ होता था, वैसे ही अकस्मात अंत भी हो जाता था। अन्विता की जगह अपर्णा ले लेती थी, और अपर्णा के बाद अनन्या। घर में पत्नी बैठी-बैठी स्वेटर बुना करती थी—और चिरंतन के जीवन में एक दूसरी धारा भी बहती रहती थी। कोई एक रात, कोई सप्ताहांत, कोई हफ्ते दो हफ्ते; पूर्ण समर्पण और प्यार से वह जल्दी ही ऊब जाते थे। पर कभी-कभी कोई अधिक समय के लिए बाँध भी लेता था—जैसे उनकी अध्यक्षता में एम. फ़िल करती मधूलिका—पर अब उतनी हाथापाई करने का दम कहाँ रहेगा। अब तो चिरंतन अपनी स्टडी में जमकर बैठेंगे, अपनी अधूरी पुस्तकें पूरी करेंगे, नाम करेंगे, प्रशस्ति पत्र, सम्मान और पुरस्कार बटोरेंगे। गए वह सब नमकीन चेहरे, वह थरथराते समर्पण, सर्वांगतोष की चीखें—अपने कसे-कसाए शरीर पर कितना गर्व था। तीन दिन में ही बुढ़ा गया। फिर भी उन दिनों की याद करके अच्छा-अच्छा लगा; अपने कहे वाक्य हवा में टँगे रहे—"तुम प्यार करते समय बेहद खूबसूरत लगने लगती हो, कितनी चिकनी है तुम्हारी त्वचा—जैसे असली रेशम, मालूम है तुम्हारे शरीर पर क्या फबता है ? मैं ! तुम्हारे जाने के बाद भी तुम्हारी हँसी की खनक यहाँ रसी-बसी रहती है।" मौक़े-मौक़े पर बहुत सच्चाई और सादेपन से वह यही वाक्य हर किसी से दोहराया करते थे। कभी किसी ने उन्हें झूठा नहीं कहा; चाहे मधूलिका, मंजूलिका या अवंतिका जैसे नामों की छात्राएँ हों, चाहे डीन या वाइस-चांसलर की बीवी। कभी-कभी उन्हें ताज्जुब होता था कि समझदार से समझदार या विदुषी स्त्रियाँ भी तब सच और झूठ में फर्क नहीं बता पाती थीं, या फिर वही सब सच मानना चाहती थीं जो कि चिरंतन कह रहे होते थे। अपनी बारी पर वह क्या स्वयं सच बोलती थीं—"मुझे विश्वास नहीं हो रहा है कि मैं यहाँ

हूँ तुम्हारे पास, तुम्हारी बाँहों में—कितने अच्छे प्रेमी हो तुम—काश ! मेरा पति रवि या राहुल, आशीष या अनिल तुमसे यह टेक्नीक सीख सकता; जल रहे हो क्या, पति तो जायज़ है न; उसके अतिरिक्त बस तुम ही तुम हो—" उसकी ऐसी बातें सुनकर, उठकर कपड़े पहन रहे चिरंतन हँस देते थे; वही सम्मोहन-भरी हँसी। और उनके मन में उस निर्वस्त्रा, लज्जाहीन स्त्री के प्रति वितृष्णा भर उठती; बरामदे की सीढ़ियाँ उतरते हुए वह उसे भद्दी और गंदी गालियाँ देने लगते; परंतु इससे उसकी पकड़ कम नहीं होती और अगली बार वह उसके घर की सीढ़ियाँ चढ़ते हुए पाते कि उस वितृष्णा की जगह उनके अंदर एक नई उत्कंठा जाग उठी है। और फिर वही बातें, वही झूठ-सच, लपटा-झपटी, खींच-पकड़; चाहे हड़प्पा हो या हस्तिनापुर, नालंदा हो या तक्षशिला; बर्कले हो या कोलम्बिया; हर स्थान पर अतृप्त, भूखी स्त्रियों की कमी नहीं है जो चंद मिनटों या घंटों या एक रात प्यार और रस में लिपटे कुछ टुकड़ों पर ही तुष्ट हो जाती हैं, और बनी रहती हैं उम्र-भर कृतज्ञ। कैसी होती हैं ऐसी स्त्रियाँ, घर-गृहस्थी, पति-बच्चे होते हुए भी, यह सब उन्हें नहीं बाँध पाता। उधर है उनकी पत्नी; केवल उनके प्रति समर्पिता—पंद्रह-सोलह साल से लेकर अब तक—यह बात उन्हें हर समय बड़ा सुख, बड़ा संतोष देती है और अब अस्पताल के अँधेरे-अँधेरे से कमरे में वह उसके बारे में सोचने लगे। विवाह के समय छोटी-सी थी। शर्मीली, अनुभवी, एकदम भक्क गोरी। हँसती थी तो बड़े-बड़े दाँत दीखने लगते थे। इसलिए वह हँसती कम थी। बस सिर झुकाकर मुस्कराया करती थी। खूब-खूब रौंदा-कुचला था उसे। क्या उम्र थी अपनी—चौबीस-पच्चीस साल की उम्र में जैसे हर वक्त नशा-सा चढ़ा रहता था—घर में बूढ़ी माँ थी, भाभियाँ, नौकर-चाकर, संदीपनी को समय ही समय था। वह हमेशा चुपचाप पास चली आती थी, कभी ना नहीं की उसने। एक ठाकुर परिवार की सामान्य-सी लड़की, सामान्य-सी आकांक्षाएँ; बात भी करती थी तो बड़ी भाभी के जुगनुओं की, मँझली की भारी करधनी की; और अपने सोने के पायल जो उसने विवाह पर पहने तो उतारे ही नहीं। चिरंतन की थीसिस के पन्नों पर धूल जमने लगी। लगता था कि उनकी अपनी संदीपनी पर ही सारी चाहत, सारी प्यास टिकी हुई है। और वह थी कि उसने कभी अपनी मर्यादाओं से बाहर निकलना ही नहीं चाहा। वह भाभी की ठिठोलियों पर सिर झुकाकर मुस्कराया करती थी। माँ की सख्ती और डाँट-डपट वैसे ही सह लेती थी। संदीपनी, जिसने साल के साल बच्चे पैदा करना शुरू कर दिया, एक के बाद एक तीन बेटे, फिर तीन बेटियाँ और अंत में जुड़वाँ बच्चों की जोड़ी, जिनकी मृत्यु कुछ ही दिनों बाद हो गई, और सातवें प्रसव के बाद संदीपनी पागल हो गई थी। वह प्रसंग याद आते ही चिरंतन एकाएक चिंतित हो गए। उन्हें लगा कि अब रात-भर नींद नहीं आएगी। वही सब आँखों के आगे फ़िल्म की रील की तरह, पैर में गड़े काँटे की तरह त्रास देता रहेगा।

"नर्स", उन्होंने घबराकर कहा, "मुझे सोने के लिए दवा चाहिए।"

संदीपनी को किसी प्रकार का दुख है; और वह इतना-इतना गहरा होगा, इसका अन्दाज़ कैसे होता ? पूरे घर में उसका रुदन गूँजता रहता था, वह न नहाती थी, न सिर गुँथवाती थी। बस, बैठे-बैठे रोया करती थी। माँ कहती थी कि सब प्रपंच है, दिखावा है, बच्चों से घर में उतरायन पड़ी है; ईश्वर की कृपा से छः-छः हँस-खेल रहे हैं—फिर भी—चिरंतन को लगा, माँ ठीक कहती हैं। वह हमेशा ठीक कहती थीं, संदीपनी कुछ दिनों में ठीक हो जाएगी, और अभी कौन उमर निकल गई है। जहाँ नया बच्चा पेट में आया, ठीक हो जाएगी। इस बीच में नाइन से सिर ठोंकवा ले, तेल डलवा ले, दिमाग में खुश्की हो गई है। वह माँ से कैसे कहते कि वह तो हाथ ही नहीं लगाने देती थी। एक दिन हलवाहा घबराया हुआ आया और बताया कि गौशाला में बहूजी शरीर उघाड़े सोई पड़ी हैं।

वह एक कोहरा-भरी जाड़ों की सुबह थी, चिरंतन ने शाल खींचकर अपने पर डाली—अंदर के कमरे में जहाँ संदीपनी ने खटोलिया पर अकेले सोना शुरू कर दिया था, अँधेरा था। वैसे तो सारे बच्चे वहीं आस-पास सोते थे। इस समय गहरी, खेल की नींद में डूबे हुए थे। चिरंतन गौशाला में पुआल पर पड़ी संदीपनी को देखते रह गए। एकदम जड़, अवाक्। उसके केश खुले और अस्तव्यस्त थे, साड़ी अलग थी, शरीर पर केवल एक पेटीकोट था, वह भी टाँगों से बहुत ऊपर—ब्लाउज़ चिंदी-चिंदी झूल रही थी, बाँहों में अटकी हुई; हलवाहा बाहर ही रुक गया था, उसने अभी गाएँ खोली भी नहीं थीं, वह चुपचाप खड़ी थीं, निःशब्द और बीच में संदीपनी पड़ी थी—सचमुच पागल। चिरंतन ने शाल से संदीपनी को ढँक दिया—उसकी आँखें फटाक से खुल गईं और अपने ऊपर झुके हुए चिरंतन को देख कर उसने चीख़ें मारनी शुरू कर दीं—हटाओ-हटाओ। उसके हाथ अपने शरीर को नोचने लगे, जैसे किसी चिपकी हुई वस्तु को दूर करना चाह रही हो। चिरंतन उसे पकड़कर अंदर लाए, तब तक सारे घर में जगार हो गई थी, वह चीख़े जा रही थी, और अपने को नोच रही थी—बराबर 'हटाओ...हटाओ' की धुन के साथ। फिर उसने धड़ाधड़ चिरंतन की छाती में मुक्के मारने शुरू कर दिए; तब तक घर की स्त्रियों ने आकर उसके हाथ पकड़ लिए और अंदर ले गईं।

चिरंतन धम्म से चारपाई पर गिर गए। पहली बार उन्होंने स्वीकार किया कि संदीपनी सचमुच पागल हो गई है, पूरी तरह विक्षिप्त। अब क्या किया जाए—कैसे किसी मानसिक रोगों के डाक्टर के साथ संपर्क किया जाए, क्या इलाज हो। कौन देखे इन बच्चों की लाइन डोरी को—यह सब क्यों और कैसे हो गया। कितनी संतुष्ट और शांत स्वभाव की थी संदीपनी—ऐसा क्या टूट गया उसके अंदर, और क्यों ?

चिरंतन सारे दिन विषादग्रस्त और चिंतित बैठे रहे—बीच-बीच में संदीपनी की चीख़ें सुनाई पड़ती थीं, उसके बाद घर में फिर एक रहस्यभरी चुप्पी छा जाती थी।

तीसरे पहर तक संदीपनी के दोनों भाई आ पहुँचे। इस बीच घर के पिछले दरवाज़े से लोगों का आना-जाना लगा रहा था—संदीपनी को भूतप्रेत की बाधा है, और इसका इलाज वही लोग करवाएँगे। एक बहुत पहुँचे हुए फ़कीर हैं, उनकी बहुत मानता है। चिरंतन ने अविश्वास से सुना। घर में सबका यही विचार था कि संदीपनी को मय बाल-बच्चों, भाइयों के साथ भेज देना चाहिए। यहाँ तो क़ाबू में आती ही नहीं। भाभी और अम्माँ एक दिन में ही पस्त हो गई थीं।

चिरंतन कुछ कह सकें, कुछ निश्चय ले पाएँ, इससे पहले ही भाइयों ने संदीपनी को उठाकर ज़बर्दस्ती टैक्सी में ठूँसा और ले गए—"आप फ़िकर न करें।..."

"सुनिए तो...रुकिए तो..." चिरंतन ने कहना चाहा पर आगे कुछ कहें, उन्हें उत्तर मिला, "आप बिल्कुल चिंता न करें।"

चिरंतन ने हठपूर्वक टैक्सी का दरवाज़ा पकड़ लिया, "मैं इन बातों में विश्वास नहीं करता। मैं नहीं चाहता कि इन्हें मिर्चों की धूनी वग़ैरह लगे...मारा-पीटा जाए...'

"हमारे मौलाना ओझाओं की तरह नहीं हैं," छोटे साले ने कहा। इसी बीच संदीपनी ने चिरंतन का नाम लेकर एक फूहड़ गाली दी और चिरंतन का हाथ अपने आप टैक्सी से हट गया। उन्हें लग रहा था कि बात उनके हाथ से निकल गई है, उन्हें स्वयं भी पता नहीं था कि कैसे सँभालें, कहाँ से सिरा पकड़ें, बार-बार अपना मांस नोचती, कपड़े शरीर से अलग करती हुई शरीर से चिपकी किसी गंदगी को दूर करती विक्षिप्त संदीपनी का चित्र आँखों के आगे टँगा रह गया।

संदीपनी क्यों पागल हो गई, चिरंतन इस सोच में डूबे रहे। वह बार-बार अपने चारों ओर दृष्टि डालते पर उनका प्रश्न जैसे दीवारों, पेड़ों, तार पर सूखते कपड़ों से उलझ जाता। फुलवारी में चटक धूप फैली रहती और बेतरतीब खड़े पेड़-पौधे अपने-अपने स्वभाव के अनुसार फूलते और सूखते रहते। बहुत लाड़-प्यार मिला था संदीपनी को, चिरंतन की पत्नी होने के नाते। माँ कभी-कभार तेज़ बोल देती थीं, पर वह तो परिवार की सभी स्त्रियों को झेलना पड़ा था। तीन बेटे, तीन बेटियाँ; ठीक है वह उसके लिए घर से बाहर ज़्यादा न कर सके थे, पर जो था, उसी का तो था। संदीपनी क्यों पागल हो गई, क्या ऐसा गलीज़, अनवांछित उसकी देह से चिपक गया कि वह खुरच-खुरचकर अपनी खाल ही मांस से अलग कर देना चाहती थी।

वह समझ नहीं पा रहे थे कि क्या करें—कभी अंदर जाते, कभी बाहर। एक अधूरा लेख पूरा करने की चेष्टा की, पर खाली कागज़ों को वह देर तक बैठे-बैठे घूरते हरे।

घर में वही आवाज़ें थीं, रोज़ की—पानी के पंप का चलना, बाल्टियों की खनक, माँ के अस्पष्ट आदेश, फल-सब्ज़ीवाले की पुकारें—लोगों का आना-जाना; चिरंतन सुनते रहे और खोए रहे; संदीपनी का पागलपन एक बौद्धिक चुनौती-सा बन गया

था। फिर वह उठे, और पहली बार किसी से कहे-सुने बग़ैर वह ससुराल पहुँच गए। बच्चे बरांडे में खेल रहे थे—उन्हें देखते ही 'दद्दू आ गए, दद्दू आ गए' कहकर चहकने लगे। अंदर से बड़े साले निकले और चिरंतन को देखकर अचकचा गए। उन्हें बैठाया गया, अन्दर ख़बर लेकर गए।

"माँ कैसी है ?" उन्होंने बड़े बेटे से पूछा।

उसका चेहरा एकदम लटक आया—"बहुत चिल्लाती है। हमें देखते ही मारने दौड़ती है..."

चिरंतन के कलेजे में कुछ ठक्-सा लगा।

थोड़ी देर में गुलाबी साड़ी से सिर ढँके सास आईं—

"किसी मेम का साया है ?"

"मेम का ?" चिरंतन चौंक पड़े।

"हाँ, कोई मेम लग गई है, इलाज चल रहा है।"

चिरंतन निर्वाक्।

उन्हें यह सब फालतू और बेकार-सा लगा।

"डाक्टर को नहीं दिखाया ?" उन्होंने हलके से पूछा।

"डाक्टर क्या करेगा बेचारा। मौलाना के पास ले गए थे, तब से कुछ आराम है।"

"कितने दिल लगेंगे..."

"क्या मालूम, बहुत ज़बर्दस्त साया है।"

संदीपनी सारे दिन सोती रही, चिरंतन इंतज़ार में बैठे रहे। शाम को घर भी लौटना था, किसी से कहकर नहीं आए थे।

वहं शाम को जागी—सुस्त लगी। उसके बाल बनाकर, साड़ी बदलवाकर सलहज, प्रतिभाजी उसे चिरंतन के पास छोड़ गईं। वह बैठक के दरवाज़े पर सिमटी-सी खड़ी रही। वह अभी भी नववधू-सी लगी।

"कैसी हो ? तबीयत तो ठीक है न ?" उन्होंने स्वर को भरसक मुलायम करते हुए पूछा।

वह अपने में और सिमट गई। चिरंतन उठे और पास जाकर खड़े हो गए। "आओ, बैठो...मुझे तुम्हारी बहुत फ़िक्र रहती है।" तब उसने सिर उठाकर चिरंतन को पूरी दृष्टि मिलाकर देखा—उसकी आँखें एकदम लाल थीं, दहकते अंगार जैसी। वह कुछ क्षणों को एकदम अवाक् रह गए और असहाय-से उसे देखते रहे; उसके घुंघराले बालों की कुछ लटें माथे पर चिपक आई थीं, उसके ओठ अधखुले थे, उसके चेहरे पर आवेश था या विक्षिप्तता—पर उस क्षण वह उन्हें अपूर्व सुंदरी लगी।

"अंदर आओ...बैठो..." कहते हुए चिरंतन ने उसकी बाँह पकड़कर बैठाना चाहा।

संदीपनी ने एक चीख़ मारी—"मुझे मत छुओ...हराऽऽमी...मैं सैली नहीं हूँ..." और दौड़कर कमरे से निकल गई।

चिरंतन को जैसे चाँटा लगा—सैली—संदीपनी सैली के बारे में कैसे जान गई ? वह तख़्त पर बैठ गए।

"यह सैली-सैली क्या कहा करती है ?" प्रतिभाजी ने पूछा। "आपको कुछ मालूम है ? कोई मरी हुई मेम है क्या ?"

चिरंतन कुछ कह न सके, केवल सिर-भर हिलाया। शाम की गाड़ी से वह वापस लौट आए। घर के लोग उनके अकस्मात् आने-जाने के आदी थे, उन्होंने रात का खाना भी नहीं खाया। अपनी बाहरवाली स्टडी में बैठकर खाली पेट पीते रहे।

वह जैसलमेर गई थी—'लौटकर आऊँगी' कहकर गई थी...तुमसे दूर रहा ही नहीं जाता। वह हँसने लगी थी। मगर वह लौटी नहीं...चिरंतन ने कुछ दिनों इंतज़ार किया, सोचते रहे उसके बारे में लगातार, पर जैसे राजस्थान ने उसे लील लिया था। फिर वह साइट पर चले गए थे, उसे कोई और मिल गया क्या, या वह उनसे बिना मिले ही वापस लौट गई थी। उन्हें विश्वास नहीं हुआ। जैसे बिना किसी से कुछ कहे, वह उसके इंतज़ार में रहे। वह इंतज़ार भी एक दिन ख़त्म हो गया। मधूलिका एक शाम मिलने आई थी, कुछ प्रश्न थे उसके, पानी बरसने लगा था, ऐसा कि रुका ही नहीं। सर्किट हाउस में चिरंतन अकेले थे, मधूलिका ठहर गई थी, सुबह तड़के ही उसे बस पकड़नी थी, वह कब उठी और चली गई उन्हें पता ही नहीं चला। जागे तो कमरे में मधूलिका नहीं थी, उसके कागज़ों का पुलिंदा और छतरी भी नहीं थी।

उन्हें मालूम था कि वह फिर आएगी। बस से डेढ़ घंटे का ही तो रास्ता था, उसे एम. फिल भी तो पूरा करना था।

शनिवार को चिरंतन थके-थकाए लौटे तो मधूलिका उनका इंतज़ार करती हुई बैठी मिली।

मधूलिका के सो जाने पर वह सैली के बारे में सोच उठे—कितनी शांत सोती थी वह, सीधे सतर, सपाट, न करवट बदलना, न रात में उठना, सुबह जागने पर उसकी आँखें एकदम पारदर्शी-सी लगतीं।

"तुम हो, अभी भी।"

"क्या तुम्हें संदेह था...?"

"हाँ भी...नहीं भी..." वह उठकर बैठ गई, लंबी-लंबी बाँहों के दायरे में घुटनों को लपेटे हुए।

"संदेंह क्यों था ?" चिरंतन ने बात को आगे बढ़ाते हुए पूछा।

सैली ने उठकर सिगरेट सुलगाया, उठकर खिड़की के पास जाकर खड़ी हो गई, पर्दा खींचकर उसने बाहर झाँका। वह एक पहाड़ की सुबह थी, धुली और निखरी,

एकदम सैली की तरह।

"क्योंकि तुम मुझे प्यार नहीं करते। मैं तुम्हारे लिए सैली हूँ—बस। एक पागल-सी लड़की, सैली..."

चिरंतन आगे कुछ न कह सके। सैली शायद ठीक ही कह रही थी...दरवाज़े पर दस्तक हुई और बैरा चाय लेकर अंदर आया, दस्तक के साथ ही सैली अपने-आप संलग्न गुसलखाने की ओट में हो गई थी। हालाँकि सैली हर वक़्त उनके साथ रहती है यह बात किसी से भी छिपी नहीं थी, फिर भी एक आवरण तो रखना ही था। उस सुबह सैली की आँखें एकदम नीली थीं, एक ठंडे पानी की झील की तरह...

"मैं सोच रही थी..." उसने चाय के एक घूँट के बाद कहा। वह बिस्कुट कुतर रही थी, एक चिड़िया की तरह।

"मैं सोच रही थी कि तुम्हें उससे अलग करने में क्या प्रयास करना होगा..."

"किससे ?" चिरंतन ने समझकर भी अनजान बनने की कोशिश की।

"उसी से...तुम्हारी भारतीय पत्नी से...क्या मैं उससे जाकर सबकुछ कह दूँ... क्या तुम मुझे ज़रा भी प्यार नहीं करते ?"

चिरंतन चुप। सैली के साथ जीवनपर्यंत रहने की कल्पना सुखद थी, मादक भी। लंबी, दुबली-पतली सैली, जो हमेशा मुस्कराती रहती थी, जिसकी त्वचा सुनहली और चिकनी थी, और जिसके बाल पके हुए गेहुँआ रंग के थे और हर वक़्त उसके चेहरे पर गिरे रहते थे। जब कभी वह बाल इकट्ठे करके पीछे बाँध लेती तो उसके छोटे-छोटे सुंदर कान दीखने लगते जिनकी लवों में छेद नहीं थे। वह साइट पर जीन्स पहनती थी और बिना बाँहों की बनियाइन, जिसके नीचे वह कुछ नहीं पहनती थी, और उसके कुचाग्र स्पष्ट दीखते रहते थे।

प्रारंभ में चिरंतन ने सभी विदेशी छात्रों को नियम बता दिए थे, परंतु पहनावे के बारे में कुछ कहने का उनका ध्यान नहीं गया था। साइट पर तरह-तरह के लोग रहते थे—खुदाई करनेवाले मज़दूर, फालतू दर्शक, पुरातत्व विभाग के लोग और उनके अपने छात्र...सैली निस्संकोच भाव से अपने समूह के विद्यार्थियों के साथ काम करती...गर्मी पड़ने पर एक दिन जब वह दिखाई दी तो वह बेतरह छोटे शौर्ट्स पहने हुए थी। चिरंतन ने उसे दफ्तर में बुलाया—वह सहज भाव से आकर खड़ी हो गई; उनकी समझ में नहीं आया कि वह बात कहाँ से शुरू करें—

"तुम भारत में हो सैली, और हमारे पोशाक के बारे में कुछ क़ायदे-क़ानून हैं..."

वह सुनती रही, बिना कुछ कहे। चिरंतन को पहली बार आभास हुआ कि सैली एक खूबसूरत लड़की है। उसने आते हुए दफ़्तर का दरवाज़ा बंद कर दिया था, और अब वह सीधे उन्हें ताक रही थी, एक चुनौती-सी देती हुई; अपनी जवानी

और सुंदरता को ठीक उनके सामने सजाए हुए...

चिरंतन को वह सब एक सपने में घटा-सा लगा, उन्हें ठीक से घटनाओं के क्रम याद नहीं, सिर्फ़ यह याद रहा कि उन्हें एक तीव्र अदम्य इच्छा ने जकड़ लिया। सैली के होंठ भीगे-भीगे थे, और उसकी पटुता से चिरंतन उस स्वप्नावस्था में भी प्रभावित हो गए थे...

उस समय उन्हें संदीपनी या बच्चों का एक बार भी ख़याल नहीं आया। छः सप्ताह बाद उसके साथ के विद्यार्थियों के लौट जाने पर भी सैली पीछे रह गई। उसने चिरंतन को भरपूर उलझाए और सराबोर रखा...बरसात आने पर जब काम बंद हुआ और चिरंतन वापस आए तब भी वह आई और एक कमरे का फ्लैट लेकर उसी शहर में रहने लगी...उसकी यही एक रट थी—"मैरी मी चीरू...मैरी मी..." और वह कहते—"कैसे ?"

"उससे कह दो नऽ, अपनी पत्नी से..."

"यह पश्चिम नहीं है..."

वह सचमुच उन्हें चाहती थी, इसका चिरंतन को पूरा विश्वास था...पर वह संदीपनी और बच्चों से कैसे बँधे थे इसका उसे अंदाज़ नहीं था। जैसे-जैसे दिन बीतने लगे और चिरंतन की व्यस्तताएँ उनके बार-बार मिलने में रुकावटें डालने लगीं, सैली कहने लगी—"वह मर जाएगी।"

चिरंतन ने कहा, "तुम बहुत मज़बूत हो...तुम झेल लोगी..."

सैली के गालों पर दो आँसू लुढ़क आए। चिरंतन घबड़ा उठे, उन्होंने कभी सैली को रोते हुए नहीं देखा था। और उनसे यह बरदाश्त भी नहीं हुआ...उन्होंने सैली को बाँहों में घेर लिया—

"तुम अभी छोटी हो सैली...तुम भारत से जल्दी ही ऊब जाओगी...तुमने देखी नहीं यहाँ की गर्मी और बरसात..."

"तुम...केवल तुम, चीरू...छोड़ दो सबकुछ...मेरे लिए।"

उसे हलके से अलग करते हुए चिरंतन ने कहा, "तुम जानती हो यह संभव नहीं है..."

सैली ने कुर्सी पर पड़ा अपना बड़ा-सा हैंडबैग उठाया और उनकी ओर बिना देखे बाहर निकल गई, उसने गेट खोला और बंद किया, उस ठक् में एक इति-सी थी। पर चिरंतन को विश्वास नहीं हुआ कि वह लौटकर नहीं आएगी। नहीं, उन्हें सैली से प्यार नहीं था, मगर फिर दिन इतने खोखले और बेमानी से क्यों हो गए थे ? उनका मन कहीं क्यों नहीं लगता था, और उसके बालों से उभरती नींबू के फूलों की सुगंध क्यों दिल-दिमाग़ में समाई हुई थी।

चपरासी उनका पुर्ज़ा लेकर लौट आया था—"मेम साहब अभी जैसलमेर से लौटी नहीं हैं।"

पर सैली को राजस्थान निगल गया था। वह तो चिरंतन के बिना रह नहीं सकती थी। पर कहाँ ढूँढ़े उसे ?

मधूलिका सूती साड़ी रात को ही तहाकर कुर्सी के पीछे लटका देती थी जिससे भोर में पहनकर बस पकड़ सके। वह मधूलिका को उसी पगडंडी से नीचे उतरता देखते रहे। वही पहाड़ की सुबह थी, उनका वही कमरा था और संलग्न आफ़िस ...उन्हें एकाएक लगा कि यह सब पहले भी घटित हो चुका है, पंक्ति की पंक्ति स्त्रियाँ उनके बिस्तर से उठी हैं और पगडंडी से नीचे उतर गई हैं। पर उन्होंने उन स्त्रियों को भोगा ज़रूर हो, प्यार किसी से नहीं किया है। यह सब क्या सिर्फ़ उन्हीं के साथ घटित होता है, वह सोचने लगे, या अधिकतर विवाहित पुरुष उन्हीं की तरह परिवार और विवाह के साथ-साथ एक समानान्तर जीवन व्यतीत करते हैं। पगडंडी से तो सिर्फ़ मधूलिका उतरकर गई है, पंक्ति की पंक्ति स्त्रियाँ शायद उनकी सुखद कल्पना है। मधूलिका अभी पढ़ाती है। तेईस-चौबीस वर्षों की लबालब भरी युवती। वह भविष्य में किसी संभावित पति के लिए अपने को बचाकर नहीं रखना चाहती, वह क्षण में जीना चाहती है। एक बार उन्होंने पूछ ही लिया—"मधूलिका, तुम्हें अच्छी तरह मालूम है कि मैं एक इज़्ज़तदार विवाहित पुरुष हूँ, साधारण-सा..."

"आप साधारण नहीं हैं," मधूलिका ने कहा, "आप एक मेधावी, जीवंत और कोमल से व्यक्ति हैं। आपके साथ मुझे अच्छा लगता है। बस, मेरे लिए यही पर्याप्त है..."

दर्पण में अपने को चिरंतन रोज़ देखते आये हैं, फिर भी जैसे कभी ध्यान नहीं दिया कि आम व्यक्ति से कुछ अलग हटकर हैं। पद की गरिमा, अध्ययन-मनन का तेज, सबकुछ मिलाकर एक आकर्षक व्यक्तित्व है उनका। संदीपनी कभी कुछ नहीं कहती, शायद उसमें इतनी विश्लेषणात्मकता नहीं है, कपड़े सुखाओ, कपड़े उठाओ, गड्डी की गड्डी दराज़ में जमाकर रखो...बच्चों की यूनिफॉर्मों पर इस्त्री करवाओ—वह ऐसे ही कामों में उलझी रहती है।

"क्यों संदू, तुमने मुझे पहली बार देखा तो कैसा लगा ?"

संदीपनी आश्चर्य से उन्हें देखने लगी, उसके हाथ थम गये और दराज़ खुली की खुली रह गई।

"बताओ न ?"

"मैं आपको कैसी लगी ?"

"बहुत सुन्दर।"

"आप भी मुझे अच्छे लगे..." संदीपनी ने कहा, "जो बिंध गया सो मोती," उसने अकस्मात् जोड़ा।

"मान लो, तुम एक राजकन्या होतीं और तुम्हारे स्वयंवर में मैं आता, तो क्या तुम मुझे वरतीं ?"

संदीपनी ने तुरन्त जवाब नहीं दिया। दराज़ बंद की और बोली, "इन बातों का क्या तुक..."

"वरतीं न...मुझी को वरतीं ?" चिरंतन का स्वर आक्रामक हो चला।

"नियति यही थी तो आपको ही वरती..." उसने कहा और बाहर चली गई। वह रात को देर तक खटपट करती है, सबको गरम दूध भिजवाती है, चौका उठाती है, सारे दरवाज़े दो-दो, तीन-तीन बार देखती है कि ठीक से बंद हैं या नहीं, फिर भी जब वह अपनी चारपाई पर लेटती है तो वह चर्मर्र करती है और चिरंतन की आँख खुल जाती है।

वह कभी प्रतिवाद नहीं करती, पर चिरंतन को मधूलिका की थरथराती उत्सुकता, सैली की पटुता याद आती है। फिर भी वह संदीपनी के अलावा किसी और की पत्नी-रूप में कल्पना कर ही नहीं सकते। और वही संदीपनी पागल हो गई है, उस पर किसी प्रेतनी का साया है, संदीपनी पागलपन में सैली...सैली चिल्लाती है—क्या यह सब संभव है। चिरंतन को विश्वास नहीं होता—पर वह असहाय हैं। संदीपनी बहुत दिनों तक वापस नहीं लौटी। चिरंतन के आने से वह और विचलित हो जाती है, पूरी तरह ठीक न होने तक वह न ही आयें तो अच्छा हो—यह संदेश उन तक पहुँच गया।

चिरंतन को समय नहीं है, 'डिग' पर जाना है, सबकुछ ठीकठाक करना है, पर्चे, कागज़, पुस्तक के प्रूफ। वह संदीपनी से बिना मिले ही डिग पर चले गए—उनका दफ्तर सेट हो गया, विद्यार्थी और सहायक जुट गए। सबकुछ होते हुए भी जब सुबह बिस्तर से उठकर पर्दा खोलते हैं तो बहुत अकेला लगता है। उन्हें मालूम नहीं किसके लिए, किसकी अनुपस्थिति का अभाव उन्हें काट रहा है।

कमरे में खटपट हो रही है। बैरा बीमार है, उसकी पत्नी बिस्तर लगा रही है। कम्बल वगैरह ठीक करके वह पीछे हटती है और चिरंतन से टकरा जाती है...

"नहाई-धोई है न ?" चिरंतन अपनी आवाज़ को स्वयं झटके से सुनते हैं।

एक बार सब चेहरे फिर गडमड हो जाते हैं, संदीपनी की तरह ही है वह ठंडी, सबकुछ सहती, स्वीकारती हुई। वह कुछ माँगती नहीं, पर चिरंतन कुछ नोट उसकी तरफ़ सरका देते हैं।

"फिर कब आने को होगा ?" नोट साड़ी के छोर में बाँधती हुई वह पूछती है। रोशनी उसके माथे की बिंदी पर झिलमिला रही है, उसकी नुकीली ठोढ़ी पर गुदना है। चिरंतन दृष्टि हटा लेते हैं—"कल," वह कहते हैं।

वह एक वहशीपने से काम में जुट जाते हैं; सारे-सारे दिन, रात देर तक उनके कमरे में बत्ती जलती रहती है। सुखमी अँधेरे में चुपचाप बैठी रहती है। बत्ती बुझने के इंतज़ार में।

"तेरा मर्द कुछ नहीं कहता ?"

"दारू पीकर रात-भर धुत्त रहता है..."

"तो तू अक्सर सर्किट हाउस में ऐसे ही आया करती है? हरेक के साथ..."

"हरेक के साथ नहीं साहब...आप तो मेरे को अच्छे लगने लगे हो। मैं तो आपसे पैसा नहीं लेना चाहती, पर क्या करूँ...घर में बच्चा है।"

संदीपनी के पागलपन के लक्षण सुनकर एक डाक्टर मित्र सलाह देते हैं कि चिरंतन नसबंदी करा लें। संदीपनी को डर फिर गर्भवती होने का है, और फिर उस बच्चे को खो देने का। चिरंतन पहले हिचकिचाते हैं। साइट से लौटकर पाते हैं कि संदीपनी लौट आई है। तार पर कतार के कतार बच्चों के कपड़े सूख रहे हैं। वह काफ़ी दुबली हो गई है, रंग भी झुलस गया है, बोलती तो पहले भी कम थी। कोई काम नहीं होता तो वह चुपचाप झूले पर बैठी रहती है। कभी-कभी चुपचाप रोती है संदीपनी, सिर उठाओ और देखो तो तुम पाओगे कि नीरव, शब्दहीन आँसुओं की धारा उसके गालों पर बह रही है। कभी-कभी काम बीच में अधूरा छोड़कर उठ आती है। जब चिरंतन देर तक स्टडी में काम करते हैं तो वह उनका इंतज़ार करती है। उनके आने पर ही वह बत्ती बुझाती है और अलग अपनी मसहरी में घुसकर लेट जाती है।

चिरंतन उसे छूते हुए, उसके पास जाते हुए डरते-से हैं। उन्होंने नसबंदी करा ली है, वह यह चाहने पर भी उससे नहीं कह पाते।

संदीपनी ने उन्हें छोड़ दिया है, अब वह उन्हें नहीं सहेगी...एक कमरे में, पास के बिस्तर पर सोएगी, मगर अगर कभी वह हाथ भी बढ़ाते हैं तो वह सिमट, सिकुड़ जाती है। उसके साथ-साथ चिरंतन का जीवन जैसे एकदम बदल गया है। घर की शैया पर पत्नी होने का विचार ही उन्हें बहुत आश्वस्त-सा रखता था। समय पर जैसे नियमित रूप से भोजन उनके सामने आ जाता है, उन्हें कोई फ़िक्र नहीं, न ज़िम्मेदारी, गेहूँ कब आया, कब धुला, सूखा, कब पिसा, बाज़ार में तरकारी मिल रही है या नहीं—इन ज़िम्मेदारियों से वह परे थे। समय पर बुलावा आता था और भोजन का थाल सामने आ जाता था। उनके आसपास जीमते बच्चों का शोरगुल चलता रहता। उसी प्रकार जरूरत महसूस होने पर हाथ बढ़ाकर संदीपनी को जगाना ही पर्याप्त होता था, अब वह हर समय एक खीझ और झुँझलाहट से भरे रहते। जैसे संदीपनी का हर समय मौजूद रहना बाहरी गतिविधियों के लिए ज़रूरी था। उन्होंने अधिक से अधिक समय बाहर बिताना शुरू कर दिया। देर-देर तक विभाग में बैठे रहते, पीएच. डी. छात्रों को परामर्श देते रहते, लाइब्रेरी चले जाते या संग्रहालय में बैठे रहते। मधूलिका, मंजूलिका, अवंतिका के साथ अनमने, विरक्त, उखड़े-उखड़े, केवल एक शारीरिक गति से बाध्य; परंतु कहाँ और क्या कुछ खो गया है, उसे चीन्हने का उन्हें समय नहीं था, या शायद जानना चाहते भी नहीं थे।

इसी बीच जब उन्हें विदेश जाकर एक सत्र रहने का अवसर मिला तो उन्होंने बहुत उत्सुकता से स्वीकार कर लिया। विश्वविद्यालय में गर्मी की छुट्टियाँ थीं, काम बंद था, संदीपनी बरांडे में झूले पर बैठी रहती थी। आगे-पीछे बगिया में अपने आप पेड़ फलते रहते, फूलते रहते। एक-एक पेड़ पर चालीस-चालीस कटहल, नींबू के लदालद भरे झाड़, अमराई में मोर और कोयल, पर सामने सिर्फ़ कुछ बेहया बोगनविलिया और नागफनी की बाड़। चाहे खाद दो या नहीं, बोगनविलिया बारहों महीने फूलती रहती थी। यह सब पीछे छोड़ते हुए चिरंतन को कुछ भी नहीं लगा। यह उनकी पहली विदेश यात्रा थी, उनके परिचित, सहयोगी विद्यार्थी पूरे योरप और उत्तर अमेरिका में बिखरे थे। ढेर सारे निमंत्रण थे उनके पास।

पर यह अप्रत्याशित, अकस्मात् पड़ा दिल का दौरा; कैसे एक निमिष मात्र में दुनिया बदल जाती है।

'तो चिरंतन ठाकुर...' उन्होंने अपने आपसे कहा। 'अब ?'

उन्होंने निश्चय किया कि अब वह एक संन्यासी की तरह रहेंगे, संयम, नियम से, सारे इन्द्रिय-सुख छोड़कर; शेष जीवन पढ़ने-लिखने में व्यतीत करेंगे।

वह सब लेने आए थे। कंठ अवरुद्ध, आँखें गीली, कृतज्ञ कि चिरंतन सही-सलामत लौट आए हैं। बेटों और बेटियों को हृदय से लगाते हुए चिरंतन के मन में भी एक ज्वार-सा उठा, कितने छोटे-छोटे हैं यह सब, अभी तो जैसे दूध के दाँत भी नहीं टूटे हैं।

आसपास काफ़ी परिवर्तन-सा लगा उन्हें—पूरे समय के लिए ड्राइवर रख लिया गया था, कभी रात-बिरात ज़रूरत पड़ जाए। पिछवाड़े मिस्त्री और मज़दूर लगे थे और आँगन को पक्का करके उधर नई रसोई बन रही थी। आगे जहाँ बंजर ज़मीन पड़ी रहती थी, माली खुदाई कर रहा था। चिरंतन को ऊपर दुमंज़िले पर नहीं जाने दिया गया। मँझले भैया ने चाभियाँ भेजकर नीचे ही अपने हिस्से के कमरे खुलवा दिए थे।

रात को संदीपनी आकर पलंग पर बैठ गई। चिरंतन ने आँखें खोलीं, वह न रोने की चेष्टा कर रही थी।

"आप एकदम ठीक तो हैं न ?"

"बिल्कुल। तुम क्या घबड़ा गई थीं ?"

"बहुत।"

एक लंबा सन्नाटा। चिरंतन ने एक लम्बी आह भरी और कहा, "जाओ... जाकर सो जाओ, थक गई होगी।"

संदीपनी ने बत्ती बुझा दी और पास के पलंग पर लेट गई। न जाने क्यों पलंग बराबर-बराबर नहीं पड़े थे। चिरंतन ने पूछा, "चारपाइयाँ ऐसे क्यों डलवाई हैं ?"

"उधर खिड़की है न, आपको हवा आएगी।" कुछ चुप रहने के बाद संदीपनी

ने कहा, "सुनिए, अब बाल-बच्चों की भी कुछ फिक्र करनी चाहिए ?"

चिरंतन ने हुँकारी भरी।

"बड़े भैया ने कुछ जन्मपत्रियाँ भेजी हैं—मुन्नन और लल्लन के लिए।"

"अरे अभी से ? अभी छोटे हैं।"

"छोटे हैं ? आपकी क्या उमर थी, याद नहीं ?"

"पहले पढ़ाई तो ख़त्म कर लेने देतीं।"

"मुन्नन बी.काम हो ही जाएँगे इस साल, लल्लन भी साल-डेढ़ साल में कमाने-खाने लगेंगे। क्या हम बहुओं को खिला-पिला नहीं सकते ?"

चिरंतन चुप रहे।

"जन्मपत्री मैंने मिलवा ली है। बस लड़की देखकर गोद-भराई करना बाक़ी है।"

"जब तुमने सब कर ही लिया है तो मुझसे क्यों पूछ रही हो ?"

"एक-एक करके काम निबटते जाएँ तो..."

संदीपनी डर रही है कि इनकी ज़िंदगी न जाने कब ख़त्म हो जाए। चिरंतन अपने दिल की धड़कन को सुनते हैं, अभी तो मज़े से, सम गति से धक्‌धक्‌ किये जा रहा है।

एक के बाद एक—घर में विवाहों का ताँता लग गया—लल्लन, मुन्नन, चारुमित्रा, शाश्वत और यहाँ तक कि छुटकी की भी शादी हो गई। गोरी-गोरी कम उम्र की बहुएँ, छोटे-छोटे दामाद...घर में काम का सिलसिला ख़त्म ही नहीं हुआ, बेटों के लिए खाली पड़ी ज़मीन पर कमरे बने, नई तरह के गुसलख़ाने और अपनी-अपनी बैठकें। संदीपनी ने भी दो नए कमरे बनवा लिए, और चलते-चलाते, हवेली की लंबी दाईं भुजा के छोर पर चिरंतन ने अतिथिगृह बनवा लिया, दो वातानुकूलित कमरे, उनसे सटी उनकी स्टडी, प्राइवेट संग्रहालय। इधर-उधर भटकना, खुदाई, अन्वेषण यह सब उन्होंने युवा सहयोगियों और पीएच. डी वाले विद्यार्थियों को सँभलवा दिया था। कभी-कभी 'डिग' पर जाते तो फिर अपने को जवान और स्वस्थ महसूस करने लगते। पर फिर भी मुँह में एक बकटा-बकटा स्वाद बना रहता, बसों में मर-मरकर एक दिन के लिए आनेवाली छात्राओं के चमकते उत्सुक चेहरों में चारुमित्रा की झलक दीखती, उनके साथ की अध्यापिकाएँ आदर और सम्मान से चिरंतन को सम्बोधित करतीं। अब न जाने क्यों उन्हें कोई स्त्री इतनी रुचती ही नहीं कि जिसके लिए इतना सब प्रयत्न किया जाए। वह समझ नहीं पाते कि अब जब जीवन में इतना सबकुछ है—पुरस्कार और प्रशस्ति पत्र, अंतर्राष्ट्रीय ख्याति—तब भी यह अनमनापन क्यों बस गया है। फिर उन्होंने 'डिग' पर जाना ही छोड़ दिया, बस विश्वविद्यालय जाते और अपनी वातानुकूलित स्टडी में बैठकर पढ़ते-लिखते। जब कभी दृष्टि उठाते तो दूर तार पर पौत्रों-पौत्रियों के छोटे-छोटे कपड़े सूखते दिखाई देते। मन में एक कचोट-सी उठती—अब इस जीवन

में क्या इसी ख़ालीपन के साथ रहना पड़ेगा...क्या अब कुछ नहीं बचा ?

चिरंतन मुख्य आलेख पढ़ने के बाद, प्रश्नों और प्रहारों को झेलकर जव ख़ाली होते हाल से बाहर निकलने लगे तो किसी ने हलके से उनकी बाँह छुई। वह देखते रह गए—"मुझे विश्वास नहीं हो रहा है...सैली ?" वह सैली ही थी, वही नीली आँखें, वही धूप में पकी गेहूँ की बालियों के रंग के-से बाल...

"तुम कहाँ थीं अब तक ? तुम कहाँ खो गई थीं ?"

"वह एक लंबी कहानी है," सैली ने बहुत आत्मीय भाव से उनकी बाँह पकड़ ली।

"....." वह सैली को एकटक देख रहे थे। उन्हें खुशी हुई कि वह मरी नहीं है और संदीपनी पर उसके प्रेत की बात केवल कपोलकल्पना थी। सैली पर भी समय ने छाप छोड़ी थी, उसका चेहरा हँसते समय भी चढ़ते यौवन का वह भोलापन भी नहीं छू पा रहा था; वह दोनों कान्फरेंस की रेल-पेल से घिरे हुए थे। सारी पैनल्स, अभी साढ़े-पाँच बजे ही छूटी थीं और लौबी खचाखच भर उठी थी।

"हम कहीं बैठ नहीं सकते ?" सैली ने कहा, "बार में। मुझे प्यास लग रही है।"

बार में अभी उतनी भीड़ नहीं थी। एक दुबली-पतली स्त्री पियानो पर बैठी कोई धुन बजा रही थी। वेटर आकर भुने काजू और पिस्तों की एक कटोरी उनके सामने रखकर आर्डर की प्रतीक्षा में खड़ा हो गया...

"ब्रांडी मैनहैटन..." सैली ने कहा, "न्यूयार्क में हमें मैनहैटन ही पीना चाहिए न..." वह चिरंतन को देखकर मुस्कराने लगी।

"दो ब्रांडी मैनहैटन..." चिरंतन ने कहा। मालूम नहीं कितने के होंगे वाल्डौर्फ़ एस्टोरिया के बार में, उन्होंने मन-ही-मन सोचा।

"कितना सुखद चमत्कार-सा है कि इतने सालों बाद हम मिल रहे हैं..." सैली ने एक घूँट लेकर कहा। वह टूथपिक में लगी चेरी और नारंगी की फाँक से अपनी ड्रिंक हिलाने लगी—"तुम तो एकदम खो ही गईं, अपना सामान उठाने भी नहीं आईं..."

"हाँ...वह बक्सा। वह वहीं रह गया।" सैली एकटक चिरंतन को देख रही थी।

"तुम्हारी लैंडलेडी ने फिर मेरे पास ही भिजवा दिया।"

"तो वह भी तुम्हारे संग्रहालय का एक भाग बन गया होगा।"

"हाँ...अब वह प्रदर्शन पर है, इस इबारत के साथ—एक पगली लड़की का बक्सा जिसे जैसलमेर ने लील लिया।"

वह हँसने लगी, "तुम बदले नहीं, बिल्कुल वैसे ही हो, कोमल-कोमल और फ़नी।"

चिरंतन ने हाथ बढ़ाकर उसके गाल को छुआ, उनकी दृष्टि एक-दूसरे से

बँधकर रह गई।

सैली ने अपनी आँखें अपने खाली गिलास पर झुकाकर कहा, "आज नहीं चीरू, आज दिन ठीक नहीं है।"

चिरंतन का हाथ झटका खाकर नीचे गिर गया। वह इतने खुलेपन के आदी नहीं रहे थे।

"तुम कितने दिन हो यहाँ ?" सैली पूछ रही थी। "रविवार तक तो रहोगे न ?"

"तीन दिन तो कॉन्फ़रेंस ही है," चिरंतन ने कहा। "सोमवार की सुबह मैं वाशिंगटन जा रहा हूँ...वहाँ स्मिथसोनियन में एक प्रदर्शनी हो रही है।"

"आज के अख़बार में तुम्हारे भाषण का नोटिस था। मुझे बहुत अच्छा लगा। जैसे कि दैवी चमत्कार..."

बार में भीड़ बढ़ने लगी। "तुम यहीं रहती हो ? न्यूयार्क में ?"

"नहीं। मैं आई थी, वास्तव में मैं एक सप्ताह के लिए स्विट्ज़रलैंड जानेवाली थी।"

"तुम्हारी यायावर आदतें बदली नहीं..." चिरंतन ने लाड़ से कहा।

"मैं वहाँ एक क्लिनिक में जा रही थी," उसने धीमे से कहा, "पर अब उसकी ज़रूरत नहीं पड़ेगी।"

"क्या तुम कुछ बीमार हो ?" चिरंतन ने परेशान होकर पूछा। वह उसके चेहरे पर असाध्य बीमारी के लक्षण ढूँढ़ने लगे, मगर वह वैसी की वैसी ही लगी।

"मैं बिलकुल फ़िट हूँ, एक घोड़ी की तरह, मज़बूत और हिम्मतदार। तुम ऐसा ही कहा करते थे, याद है न ?"

"तुम अपने बारे में कुछ बताओ न ?"

"बताऊँगी। अभी तो शुक्रवार की शाम ही है। तुम क्या करना चाहोगे ? बाइ द वे, तुम फ़िक्र मत करो, मेरे पास पैसा है। तुम्हें याद है न, मेरे पिता के उत्तर में जंगल थे, उनसे मुझे काफ़ी पैसा मिला है। तुम मना मत करना चीरू, आज मैं बहुत खुश हूँ। आज मेरी बहुत पुरानी एक मुराद पूरी हो रही है।"

उन्होंने सैली को सहारा देकर उठाया, शायद वह उनके भाषण से पहले ही पी रही होगी, नहीं तो दो ड्रिंक में वह आउट होनेवाली नहीं थी। सैली ने उन्हें चाबी पकड़ा दी, उस पर कमरे का नम्बर लिखा था। वह तेज़ लिफ्ट से चौबीसवीं मंज़िल पर पहुँचे, कमरे में पहुँचते ही सैली बिस्तर पर गिर गई, सैंडिल पहने ही पहने। उसकी आँखें मुदी थीं पर वह होंठों में कुछ बुदबुदा रही थी, कुछ अस्पष्ट शब्द...कमरा साफ़-सुथरा और सजा हुआ था, कुर्सी के पीछे लापरवाही से एक फ़रकोट टँगा था...इसके अतिरिक्त कुछ भी नहीं छुआ गया था।

"सैली...आठ बज रहे हैं, मुझे भोज में जाना ही जाना है।"

सैली ने आँखें खोलीं—"ओ.के....जाओ। कल मिलेंगे... आज का दिन ठीक

नहीं है।''

चिरंतन ने अपने को आह्लादित पाया। कैसा संयोग था कि सैली ने अख़बार में उनके भाषण के बारे में पढ़ लिया, नहीं तो वह मन-ही-मन समझने लगे थे कि सैली सचमुच मर गई है, और संदीपनी को वास्तव में प्रेत-बाधा थी। सैली अभी भी वैसी ही सुन्दर है, छरहरी, पारदर्शी नीली आँखोंवाली, पहले पीते नहीं देखा था, मगर अब समय भी तो कितना बीत गया। हाँ...जैसे पूरा जीवन ही बीत गया, बस अंजुलि में कुछ वर्ष ही बचे हैं। सबकुछ उपलब्ध हो गया, जो भी चाहा था, और सबके शिखर पर अंतर्राष्ट्रीय ख्याति–पुरातत्व की कॉन्फ़रेंस में मुख्य अतिथि के रूप में भाषण। अगले दिन वह सिर्फ़ सुबह के सेशन में गए, जाना ही था क्योंकि वह अध्यक्षता जो कर रहे थे, मगर उसमें किसने क्या पढ़ा, क्या कहा, क्या नई शोध की–इसकी उन्हें कुछ याद नहीं। वह एक-एक मिनट गुज़रने का बेताबी से इंतजार करते रहे; सैली से लंच के बाद मिलने की बात थी।

लिफ्ट से ऊपर जाते हुए चिरंतन को लगा कि जैसे उनके जीवन में इसी क्षण की कमी थी, जैसे हड़प्पा से मिस्र और यूनान, तसमानिया से कुस्ततुनतुनिया, सभ्यताओं के अवशेषों के बीच भटकते हुए उन्हें सिर्फ़ सैली की तलाश थी। वह हर चेहरे में सैली को ढूँढ़ते रहे थे। सैली ने जब मुस्कराते हुए दरवाज़ा खोला और चिरंतन ने उसे छाती से सटा लिया तो लगा, हाँ, संपूर्णता यहीं है। वह सैली के बाल सहलाने लगे। वह अलग हो गई और अपना कोट उठाते हुए पूछा, ''कहाँ चलना चाहोगे ?''

''क्या हम यहीं नहीं रुक सकते ? तुम्हें मालूम है कि मुझे न्यूयार्क घूमने में कोई दिलचस्पी नहीं है।''

''मैंने गाड़ी मँगा रखी है।'' सैली ने कहा, ''चलो कुछ घंटे के लिए सही। फिर आज की सारी रात और कल का पूरा दिन हम साथ ही बिताएँगे...''

'उसके बाद ?' चिरंतन ने अपने-आपसे पूछा।

गाड़ी की पिछली सीट पर सैली उनसे चिपटकर बैठ गई। चिरंतन की बाँह ने उसकी कमर को घेर लिया। सबकुछ कितना सही, कितना सटीक लग रहा था। इतने वर्षों बाद भी जैसे रसायन वैसा का वैसा ही बना है। उसके बालों में चेहरा छुपाते हुए चिरंतन के मुँह से अनायास निकल पड़ा, ''ओह सैली, सैली। तुम्हें कितना 'मिस' किया मैंने।''

सैली की आँखें पिघलती हुई नीली झील की तरह थीं। उसने तर्जनी चिरंतन के होंठों पर रख दी–''चलो, वापस चलें'' पर वह कमरे में नहीं गए। उसी अँधेरे से बार में जाकर बैठ गए और सैली ने दो मैनहैटन आर्डर कर दीं।

''तुम इतने साल क्या करते रहे ?'' ड्रिंक आने पर उसने पूछा।

''कुछ विशेष नहीं...'' चिरंतन ने कहा। बच्चों के विवाह, संदीपनी की सनक,

पुस्तकें, खुदाइयाँ, निर्णय, सम्मान।

"कुछ विशेष नहीं", चिरंतन ने दोहराया। "और तुम ?"

सैली मुस्कराने लगी...उसने पुरानी आदत के अनुसार अपने बालों में उँगलियाँ फेरीं—"बहुत कुछ घटा मेरे साथ..."

"जैसे कि..."

'जैसलमेर से बार्डर पार कर पाकिस्तान...वहाँ घूमती रही, वहाँ से चीन, तिब्बत फिर रूस होती हुई लौटी, योरप में रही...अच्छा लगा, पैरिस में फ्लैट लेकर डेढ़ साल रही। फिर मेरे पिता की मृत्यु हो गई और मैं लौट आई।"

"बड़ी हो गई हो।" चिरंतन ने कहा।

"हाँ...तुम मुझे पागल लड़की कहा करते थे न। मालूम...अभी भी हूँ, थोड़ी-थोड़ी। तुम्हें देखकर, तुमसे मिलकर वही सैलाब लौट आया है, गरासिया चरवाहे, अरावली की पहाड़ियाँ, बरसात में मोर...मगर तुम तो अब भी वैसे ही हो—शांत, गंभीर, केन्द्रित..."

"शायद नहीं..." चिरंतन ने कहा। उन्हें लगा कि सैली को बस दो शब्द कहने-भर हैं और वह ढह जाएँगे...पार कर जाएँगे सारी दूरियाँ। वह सब पीछे छोड़ देंगे, और सागर के इस छोर पर उसके साथ सारी ज़िंदगी काट देंगे। तुम बस एक बार कहो तो सैली...कहकर तो देखो।

पर वह मुहूर्त निकल गया।

"मैंने विवाह किया था," सैली ने कहा, "मेरे पिता के पार्टनर के बेटे से। मैं उसे बचपन से जानती थी, साथ-साथ खेले थे। सात साल के बाद हम अलग हो गए।"

चिरंतन चुपचाप पीते रहे।

"मालूम, मेरी उम्र क्या हो गई है ? सैंतीस साल...और पैसे के अलावा मेरे पास कुछ भी नहीं है।"

"तुम अभी भी युवा हो सैली...सबकुछ है तुम्हारे पास। आकर्षक हो, इंटेलिजेंट हो," चिरंतन ने कहा।

"तुम सच्ची-सच्ची कह रहे हो न ?"

"सच्ची-सच्ची...मैंने तुमसे कभी झूठ बोला है क्या ?"

"यह तो ठीक कह रहे हो। तुमने कभी मुझे धोखे में नहीं रखा, कभी झूठमूठ भी नहीं कहा कि तुमने मुझे प्यार किया है। बस सोते रहे मेरे साथ...रातों के बाद रातों को..."

सैली ने दूसरी ड्रिंक का आर्डर कर दिया।

"वह सब बदल गया है सैली।"

पियानो पर एक उदास-सी धुन बज रही थी और बार में थोड़ा-थोड़ा बातचीत

का शोर गूँजने लगा था।

"तुम्हें मालूम नहीं चीरू—कि इस दुनिया में कितने लोग ऐसे हैं जो कि झूठे हैं, धोखेबाज हैं, पैसे के लिए सबकुछ करने को तैयार हैं। मगर तुम सबसे अलग हो, सबसे विलक्षण। तुममें आन है, एक गरिमा है, एक कोमलता है—मेरा मन कितने सालों तुम्हारे लिए रोता रहा..."

"पर अब तो हम साथ हैं सैली..." चिरंतन ने हलके से कहा।

"पर कब तक ?" सैली की आवाज़ बहुत अस्पष्ट थी, जैसे वह अपने-आपसे बात कर रही हो।

"जब तक तुम चाहो..." चिरंतन को आश्चर्य हुआ कि कितनी सहजता से वह यह कह गए।

"मुझे तुम्हारी ज़रूरत है। तुम्हारे जैसे मेधावी, आकर्षक और इज़्ज़तदार पुरुष की..."

"मैं यहाँ हूँ सैली..." चिरंतन ने उसका हाथ अपनी हथेली से ढँक लिया। उन्हें सहसा यह दृश्य बड़ा कृत्रिम, बड़ा नाटकीय-सा लगने लगा। साथ में यह एहसास भी था कि बार में कोई परिचित न मिल जाए।

"चलो कमरे में चलें..." चिरंतन ने सैली को सहारा देकर उठाया, फ़रकोट उसके कंधों पर सहेजा और पिछले दरवाज़े से बाहर निकल आए।

कमरे में शाम का आलोक था, मैनहैटन की असंख्य बत्तियों का प्रकाश झिरझिरी से छनता हुआ आ रहा था। सैली पलंग पर बैठ गई।

"मैं एकदम सोबर हूँ।"

"मैंने कब कहा कि तुम नशे में हो।"

"तुम रूम सर्विस से कहकर कुछ खाने को मँगा लो...तब तक मैं कपड़े बदलकर आती हूँ। शैम्पेन मिनी बार में होगी।"

बाहर आने में सैली को बहुत देर लगी। चिरंतन एक अधीर उत्सुकता से उसकी प्रतीक्षा करते रहे। जब वह बाहर आई तक तक मेज़ पर स्ट्राबेरी और क्रीम रखी थी। वह केवल होटल की बाथरोब पहने थी, एकदम सफ़ेद मुलायम, रोयेंदार उसके बाल नहाने के बाद एकदम घुँघराले हो आए थे; उनमें अभी भी हलकी-सी नमी थी।

"लाओ...मैं शैम्पेन खोल दूँ।" सैली ने कहा।

"क्या तुम समझती हो कि मुझे बोतल खोलना नहीं आता," चिरंतन ने पूछा।

वह हँसने लगी, "मैं चाहती हूँ कि तुम अपनी सारी ताकत बाद के लिए बचा कर रखो..."

"मैं इतना बूढ़ा हो गया हूँ क्या ?"

"नहीं...नहीं...नहीं...नहीं...नहीं, मेरा मतलब यह नहीं था..." वह दोनों

साथ-साथ हँसने लगे।

उसने स्ट्राबेरी को क्रीम में लपेटा और फिर चिरंतन के होंठों की तरफ़ बढ़ा दी...मक्खन-मलाई उन्हें एकदम मना है, यह कहने का यह समय नहीं था। चिरंतन ने वह सैली के हाथ से लेकर सैली को ही खिला दी। उसे यह अच्छा लगा है, यह स्पष्ट था।

"तो चीरू..." बात शुरू करने का यह सैली का पुराना तरीक़ा था—"स्थिति यह है कि मेरी उम्र हो गई है सैंतीस साल...और मेरे पास कुछ भी नहीं है, न जवानी न पति, न बाल-बच्चे—है केवल पैसा और पैसा..." उसने एक नई स्ट्राबेरी को मलाई में लपेटा और चिरंतन की प्रश्नात्मक मुद्रा के उत्तर में कहा, "हाँ...कोई बच्चा नहीं हुआ। बाद में पता चला कि स्टुअर्ट में ही कमी थी...उसके वीर्य में शुक्राणु बहुत कम थे..."

चिरंतन की समझ में नहीं आया कि वह क्या कहें, इस रूमानी और अन्तरंग क्षण में स्टुअर्ट के शुक्राणुओं का जिक्र उन्हें असंगत-सा लगा। पर वह चुपचाप शैम्पेन के घूँट पीते रहे। सैली उनके पास सरक आई और जैसे अनजान हो, ऐसे उनकी कमीज़ के बटन खोलने लगी...

"फिर भी हमने बहुत प्रयत्न किए..." उसने चिरंतन की कमीज़ शरीर से अलग कर दी। "और जब कोई इलाज, कोई डाक्टर सफल नहीं हुआ तो हम अलग हो गए। मैं सात साल से बच्चे के लिए कलप रही हूँ—सात साल से। मैंने हज़ारों डालर दवा-इलाज में ख़र्च कर दिए, कितनी बार अस्पताल गई, ऑपरेशन हुए—मगर तुम वह नहीं सुनना चाहोगे।"

"बेचारी सैली..." चिरंतन ने प्यार और सहानुभूति से भरकर कहा और उसे पास खींचकर चूमने लगे। सैली ने हलके से अपने को अलग कर लिया। ...तुम्हें मानो गुमान भी नहीं है कि मैं क्या कह रही हूँ..."मैंने एक बच्चे के ख़ातिर...अपने पेट के बच्चे के ख़ातिर क्या-क्या झेला है। स्टुअर्ट कहता था कि हम बच्चा गोद ले लें...मगर मैं अपना बच्चा चाहती हूँ, उस पूरी प्रक्रिया को हर क्षण महसूस करना चाहती हूँ...शायद यह मेरा स्वार्थ है, मेरी आत्मकेन्द्रितता है, पर चलोऽऽ, है..." उसने असहाय मुद्रा में हथेलियाँ एक याचक की तरह फैला दीं।

चिरंतन थोड़ी-सी आस्वस्ति अनुभव करने लगे थे। उन्होंने गिलास उठा लिया और एक घूँट पी। छोटे-छोटे बुलबुले गिलास के किनारों पर झाग की तरह चिपके हुए थे। गिलास को गोल-गोल हिलाते हुए उन्होंने एक घूँट और ली।

"अब मैं स्विट्ज़रलैंड के एक क्लिनिक में जाने लगी हूँ," सैली ने कहा। कमरे में उसने बत्ती नहीं जलाई थी, मगर अंदर अँधेरा नहीं था, शाम के गहरेपन में बाहर की बत्तियाँ और तेज़ लग रही थीं। "वहाँ पहले दो प्रयास सफल नहीं हुए...अब उन लोगों ने तीसरा वीर्यदाता ढूँढ़ा है, लंबा और मेधावी; क्लिनिक का ही कोई

डाक्टर है, यद्यपि वह नाम मुझे नहीं बताएँगे। मगर अब मुझे उससे करना ही क्या है, गाय-भैंसों की तरह लगता है मुझको; केवल एक प्रक्रिया, एक ठंडी, क्लिनिकल प्रक्रिया...'' सैली चिरंतन के पास सरक आई और उसने अपना चेहरा पूर्ण समर्पण में चिरंतन की छाती से सटा दिया। उसकी दोनों बाँहों ने चिरंतन को घेर लिया।

''मुझे न जाने क्यों पूरा विश्वास है कि आज रात हम सफल होंगे...कितना गर्व होगा मुझे तुम्हारा बच्चा पाकर...मुझे तुमसे प्यार भी रहा है। मैं बहुत excited हूँ चीरू ! तुम्हें भी अच्छा लगेगा...मैं उसे हर साल भारत लाया करूँगी...''

''सैली...सैली...सैली, रुको...इतनी तेज़ मत जाओ...'' चिरंतन ने उसके बाल सहलाए।

''मैं नसबंदी करा चुका हूँ।'' उन्होंने हलके से जोड़ा।

सैली झटका खाकर उनसे अलग हट गई, वह निर्वाक् उन्हें देखती रह गई, अनझिप।

''कह दो कि तुम मुझसे हँसी कर रहे हो। कह दो कि तुम यह इसलिए कह रहे हो कि तुम मुझसे बच्चा नहीं चाहते क्योंकि तुम मुझे प्यार नहीं करते ?''

''ऐसा नहीं है सैली...मैं तुम्हें प्यार भी करता हूँ और तुम्हारा बच्चा मेरे लिए बहुत प्रेशस होता,'' कुछ रुककर उन्होंने कहा। ''नसबंदी रिवर्स भी हो सकती है।''

''मेरे पास इतना समय नहीं है।'' सैली ने बाँहों से अपने घुटने घेर लिए, अपने में अपने को समावेश करते हुए। उसकी आँखों से आँसू टपकने लगे।

चिरंतन चुपचाप उसे देखते रहे। वह सैली के आँसू कभी नहीं सह पाए। वह समझ नहीं पाए कि क्या करें। सहसा सैली ने सिर उठाकर उन्हें सीधे-सीधे ताका और कहा, ''तुम अब जा सकते हो—मुझे तुम्हारी ज़रूरत नहीं है।'' और उनकी कमीज़ गोल-गोल करके चिरंतन पर फेंक दी। फिर उसने अपने आँसू अपने-आप पोंछे और निश्चय-भरी मुद्रा से कहा—''अगर मैं आज रात की फ्लाइट पकड़ूँ तो कल सुबह ज्यूरिख पहुँच सकती हूँ...कल का दिन ही नियत हुआ था।''

चिरंतन ने अपनी कमीज़ के बटन बंद करते हुए सैली को देखा। फिर उन्होंने कहा, ''ईश्वर तुम्हारी मनोकामना पूरी करे सैली...'' वह आगे कुछ और न कह सके, उनका कंठ अवरुद्ध हो गया था। होटल के सामने खड़े टैक्सी के इंतज़ार में चिरंतन को अचानक लगा कि जैसे सारे न्यूयार्क में ब्लैक आउट हो गया है। उस घुप अँधेरे में जब टैक्सी आएगी तो उन्हें मालूम नहीं है कि उन्हें कहाँ जाना है।

प्रसंग

वह शायद रो रहे थे।

उसने अँधेरे में आँखें खोलीं, बिना हिले-डुले, बिना जताए कि वह खुद भी जाग गयी है। अगर वह सचमुच रो रहे हैं तो, वह जान गयी है, यह जताकर उन्हें शर्मिंदा नहीं करना चाहती। वह बिस्तर पर चुपचाप पड़ी रही। उनका शरीर हिला। शायद उस सुबकी के कारण जो छाती से उठी होगी। गले तक आने से पहले ही घोंट दी गयी। झिरझिरी से बाहर की मद्धिम रोशनी अंदर आ रही थी जिसमें होटल के कमरे की चीजों की रेखाकृतियाँ अच्छी तरह पहचानी जा रही थीं। शाम से ही वह कमरा उसे अजीब-अजीब-सा लग रहा था। वह कभी एक राजमहल था जो अब फैशनेबल होटल में बदल दिया गया था। उसे गलियारों में हिंसक पशुओं की खालें और भूसा भरे हुए सिर देखकर दया-सी आयी थी। बेचारे शेर और चीते, इन्होंने किसी का क्या बिगाड़ा था जिन्हें राजाओं ने मारकर महल के कोने-कोने में टाँगा हुआ था।

उसने लंबी साँस लेकर करवट बदल ली, उसके हिलते ही वह और भी चुप और निस्पंद हो गए। कुछ देर बाद वह धीरे-से बिस्तर से उतरे और निशब्द दरवाजा खोलकर बाहर चले गए। वह अब गलियारे में घूम रहे हैं उसे यह झिरझिरी की रोशनी के बदलते पैटनों से मालूम हो रहा था।

उसकी समझ में नहीं आया कि वह क्या करे ? क्या वह सोने का बहाना किए पड़ी रहे, जब तक कि सचमुच नींद न आ जाए, या एक फिल्मी दुल्हन की तरह उनके आगे नत होकर कहे—''अपने सारे दुख मुझे दे दो ...।''

कमरे में एयरकंडीशनर की 'घर्र-घर्र' थी जो कि सहसा उसे काफी डिस्टर्ब करने लगी, बाहर गर्मी थी। उसके बावजूद वह गलियारे में चक्कर काट रहे थे।

कुछ देर में वह सचमुच सो गयी और सुबह जब वह जागी तो उसे अपने पर स्वयं आश्चर्य हुआ कि उसे नींद कैसे आयी। उसके बगल में एक अपरिचित व्यक्ति सोया हुआ था। वह काफी देर उसे देखती रही। वह एक बहुत मामूली-सा पुरुष

था। अधेड़ उम्र का। उसके बाल अधपके और कम हो चुके थे। साँवले चेहरे पर रातभर में दाढ़ी उग आयी थी। यह मैंने क्या किया ? उसके अंदर कोई चीखा, मगर उसने वह चीख वैसे ही दबा दी जैसे कि दूसरे ने रात को अपनी सुबकी दबा दी थी।

वह चुपचाप उठकर गुसलखाने में चली गयी, शीशे में उसे अपना चेहरा सूना और सपाट-सा लगा, आँखें अपरिचितों की तरह अपने-आपको देख रही थीं। उसने शादी के दूसरे दिन बहुत-सी लड़कियों को एकदम बदले हुए देखा था। उसे अपने बारे में कोई भ्रम नहीं था। पर यह उजाड़पन लिए किसके आगे जाएगी।

फिर भी उसे खुशी थी कि पति का व्यवहार बहुत संयत और शिष्ट था। उसी के साथ, उसे रात की घटना याद आ गयी। उसे लगा कि रात में वह भी रोयी थी; स्वयं अपनी हिचकियों और सुबकियों को घूँटकर। पर अंदर-ही-अंदर क्रंदन न जाने कब प्रारंभ हो गया था। वह फुहार के नीचे देर तक खड़ी रही। उसके बाद उसने एक छपी हुई प्रिंट की साड़ी लपेट ली और बाहर आयी।

वह उठ गए थे। उन्होंने सुबह की चाय-कॉफी भी मँगा ली थी। वह जिस तेजी और तत्परता से बाथरूम में घुसे, उससे उसे लगा कि वह काफी देर से उसके निकलने का इंतजार कर रहे होंगे। शायद उन्हें उठते ही बाथरूम जाने की आदत होगी। उसे शर्म आयी कि वह इतनी देर बाथरूम छेंके रही। कल से खयाल रखेगी। कल ? उसने सोचा, कल भी होगा ? ऐसे ही उठकर, यही व्यक्ति पलंग पर देखने को मिलेगा। हाय, उसने कहा और होंठों को दाँतों से कुचल लिया।

वह उनके निकलने का इंतजार करती रही। यद्यपि उसकी कॉफी तब तक एकदम ठंडी हो गयी थी और उसे एकदम भभकती पीने की आदत थी।

वह भी नहा लिए थे। रेशम का कुर्ता और सफेद पायजामे में काफी घरेलू लग रहे थे। उनके आने पर उसने चाय बनाकर उन्हें पकड़ा दी। आदर्श पत्नी का यह आचरण कहाँ से अपने-आप उभर आया था। वह ठंडी कॉफी पीते-पीते अनमनी हो आयी।

''आप नाश्ता यहीं लेंगी या डाइनिंग रूम में ?'' यह दिवाकर थे, साक्षात, साकार, वर्तमान और शायद अब से भविष्य भी।

''आप ?''

''यहीं मँगा लेते हैं ?'' दिवाकर ने फोन पर आर्डर कर दिया—आमलेट और टोस्ट। उससे बिना पूछे। टोस्ट से उसे चिढ़ है और आमलेट में उसे हीक आती है। वह उठकर अपना सूटकेस सँभालने लगी। रात के कपड़े तहाकर रखे। मेज पर रखे कॉस्मेटिक्स बटोरे। एक टिन का डिब्बा जो उन्होंने रात को उसे सौंपा था, इस समय खोलकर देखा। पुराने, पहने हुए गहने थे। घिसी-घिसी चूड़ियाँ। मैली-सी चेन और बुंदे। किसी दूसरी स्त्री ने इन्हें पहना था और शायद अंत तक पहना

होगा। वह एक वितृष्णा-भरे आकर्षण से उन्हें देखती रही। फिर उसने हाथों के चमकते नए कंगन उतारे और डिब्बे में डालकर दिवाकर को देती हुई बोली, "इसे आप ही अपने पास रखिए।"

"क्यों ? आप रखिए न।"

"नहीं, मुझे वैसे भी ज्वेलरी का शौक नहीं है। कहीं इधर-उधर हो गए तो ..." उसने बात पूरी नहीं की।

उसका अपना अटैची तैयार हो गया था। दिवाकर के कपड़े शायद अभी गुसलखाने में ही थे। उसका मन उन्हें छूने का नहीं हुआ। क्या वह कभी उस नयी पुरुष-गंध की आदी हो पाएगी ?

"कहीं घूमने चलेंगी ?" दिवाकर पूछ रहे थे।

"कहाँ ..."

"अगर रुचि हो तो जयगढ़ है, आमेर है, वैसे शॉपिंग भी अच्छी होती है ..."

"जैसा आप चाहें ..." उसने कहा।

"मेरा तो बहुत बार का देखा हुआ है।"

वह चुप रही। फोन बजा और रूम-सर्विस की दस्तक दरवाजे पर एक साथ हुई।

उसने फोन उठाया, रिसेप्शनिस्ट था—"गुड मार्निंग मिसेज टंडन, आपकी टूरिस्ट टैक्सी आ गयी है।"

सारे दिन घिसटना पड़ेगा, उसने सोचा। पुराने महलों और मंदिरों में रुचि दिखानी पड़ेगी। एक प्रसन्नमनीय मुखौटा लगाना पड़ेगा।

"टैक्सी आ गयी है।" उसने दिवाकर से कहा।

"ठीक है, नाश्ता करते ही होटल छोड़ देंगे।" दिवाकर ने कहा।

ताज्जुब है, उसने सोचा कि यह सुडुप करके चाय पीते हैं, यह सुबह नोटिस नहीं किया था। न यह कि खाते अनुपात से कुछ ज्यादा और बाद में ध्वनिपूर्ण डकार भी लेते हैं। खैरियत है, पान-तंबाकू नहीं खाते। बुआ ने कहा भी था, "लड़के में कोई बुरी आदतें नहीं हैं। सदाचारी है। पढ़ा-लिखा है, बस ... आगे तुम्हीं देख-समझ लो। पढ़ी-लिखी तुम भी हो।"

पिताजी के चेहरे से वह कुछ नहीं समझ पायी थी कि उनकी इच्छा-अनिच्छा क्या है ? जैसे बरसों न जाने किस-किस सुख और आनंद की प्रतीक्षा करते-करते वह प्रत्यक्ष को भूल चुके थे।

वह ज्यादा सोचने-समझने का अपने को समय नहीं देना चाहती थी। उसे मालूम था कि ऐसा करने से वही होगा जो कि हर बार घर लौटने पर होता आया था। बुआ लड़के खोजकर रखेंगी। वह दो-एक से मिलेंगी भी। हर बार उनका उत्तर

होगा—'मुझे थोड़ा समय चाहिए' और इसी में छुट्टी खत्म हो जाएगी और वह लौट जाएगी। पिताजी बरामदे में बेंत की कुर्सी पर बैठे-बैठे थोड़े और झुके-से लगेंगे और बुआ उनके पास खड़ी होकर कुछ रोष, कुछ क्षोभ और ढेर सारे दुख के साथ उसका लौट जाना देखती रहेंगी। वैसे बुआ का अपना परिवार है, बेटे, बहुएँ, नाती, पोते, पर बरसों से उन्होंने पिताजी के पास ही रहना चुना है। कुछ कर्तव्य-भावना, कुछ गंगा-स्नान का लोभ। फ्लैट में भाई-बहन रहते हैं। भाई अखबार पढ़ते हैं, झपकियाँ लेते हैं। अखबार छूटकर हाथ से गिर जाता है और तेज पहाड़ी हवा उसके पन्ने बिखेर देती है। बुआ गंगा स्नान से लौटती हैं। गीली धोती तार पर फैलाती हैं और उसके बाद तुलसी में ताँबे की लुटिया का पानी गिरा देती हैं। उनका कार्यक्रम इतना बँधा हुआ है कि कहीं भी होने पर सुबह-सुबह बिरया घाट की सीढ़ियाँ चढ़ती बुआ को वह चित्रित कर सकती है—सिर ढँके हुए, पल्ले से कुछ सफेद बाल हमेशा बाहर आ जाते हैं। बुआ की तरुणाई में बाल घुँघराले रहे होंगे। उनकी नहाकर हलके से निचोड़ी गयी साड़ी से पानी की बूँदें टपककर भीगी सीढ़ियों को और गीला कर देती हैं, उनके दाएँ हाथ में गिर-गिरकर कई जगह से पिचक गयी लुटिया में गंगाजल् रहता है, तुलसी के लिए। बुआ की बस इच्छा बाकी थी कि किसी तरह इस पगली, बावली लौंडिया का ब्याह हो जाता। वह पगली बावली लौंडिया जो लखनऊ मेडिकल कॉलेज से डाक्टरी पढ़कर विदेश चली गयी थी, जिसकी उम्र दिन पर दिन बढ़ती जा रही थी। उसके हर बार लौटने पर यही बात होती थी, "बिट्टू, अब तुम ठीक-ठिकाने से लगो तो मन को शांति मिले।"

वह, जिसे बुआ प्यार से बिट्टू बुलाती थी, हँसती थी और कहती थी, "मैं ठीक-ठिकाने से हूँ बुआ, तुम एक बार चलो मेरे साथ, देखो मेरा घर, मेरे पास क्या-क्या नहीं है ..."

"मुझे नहीं जाना है, कहीं वहीं मर-मुर गयी तो अंत समय गंगाजी भी नहीं मिलेंगी।"

वही बुआ, दिवाकर को बिना देखे ही, उसके यह कहने पर कि, "ठीक है बुआ, मुझे मंजूर है," उसे अवाक् ताकती रह गयी थीं। दो-तीन दिन वह चुप रही। फिर जब वह और पिताजी खाना खा रहे थे, वह पास आकर बैठ गयी, "अच्छी तरह सोच-समझ लो, यहीं रहना पड़ेगा, गृहस्थी चलानी पड़ेगी। दोनों की ही बड़ी उमर होगी, बहुत किस्मत और समझदारी चाहिए। फिर आगे दो लड़कियाँ भी हैं। उनको पढ़ाना-लिखाना, ब्याह-शादी सब करना होगा। कोई खेल-तमाशा नहीं है कि नहीं सम्हला तो टिकट कटाया और चली गयी।" पिताजी थोड़ा खखारे, फिर बोले, "मुझे यह रिश्ता कतई पसंद नहीं है। मैं समझ नहीं पा रहा हूँ कि तुम कैसे ..." वह चुप बैठी रही। जिंदगी में इतना झेला तो यह भी सही की मुद्रा में—क्या होगा, पुरुष ही तो होगा न। बीच उम्र में पत्नी की मृत्यु से त्रस्त और

दुखी। दो मातृहीन लड़कियों को अकेले पालने के विचार से भयाकुल दिवाकर वैसे ही थे जैसे उसने सोचा था। प्रौढ़ और थोड़े गदबदे, मुख-मुद्रा से शिष्ट और मितभाषी। वह स्वयं भी तो कोई बड़ी लाटनी नहीं थी। लंबी अल्पाहार से सूखी हुई चेहरे पर उम्र की छाप और बरसों अस्पताल में दुख-दर्द और रुग्ण देखने का पका और बेबाकपन।

दिवाकर के साथ-साथ वह घिसटती रही, संसार की सबसे बड़ी तोप, राज्य के अस्त्र-शस्त्र, किले की दीवारें और उसकी रक्षा के साधन जलाशय के नीचे खजाने की किंवदंती और काला नाग रक्षक की तरह, सोचती रही, कुछ भी नहीं बदलता दीखता, वही अंधविश्वास, वही धारणाएँ, भगवान और भाग्य पर अटल भरोसा।

चाय की दुकान पर जहाँ-तहाँ मक्खियाँ थीं। दिवाकर असमंजस में खड़े रहे, फिर बोले, "खाना शहर में खाएँगे। साफ-सुथरा होगा।"

"मुझे भूख नहीं है।" वह गाड़ी से उतरकर पीपल के वृक्ष की छाया में बैठ गयी। जब वह ड्राइवर खाने-पीने के लिए गया, वह दोनों पास-पास, पर अलग-थलग बैठे रहे। उसने मौन को भेदने का सायास प्रयत्न करते हुए कहा, "अजीब-सा नहीं लगता ? सदियों से जहाँ राजे-महाराजे रहते आए थे, वहीं सब जनता खूँद रही है ... वैसे होना भी यही चाहिए।"

दिवाकर के मुँह पर चौंकापन था, शायद उससे कुछ ऐसी अपेक्षा नहीं थी। फिर बोले, "जनता यहाँ ऐसे आती है जैसे अजायबघर हो।"

उसने आगे कुछ कहना चाहा, मगर वह सब बहस जैसा सुनाई देगा, वह चुप हो गयी।

दिवाकर काफी इंतजामकार दिखाई दिए। गाड़ी खड़ी करवाकर उसे खाना खिलवाया। डेढ़ किलो मावा-मिश्री खरीदा। मावे की और दाल की कचौरियाँ, फिर वस्त्र भंडार में जाकर बंधेज की कई साड़ियाँ, और कुछ शलवार सूट, शायद बेटियों के लिए खरीदे। काले प्रिंट का कपड़ा पानी में डुबवाकर देख लिया कि रंग तो नहीं निकलता। उसे यह सब अजीब और मायावी-सा लग रहा था। मेडिकल कॉलेज के दाखिले के बाद से सभी निर्णय उसके अपने थे, क्या पहने, क्या खाए, अपनी जिंदगी कैसे गढ़े और सँवारे। पिताजी हमेशा इसीलिए रुपए देते थे कि त्योहार और जन्मदिन पर वह अपनी पसंद के कपड़े ले। अब जीवन एक ऐसे व्यक्ति से जुड़ गया है जिसे खाने या पहनने में उसकी रुचि पूछने का खयाल ही नहीं आता। वह स्वयं निर्णय लेने का आदी है कि पत्नी क्या खाए और पहने। दिवाकर ने जेब से डायरी निकाली, उस पर जो लिस्ट थी, उसे ऊपर से नीचे तक देखा। फिर कहा, "सब चीजें हो गयीं, बस भाभी की एक किलो मेंहदी रह गयी है।"

"एक किलो मेंहदी ?" उसके मुँह से अपने-आप निकल गया।

"वह मेंहदी सिखाने के क्लास देती हैं।"

उसे जब यातना और भय ने एक साथ दबोच लिया, मन में फिर वही अर्धनिर्मित चीख उभरी—'यह मैंने क्या कर डाला--' पर वह चुपचाप बैठी रही। पीछे लौटने के सारे रास्ते वह स्वयं बंद कर आयी थी। नौकरी से इस्तीफा चीफ ने मंजूर नहीं किया था। एक अनिश्चित समय के लिए छुट्टी सैंक्शन कर दी थी। सारा सामान उसने बाँट दिया था, बड़ी-बड़ी चीजें फ्लैट में आनेवाले नए डाक्टर ने खरीद ली थीं।

पहली भेंट में दिवाकर ने उससे दो ही प्रश्न किए थे, "आप यहाँ एडजस्ट कर सकेंगी ? आपको मेरी जिम्मेदारियों के बारे में मालूम है ?" पर यह नहीं कि अब तक शादी क्यों नहीं हुई। इसके लिए वह कृतज्ञ थी। दिवाकर की बड़ी भाभी, जो शायद मेंहदी लगाने के क्लास चलाती थीं, शगुन करने आयी थीं। साथ में दोनों लड़कियाँ भी थीं। पिता की तरह साधारण चेहरेवाली, वैसा ही साँवला श्रीहीन रंग-रूप। बालों में काफी तेल के साथ रिबन गुँथी चोटियाँ और एक से ही, शायद इसी अवसर के लिए खरीदे गए, चमकीले सलवार-कुर्ते। पैरों में चप्पलें। वह चुपचाप बड़ी ताई के संरक्षण में आयी थीं और चुपचाप, सीधी-सतर, कुर्सियों पर बैठी रही थीं। उनके चेहरे भावहीन थे, पर आँखों में एक भयाकुल कातरता थी। सब देखकर उसने अपने को ठंडा-ठंडा महसूस किया। उसे लगा कि यह सबकुछ किसी और के साथ, कहीं बहुत दूर घटित हो रहा है। वह इस किसी घटना से जुड़ी नहीं है। वह कहीं दूर चली गयी है। उसके हाथ में एक कार्ड है जिसकी इबारत वह बार-बार पढ़ रही है। जिसमें अगले दिन सुबह ग्यारह बजे राघव नाम के एक व्यक्ति की स्मृति में आयोजित एक छोटी-सी सभा की सूचना है। राघव नाम का एक व्यक्ति जिसकी आकस्मिक मृत्यु हो गयी है। कार्ड के पीछे कंप्यूटर प्रिंटेड उसका नाम-पता लिखा है—डाक्टर ममता जैन।

उसके अंदर से जो चीख निकली है, वह दरवाजों, दीवारों, पर्दों को भेदकर दूर तक चली गयी है, जिसने पूरे आकाश को ढँक लिया है। और जिसकी भयावह दारुणता से पेड़-पत्तियाँ काँपने लगी हैं।

मुझे नहीं सहा जाएगा ! मैं नहीं सह पाऊँगी ! उसने शीशे खोलकर कई वैलियम निगल लिए हैं। वह मरेगी नहीं, पर सोएगी सबकुछ नींद के हाथों में सौंपकर। अगर जागती रही तो फिर अपने पर काबू नहीं रख पाएगी, रोएगी, चीखेगी, अपने बाल नोंच डालेगी। सिर दीवार से पटककर तोड़ लेगी। पर ऐसा कुछ नहीं हुआ। उस चीख के बाद सब अंदर-ही-अंदर घुटकर जम गया। चाय हो रही हैं, पिताजी लड़कियों के पास आकर बैठ गए हैं और पूछते हैं, "तुम्हारा नाम क्या है बच्चियो, कहाँ पढ़ती हो।"

जवाब ताई से मिलता है, "यह है अमिता और यह है संगीता। बड़ी एर्थ में

है, छोटी फोर्थ में।" पिताजी लंबी साँस लेते हैं। वह अपनी उँगली में पड़ी अँगूठी को देखती है जो झकाझक नयी है और रिश्ते को पक्का करने की मोहर है।

"ममता आंटी," संगीता बाद में कहती है, "हम लोग आपको बिल्कुल तंग नहीं करेंगे। मम्मी को हमने प्रौमिस की थी कि उनके बाद पापा जब नयी आंटी लाएँगे तो हम लोग विहेव करेंगे।"

"उन्हें मालूम था कि पापा नयी आंटी लाएँगे ?" पिताजी ने बहुत आहिस्ता से पूछा।

"हाँ, उन्होंने ही पापा से प्रौमिस करवायी थी।"

"क्या हुआ था मम्मी को—" पिताजी ही थे।

"कैंसर—बहुत दिनों तक बीमार रही। पापा ने बहुत रुपए खर्च किए मगर कैंसर से कोई बचता नहीं है।"

अमिता की आँखें डबडबा आयीं। संगीता जैसे बार-बार का दोहराया सबक एक बार फिर दोहरा रही थी।

"ममता आंटी तुम्हें बहुत प्यार से रखेंगी," यह वचन पिताजी दे रहे थे, उसकी ओर से, "ममता की भी मम्मी उसके बचपन में चली गयी थीं, उसे मालूम है कि ..."

कमरे में एक घना सन्नाटा था, जैसे सभी के अपने-अपने घाव एकदम फिर बहने लगे हों। सिर्फ मेंहदीवाली भाभी सहज थीं, "हमें भी यही आशा है। पढ़ी-लिखी, काबिल मैच्चोर हैं ममता। उम्मीद है, सब सम्हाल लेंगी। फिर हम लोग भी हैं।"

और इस तरह काट लिया था उसने, उस सबसे जो बरसों से उसकी जिंदगी रही थी—और जोड़ लिया था अपने को एक नितांत अपरिचित दिवाकर और उसकी बेटियों से।

रात की ट्रेन से वह वापस जा रहे थे। सुपर फास्ट ट्रेन एक पागल आँधी की तरह रात के अँधेरे को चीरती भागी जा रही थी। दिवाकर सो गए थे। वह उठकर बर्थ पर बैठ गयी। राघव को उसने बहुत पहले विदा दे दी है। अपने वादे के अनुसार कि जब भी राघव चाहे, वह उठकर चला जा सकता है। और वह लौटाने के लिए पीछे नहीं दौड़ेगी। रोएगी-गिड़गिड़ाएगी नहीं। और यदि ममता कभी संबंध तोड़ेगी तो राघव भी ऐसा ही करेगा। मेमोरियल सर्विस में वह नहीं गयी थी, न शोक मनाने उसके घर। खबर सुनती रही, राघव की पत्नी झटका न सह पाने के कारण अस्पताल पहुँच गयी है। देश-विदेश से सारा कुनबा आकर जुटा है—लड़का-लड़की, भाई-बहन, साले-साढ़ू, बुआ और चाचा। सभी शोकग्रस्त हैं। रोना-पीटना होता

रहता है। वह सुनती रही और वैलियम खा-खाकर रात को सोती रही। दिन में अस्पताल जाती रही। रोगियों से घिरी रही। मौत उसके चारों तरफ थी। वह हर रोज मौत देखने की आदी थी, पर वह झपट्टा मारकर राघव को ही ले जाएगी, यह स्वीकार करना उसके लिए असंभव ही लगता था।

अभी कुछ ही दिन पहले तो राघव जैसे हमेशा आता था, उसके पास आया था। ममता ने धुली चादरें बिछायी थीं। ताजे फूल लगाए थे। सारे घर की धूल पोंछी थी। हर ओर फैली बेतरतीब पत्रिकाओं और अखबारों को समेटा था। फिर वह स्वयं तैयार हुई थी। चंदन के साबुन से नहायी थी। बाल धोए थे। केवल एक बंद खोलने से ही अपने-आप कंधों से नीचे सरक जानेवाली ड्रेस पहनी थी, क्योंकि अधीर दोनों ही रहते थे। उसके नीचे रेशम के बेलबेलयुक्त अंतर्वस्त्र, जिनकी चिकनाई त्वचा को हलके-हलके सहलाती रहती थी। उन्होंने साथ-साथ खाना खाया था। संगीत सुना था। वह मध्याह्न वैसे ही बीता था जैसे कि बरसों से बुधवार का मध्याह्न वह दोनों बिताते आए थे। राघव अपना पारिवारिक और सामाजिक मुखौटा जैसे दरवाजे के उस पार ही छोड़ आता था और ममता का यही संसार यथार्थ था। सप्ताह-भर जी तोड़कर काम और बुधवार की मध्याह्न वह केवल राघव की प्रेमी बनकर रह जाती थी। उसकी उष्मा, उसके सान्निध्य को अंतिम बूँद की तरह निचोड़कर पीती हुई। यह संबंध जो एक प्रसंग की तरह प्रारंभ हुआ था, बिना किसी कमिटमेंट के, हल्का-फुल्का रोमांस, दोनों के बीच एक गोपनीय रहस्य की तरह, जो न जाने कब से दोनों के लिए ही अपना हल्का-फुलकापन छोड़ चुका था। अपने वादे के अनुसार कि वह कभी उसके पारिवारिक जीवन की सीमा का अतिक्रमण नहीं करेगी। वह श्रोता ही रही थी। बातें कानों में पड़ती रही थीं। राघवजी बहुत शांत और सौम्य दीख रहे थे, ऐसा लगता था कि अभी बोल पड़ेंगे। जब शव ले जाया जा रहा था तो श्रीमती राघव चीख-चीखकर रो रही थीं—"मुझे किस पर छोड़े जाते हो, मैं कैसे रहूँगी।"

उस दिन ममता ठंड में इधर-उधर घूमती रही, जब तक कि एकदम अँधेरा नहीं हो आया था और उसके पैर इतने सुन्न हो गए कि वहीं पेवमेंट पर गिर पड़ी थी। वह अँधेरे में देर तक वहीं पड़ी रही, अशक्त और रिक्त, जब तक कि पुलिस की गाड़ी ने आकर उसे नहीं उठाया था। न वह बीमार है, न नशे में है, इसकी आश्वस्ति करके पुलिस उसे उसके घर छोड़ गयी थी। उसके बाद ऊपर से सब कुछ वैसे ही सामान्य चलने लगा था। अपना दुख उसने जैसे एक छोटी-सी गठरी में बाँधकर अपने अंदर कहीं बहुत गहरे दबा दिया। फिर भी, कभी-कभी वह गाँठ खुल ही जाती थी। और असंबद्ध, क्रमहीन यादें आकर उसके इर्द-गिर्द बिखर जाती थीं जिन्हें समेटते हुए उसके हाथ काँपने लगते थे।

बाहर कंपाउंड में बेतरतीब से घास उगी हुई थी, जहाँ कहीं भी बिना किसी

व्यवस्था के पेड़ लगे हुए थे, जिनकी पत्तियाँ धूल से अटी हुई थीं। वह एक सरकारी क्वार्टर था। रहनेवालों की सुविधा-असुविधा के विचार से परे, किसी भी प्रकार के नेत्र-सुख से वंचित। हर चीज व्यावहारिक और सस्ती, दरारें पड़ी, टूटती हुई, धीरे-धीरे गलती हुई। फ्लैट पहली मंजिल पर था, दो बड़े-बड़े आसपास कमरे, सामने लंबा बरामदा, मद्धिम बल्ब से प्रकाशित रसोई। घर में अमिता और संगीता के अलावा एक छोटा नौकर था, और सर्वेंट क्वार्टर में रहनेवाली बर्तन धोनेवाली और एक धोबिन। बर्तनवाली गहरे नीले रंग की बुंदेलखंडी रिवाज की साड़ी पहने थी और अकृत्रिम कौतूहल से उसे देख रही थी। एक कमरे में एक बड़ा पलंग और दो चारपाइयाँ लगी हुई थीं जिन पर गुँजले-मुँजले हरे बेडकवर पड़े हुए थे। दूसरे कमरे में बाकी सारी गृहस्थी। बक्सों के ऊपर बक्से, रजाइयाँ, पढ़ने की मेज, इस्त्री, टेबिल फैन, फ्रिज—सारी चीजें दीवारों के किनारे-किनारे लगी हुई थीं और बीचोंबीच खाली जगह थी, जहाँ से पुराना सीमेंट का फर्श दिखाई दे रहा था, जिसमें जहाँ-तहाँ नए सीमेंट के पैबंद लगे थे। बरामदे में डाइनिंग टेबिल पड़ी थी और वाशबेसिन में साबुनदानी खाली थी और एक चीकट तौलिया खूँटी पर लटक रही थी।

नौकर उन्हें नींबू-पानी बनाकर दे गया, साथ में एक प्लेट में कुछ सीले हुए बिस्कुट। दिवाकर तुरंत फोन पर व्यस्त हो गए। यह स्पष्ट था कि वह दफ्तर के लोगों से दफ्तर की बातें कर रहे थे। कुछ देर में लड़कियाँ भी होमवर्क करने के लिए उठकर चली गयीं। अब वह अकेली थी। उसे समझ नहीं आया कि इस नए प्रसंग का सूत्र कहाँ से पकड़े। समय और जीवन जो अब तक बूँद-बूँद कर रिसता मालूम होता था, लगा कि बराबर भाग रहा था और उसी दौड़ में उसके हाथ से सिरा ऐसा छूटा कि वह फड़फड़ाता हुआ कहीं इतनी दूर चला गया है कि उसे अब पकड़ना मुश्किल है। भाग्य की लहरों ने उसे मालूम नहीं कहाँ ला पटका। 'भाग्य ने नहीं,' उसने अपने-आपको टोका, 'मेरे अपने निर्णय ने। यदि निर्णय मेरा ही था।'

उसने अधखुले दरवाजे को देखा, उसका मन हुआ कि नया सफारी सूटकेस कमरे के बीचोंबीच ऐसे ही छोड़कर वह बाहर भाग जाए, दौड़ती हुई नीचे उतरे और जो भी सवारी मिले, उसमें बैठकर—वह फिर रुक गयी—सवारी में बैठकर कहाँ ? किसी होटल ? उसके बाद ? पिताजी और बुआ उसे देखकर कैसे भौंचक होंगे—और यहाँ, यह दिवाकर और वे दो लड़कियाँ जो उस कमरे में बैठकर होमवर्क कर रही हैं। ममता को मृतप्राय रुग्ण और उनके संबंधियों को दिलासा देना आता था, पर वह अपने को कैसे दिलासा दे ? उसमें वह अपने को बिल्कुल कच्चा और अनाड़ी पा रही थी।

"रात को दाल बनेगी ?" नौकर पूछ रहा था। दिवाकर ने फोन बंद किया और पूछा, "घर में क्या-क्या है—"

"मटर है, टमाटर और साग," नौकर ने कहा।

"अच्छा, पनीर ले आओ और मटर पनीर में टमाटर डालकर बना लो। साग में आलू डाल लेना। आलू हैं ?"

"थोड़े से हैं।"

"ठीक है। दही भी लेते आना। और पूरियाँ बना लो। पर तुम कल्लो से कहना, वही आटा भी बना देगी और उसी से बिलवा भी लेना।"

"ठीक है साहब।" दिवाकर ने नहाकर कपड़े बदले और कुछ देर आराम करने लेट गए।

"बिस्तर कहाँ बिछेंगे ?" कल्लो पूछ रही थी, "बेबी लोगों की चारपाइयाँ उधर ले जाऊँ ?"

"अभी बाद में आना।" दिवाकर ने कहा, वह उठकर बैठ गए और झिझकते हुए बोले, "उनकी डेथ के बाद से बच्चियाँ अँधेरे में बहुत डरने लगी हैं, इसलिए मैं उन्हें इसी कमरे में सुला लेता हूँ। अगर आप माइंड न करें तो अभी कुछ दिन यहीं—मैं नहीं चाहता कि उन्हें लगे कि पिता ने भी उन्हें दूर कर दिया है।"

उसके कंधों से एकदम भारी बोझ हट गया। उसे लगा कि उसे कुछ दिन की मोहलत मिल गयी।

"आप ठीक सोचते हैं। हमें उन्हें यहीं सुलाना चाहिए। मेरे आने से उन्हें यह नहीं लगना चाहिए कि मैंने उनकी माँ की जगह हड़प ली है।" उसे अपने कानों में अपने शब्द स्वयं अजीब से लगे। पर यह उसके अंदर की डाक्टर बोल रही थी। उसने सोचा, कोई किसी की जगह नहीं लेता, भीड़ में हम थोड़ा-सा सरककर जरूर दूसरे के लिए स्थान बना देते हैं। पास होने पर भी अपरिचित ही रहते हैं। शरीर स्पर्श करते हैं पर किसी प्रकार की रागात्मक भावनाओं से दूर। एक ही गाड़ी में, एक ही यात्रा पर जाते हुए, समय काटने के लिए छिटपुट बातें करते हुए।

दिवाकर को नींद आ गयी है और हलके-हलके समगति खुर्राटों में व्यवधान न पड़े, इसलिए वह दूसरे कमरे में चली गयी। संगीता और अमिता चुपचाप बैठी थीं। वह भी पास आकर बैठ गयी। पूछा, "होमवर्क हो गया।"

"हाँ ..." अमिता ने कहा।

"तुम लोग कितने बजे सोती हो।"

"बस यही खाना खाने के बाद। अभी तो कल्लो यहाँ चारपाइयाँ लगाएगी।"

"नहीं। तुम लोग वहीं सोना। अपने उसी कमरे में। पापा के पास।"

"और आप ?"

"मैं भी, कल्लो से कहना जब पापा जागें तो मेरे लिए भी एक चारपाई वहीं डाल दे।"

उसने लड़कियों के चेहरे रंग बदलते देखे। वह एकाएक सहज हो आयी। अमिता ने कहा, "पहले हम लोग यहीं सोते थे। पर मम्मी की डेथ के बाद पापा

रात-रात भर रोते रहते थे। सोते नहीं थे। इसलिए हम लोग उन्हीं के पास सोते थे। डेथ के बाद कोई लौटकर नहीं आता।''

संगीता ने कहा, ''हमने टीवी पर एक फिल्म देखी थी। उसमें डेथ के बाद बॉडी को बाँधकर ले गए थे और जला दिया था। उसके बाद कोई लौटकर नहीं आता। ऐसे ही मम्मी के साथ भी हुआ था। उन्हें ले गए थे और जला दिया था। पर पापा उनकी हर चीज देखकर रोते हैं।''

''तुम्हें मम्मी की याद आती है ?'' उसने पूछा।

''हाँ, कभी-कभी बहुत,'' संगीता ने कहा।

ममता को लगा कि वह भी शोक के घेरे में शामिल हो गयी है, पर वह शोक किसके लिए है, यह उसे स्वयं नहीं मालूम।

शून्य

जब वह अपने शहर में पहुँचा तो रात के पौने-बारह बज रहे थे। शीत-लहर आयी हुई थी और तापमान पच्चीस डिग्री जीरो के नीचे था। उसने दरवाजे से बाहर निकल कर देखा कि घर जाने के लिए इस वक्त टैक्सी मिलेगी या नहीं। बाहर सवारी के नाम पर सन्नाटा था। खाली टैक्सी-स्टैंड तेज रोशनी में सुनसान था और सफेद बर्फ में बेतरह चमक रहा था।

उसे तसल्ली हुई कि वह अपना सबसे भारी कोट पहने हुए था। यद्यपि वह था भी सबसे पुराना, मगर उसके साथ 'हुड' जुड़ा था इसलिए टोपे या मफलर की जरूरत नहीं पड़ती थी, जो कि आज थी। वह दरवाजे के भीतर ही रुककर टैक्सी का इंतजार करने लगा।

उसके साथ बहुत भीड़ उतरी थी और ज्यादातर लोगों को लेने कोई-न-कोई संबंधी या मित्र आया हुआ था। उसने एक बार इस उम्मीद से चारों तरफ नजर डाली कि शायद कोई पहचाना हुआ व्यक्ति मिल जाए, तो कुछ काम निकले। मगर कोई चेहरा परिचित नहीं था। वह अपनी तटस्थता और अलगाव को फिर अपने से चिपकाकर सहयात्रियों को देखने लगा। लोग क्रिसमस की छुट्टी के बाद लौट रहे थे, खुश और उत्साहित। किसी-किसी के हाथ में बिजली की कड़ाही या चायदानी का बंद डिब्बा दीख जाता था। बातचीत से हॉल गूँज रहा था। अंदर देखने से सबकुछ गर्म, जोशीला, आत्मीय मालूम होता था। यह नहीं लगता था कि दस कदम खुले में ही इतनी विकराल ठंड है।

कुछ देर में दो एयरपोर्ट वैन साथ-साथ आयीं। दोनों खाली थीं और तेज पहियों से कुरमुरी बर्फ को रौंदती एक झटके से दरवाजे के आगे रुक गयीं। तब उसने पाया कि वह अकेला नहीं था। कुछ ही मिनटों में वैन भर गयी। वह अपनी जगह छोटे बच्चोंवाले एक परिवार को देकर ड्राइवर के पासवाली अकेली सीट पर बैठ गया। इस देश में सालों रहने के बाद भी विदेशीपन का एहसास उससे दूर नहीं हुआ था। माँओं, बच्चों और पिताओं के छोटे-छोटे परिवारों के बीच से अपने को

अलग करता हुआ ही बैठता। ऐसे परिवारों के साथ की सीट उसे बहुत ही अटपटी लगती।

वैन चल दी और वह जैसे अपने ही शहर को दोबारा अजनबी आँखों से देखने लगा। यात्री वैसे ही बातें करने लगे जैसे अपरिचित करते हैं—ड्राइवर को संबोधित करते हुए—कब से इतनी ठंड है ? कितनी बार बर्फ गिरी ? तूफान आया दीखता है। सड़क पर उजाला था, पर दोनों तरफ के मकानों में अँधेरा था। वाशिंग्टन स्ट्रीट पर हर घर के आगे कूड़ा सजा हुआ था—अखबारों की गड्डियाँ, प्लास्टिक के बोरों के बंद मुँहों के अंदर हफ्ते-भर का इकट्ठा भार, क्रिसमस पर सजाए गए देवदार और चीड़ के कटे हुए पेड़ जो अब भी हरे-भरे थे और टहनियों में अभी भी सजावट की पन्नी और नकली बर्फ चिपकी हुई थी।

वैन रुकी। ड्राइवर ने दरवाजा खोला और पीछे से सूटकेस उतारकर फुटपाथ पर रख दिया। लाल टोपी पहने एक युवक उतरा। उसने किराया ड्राइवर को थमाया और वैन चल पड़ी। अभी सात यात्री और उतारने थे और वह समझ गया कि उसकी बारी बहुत बाद में आएगी। उस सोए हुए, बर्फ से ढँके-ठिठुरते शहर में वैन एक सड़क से दूसरी सड़क तक घूमती रही और उसे एकाएक लगा जैसे वह जहाज में बैठा है और जहाज घर—भारत—की तरफ जा रहा है। उसके मन में बहुत उतावली है कि यह यात्रा जल्दी-से-जल्दी समाप्त हो और वह दौड़कर उतरे। कस्टम वगैरह से भागता हुआ निकलकर वह बाबूजी की चारपाई के पास जाकर खड़ा हो जाए और कहे, "बाबूजी, मैं आ गया !" बाबूजी उसे आँखें खोलकर देखें, उनके चेहरे पर चमक आए और वे कहें, "अच्छा किया, आ गया !"

वैन का पहिया खड्ड में जाकर उछला और उसने झटका खाकर आँखें खोल दीं। पाया कि वे विश्वविद्यालय के पास से गुजर रहे हैं और उसका घर आने ही वाला है। उसके घर के आगे की सड़क बहुत चौड़ी थी, क्योंकि कोने पर ही बच्चों का स्कूल था और तरह-तरह की सवारियाँ आया-जाया करती थीं।

घर वैसे ही खड़ा था जैसे कि वह छोड़कर गया था। अंदर अँधेरा घुप्प और बाहर एक बत्ती, जो शाम को अपने आप जल जाती थी और सुबह अपने आप बुझ जाती थी। उसने देखा कि आमने-सामने बर्फ के ढूह थे, पर सड़क से दरवाजे तक का रास्ता साफ़ था। झाड़ियों पर डेढ़-डेढ़ फीट बर्फ जमी थी, पर पेड़ों की शाखाएँ एकदम नंगी और खाली थीं। तेज हवा ने उन पर एक कतरा भी नहीं टिकने दिया था।

ड्राइवर को उसने दस का नोट पकड़ा दिया। जब ड्राइवर ने लौटाने के लिए जेब में हाथ डाला तो उसने हलके से इशारे से जताया कि रहने दो। ड्राइवर के धन्यवाद को सुने बिना वह दरवाजे की ओर चल पड़ा। दरवाजा खोलकर सूटकेस अंदर किया और गलियारे की बत्ती जला दी। वह भूल गया था कि वह घर से

बहुत जल्दी में निकला था। कमरे में वैसी ही बेतरतीबी थी जो कि शुक्रवार तक घर में आ जाती थी। सोफे पर उसका तकिया और कंबल पड़े थे। मेज से नीचे ढुलककर गिरी पत्रिकाएँ और कागज—'गुजराती सीखिए' पृष्ठ तेईस पर खुली हुई। एक मोजा भी वहीं पड़ा था, जिसे वह बराबर सूटकेस में ढूँढ़ता रहा था। कमरे में बेतरतीबी थी। धूल थी और हड़बड़ी में निकलने के चिह्न। उसने एक बार फिर चारों तरफ देखा—जैसे यत्न से जुगाड़ की हुई चीजों से कुछ पाना चाहता है। उसकी दृष्टि हाथीदाँत की राम-लक्ष्मण-सीता की मूर्तियों पर रुक गयी जो बाबूजी ने बहुत साल पहले उसे किसी के हाथ भेजी थी। मूर्ति पर दाम मिटाने के बावजूद उसने पढ़ लिए—सात सौ सोलह रुपए। उसे विश्वास नहीं हुआ कि इतनी छोटी मूर्ति इतनी महँगी हो सकती है। दूसरे प्यार की बजाय गुस्सा आया कि कम आमदनीवाले पिता ने कई महीने की पेंशन इस मूर्ति पर गँवा दी। कमरे में और भी चीजें थीं। उससे कहीं ज्यादा महँगी। मगर उसे इस वक्त किसी भी चीज से सुकून नहीं मिला। उसने रसोई में जाकर फ्रिज खोला। उसमें दूध की एक-तिहाई बोतल थी, फफूँदी लगा दही था और मुरझाई हुई गाजरें। माँ एक बार उसके पास कुछ दिनों को आयी थीं तो उसका खाली फ्रिज देखकर चकित रह गयीं। वे कई दिन तक कहती रही थीं कि कैनेडा में उनकी अपनी बेटी कितनी संपन्न और समृद्ध है। टमाटर खा-खाकर वह खुद भी टमाटर जैसी लाल हो गयी है। उसका फ्रिज हमेशा फलों, मटर, पनीर, दही-बड़ों और गुलाबजामुनों से भरा रहता है। वह चुपचाप सुनता रहा था।

होश में उसने हमेशा इन्हीं माँ को देखा और माँ समझा। यह तो बाद में पता चला कि ये दूसरी माँ हैं। पर ये सौतेली माँ की तरह व्यवहार नहीं करती थीं, हालाँकि और साथियों की माँ की तरह व्यवहार नहीं करती थीं, और कभी बेसन के लड्डू या मठरी बना नाश्ता करने का आग्रह भी नहीं किया। वे न कभी हँसती थीं, न गुनगुनाती थीं, न उनके चेहरे पर कभी कोई त्योरी ही चढ़ी दिखी थी। वे चुपचाप निस्पृह भाव से घर का काम करती रहतीं। बच्चों की कमीज में टूटा बटन लगाना या सर्दी में सबके लिए नए और उधड़े ऊन की स्वेटर बुनना। अक्सर वे अपनी साड़ियों में खोंपें भरती भी दिखाई देतीं। जैसे जिंदगी से न उन्होंने कुछ माँगा था, न पाने की चाह ही की थी। रोज सुबह काफी पानी डालकर अरहर की दाल, भिंडी की सूखी तरकारी और रोटी ठीक नौ बजे तैयार करके दोनों भाइयों और बाबूजी के सामने रख देतीं। शाम को खूब गाढ़ी चाय और रात के खाने में मूँग की दाल और आलू की तरकारी। हर इतवार वे सिर्फ कढ़ी और चावल बनाती थीं। जाड़ों के मौसम में जब आँगन में लौकी की बेल पनप जाती थी तो भिंडी का स्थान

लौकी ले लेती।

बाबूजी उन दोनों को लेकर स्कूल चले जाते, जहाँ उम्र के साथ बढ़ते-बढ़ते वे वाइस-प्रिंसिपल हो गए थे। प्रिंसिपल होने की आकांक्षा लिए-लिए ही वे रिटायर हो गए। जब उनके घर बेटी हुई तो दोनों भाइयों के साथ-साथ बाबूजी भी ऐसे अचकचाते हुए और ऐसे झेंपे हुए लगे जैसेकि वे समझ ही नहीं पा रहे हैं कि इस उम्र में नयी संतान कैसे अपनाएँ। माँ तो पूरे समय घर में ही रही थीं। ऐसी शर्मायी हुईं जैसे नयी दुल्हन, मगर लता के होने के बाद उनमें परिवर्तन जरूर आया था। बरामदे में बैठकर उसकी घंटों मालिश करतीं, नहलातीं, उसके बाल सँवारतीं, बड़े होने पर उसकी चुटिया गूँथतीं। भाइयों से कम-से-कम आठ साल छोटी लता उन्हें हमेशा तंग करती रहती। कभी पेंसिल लेकर भाग जाती, कभी किताबें-कापियाँ फाड़ डालती। उसका बस्ता गड़बड़ करना लता का प्रिय काम था। वह हरदम लता से परेशान रहता और हर बार माँ कहतीं—दे दो न, छोटी बहन है। जब लता की शादी तय होने पर लड़के ने विदेश जाने का किराया माँगा तो माँ ने बाबूजी से छिपाकर उसे ही चिट्ठी लिखी—लड़के को इंजिनियरिंग पढ़ने के लिए स्कॉलरशिप मिल गयी है। पर वह जाने का खर्च चाहता है। तुम तो जानते ही हो यहाँ की हालत। पास में जो कुछ है शादी में निकल जाएगा। तुम भी तंगी में ही हो, मगर कहीं से कुछ प्रबंध कर दो। छोटी बहन की जिंदगी बन जाएगी।

तब उसने बैंक से लोन लेकर लता और अविनाश के लिए टिकट भेज दिए थे। बहुत बाद में बाबूजी को पता चला था तो उन्होंने कहा था—खुश रहो बेटा। तुम्हारी माँ की बहुत इच्छा थी कि लता सुखी रहे।

लता ने पुत्र-जन्म पर माँ को भारत से काम-काज में मदद के लिए बुलाया था। वह तब भी लता के पास नहीं जा पाया था। माँ ही काफी दिन बाद उसके पास आयी थीं और जाने से पहले उसके फ्रिज में भी ढेर सारा खाना बनाकर रख गयी थीं। उस खाने में भी उनके हाथ की बनी हुई पतली अरहर की दाल का स्वाद था। वही, थोड़ा अधकच्चा, थोड़ा जला हुआ। उनके आने से पहले भी उसके खाली फ्रिज में पानी की बोतलें ही थीं और जाने के कुछ दिन बाद फिर वही पानी की बोतलें। तब उसे खयाल क्यों नहीं आया कि पूछे—माँ, तुम्हें कुछ चाहिए ? तुम कुछ खरीदना चाहती हो ? कुछ साथ ले जाना चाहती हो ? बाबूजी को कुछ चाहिए ? यह ले लो, शॉपिंग के काम आएँगे।

पर उनकी बातों से लगा जैसे लता अपने घर का सबकुछ उनके साथ बाँध देगी। वह कभी माँ और बाबूजी की आधुनिक मशीनों के साथ कल्पना नहीं कर पाया। घर के ठीक पिछवाड़े दूधवाले रहते थे और जब दूसरे लोग दूध दुहाने आते तो बाल्टी में बचा-खुचा, कभी कम कभी ज्यादा, दूध उनके घर भी आ जाता, दूधवाले के मूर्ख बेटे को बाबूजी ने ही सिर मार-मारकर दसवाँ पास करवाया था।

अब वह किसी शहर में सरकारी नौकरी करता था। माँ उसी दूध में घर-भर की चाय जुटाती थीं। अगर कभी ज्यादा आ जाता तो दही जमा देतीं। किसी मेहमान के आने पर उसे ही चप्पलें पहनकर नुक्कड़वाले हलवाई से दूध लाना पड़ता था—पैसे बाद में आ जाएँगे। अब याद करने से लगता है कि कभी ऐसा नहीं हुआ कि महीने के शुरू में कभी कहा गया हो कि ये पैसे भीखम हलवाई को दे आना।

उस शहर में, खासतौर से आसपास के मुहल्लों में कोई ऐसा न था जिसके बच्चों ने बाबूजी से मुफ्त न पढ़ा हो। जनवरी से ही बाहर बरांडे में भीड़ लगने लगती थी—नबी दूधवाले, भीखम हलवाई, मैकी दाई, कुत्तेवाली महराजिन—सभी के बच्चे रट्टा लगाने और इम्तिहान पास करने के लिए घर के आगे जमा रहते। उनके साथ कभी-कभी पैसेवाले विद्यार्थी आते थे। बाबूजी कभी किसी के घर नहीं जाते थे—जिसे पढ़ना हो, घर पर आए, सम्मिलित पढ़े, सिवा हरिश्चंद्र पंडा के, जिसकी लड़की की शादी इसलिए अटकी थी क्योंकि वह दो साल से अंग्रेजी में फेल हो रही थी। लड़की का प्रश्न था, इसलिए बाबूजी डेढ़ मील पैदल चलकर उसे पढ़ाने जाते थे। बाबूजी के पढ़ाने पर ही वह लुढ़क-लुढ़ककर पास हो गयी और ढेर-सी मिठाई लेकर सारा परिवार बाबूजी के पास उपस्थित हुआ था। लड़की ने—शायद कृष्णा या कुछ ऐसा ही पौराणिक नाम था उसका—बाबूजी को 'पार्कर फिफ्टी-वन' की गुरु-दक्षिणा दी थी। बाबूजी उस पेन को हाथ में लेकर अवाक् रह गए थे। बेतरह अमीर बाप की बिगड़ी हुई, सिरचढ़ी बेटी उनके मन के कोने में कहीं छिपी हुई आकांक्षा को कैसे पहचान गयी ? पेन भी वॉटरमैन या शेफर नहीं, पार्कर। वह भी काले रंग का जिस पर बाबूजी का नाम अंकित था। पार्कर फिफ्टी-वन ! हर किसी आनेवाले को उन्होंने वह पेन दिखाया था, बिना किसी का नाम लिए। जिस दिन हाई स्कूल का रिजल्ट आता था, पूरा शहर जैसे घर के आगे जमा हो जाता था।

बाबूजी कभी किसी से कुछ नहीं लेते थे और मैकी दाई जैसे लोगों को शिकायत रहती थी कि सेवा का मौका नहीं मिलता—नबी दूधवाले, भीखम हलवाई, शहजादी काछिन अपनी तरफ से कुछ-न-कुछ करते रहते थे। शहजादी काछिन कभी कटहल या परवल लेकर आती तो भिंडी और लौकी से मुँह का स्वाद बदलता। बाबूजी सिर्फ अंग्रेजी पढ़ाते थे और अंग्रेजी ही इन बच्चों के लिए जानलेवा थी; और तब तो अनिवार्य भी थी।

जब वह दसवीं में प्रथम आया था और उसने पूरे उत्तरप्रदेश में टॉप किया था, तो किसी को ताज्जुब नहीं हुआ था। उससे सबको यही उम्मीद थी। उसे स्कॉलरशिप मिली तो उसने पहले महीने के रुपए बाबूजी को देने चाहे। उन्होंने लिए नहीं, "अपने पास ही रखो।" सिर्फ लता की फरमाइश कि मुझे पाजेब बनवा दो, भाई साहब ! उसके बाद बी.एससी. में फर्स्ट आने पर फिर मिली तो बाबूजी

ने उसे इलाहाबाद जाकर फिजिक्स पढ़ने को कहा था। इसके बाद एम.एससी. में टॉप करके पाँच-छह मैडल और रिसर्च करने और विदेश के लिए स्कॉलरशिप। उसे लगता था इसमें अपना कुछ भी नहीं है, सबकुछ बाबूजी की देन है।

बरामदे में लड़के जुटे होते और उनमें वह भी पढ़ रहा होता। शाम को बाबूजी नहर की तरफ घूमने चले जाते। तब उससे अंग्रेजी के सवाल-जवाब करते रहते "वॉकिंग ऑन द रोड अ स्कॉर्पियन विद मी—बताओ यह वाक्य सही है या गलत?"

उसके आइ.ए.एस. में न बैठने पर क्या उन्हें सदमा पहुँचा था ? क्या वे नहीं चाहते थे कि बेटा बड़ा अफसर बने, विदेश में पोस्टिंग हो। उसने कभी नहीं पूछा, न उन्होंने कभी कहा। क्या माँ की इच्छा थी कि वह घर में ढेर सारा पैसा लेकर आए ? पैसा तो उन्हें वैसे भी नहीं लेना था। कभी लिया ही नहीं। वाइस-प्रिंसिपल बने रहे, दो-तीन कुर्ते-धोतियाँ, मोटी ऊन की बंडी, घड़ी, चश्मा और पार्कर फिफ्टी-वन—इसी में संतुष्ट रहे। माँ भी किनारीदार धोतियाँ पहनती रहीं, उनमें खोंपें भरती रहीं और अरहर की दाल के साथ भिंडी पकाती रहीं। दूसरे टीचर भी ट्यूशन करते थे, कसकर पैसे लेते थे। उनके घर कई तरह की दालें बनती होंगी। कई तरह की तरकारियाँ—क्या मालूम !

कई साल बाद लौटकर उसने अपने बचपन के वातावरण को जैसे नयी आँखों से देखा था और स्तंभित रह गया था। देहरादून एक्सप्रेस जब स्टेशन पर रुकी तो बाबूजी उसे लेने आए थे। वैसे स्टेशन दूर नहीं था, पटरियाँ चलकर भी आया जा सकता था। पर जब से बिजली की रेलें चल गयी थीं, बिजली की रफ्तार से आती-जाती थीं। कई दुर्घटनाओं के बाद लोग डरकर सड़क से ही आने-जाने लगे थे।

बाबूजी कितना झुक गए थे ! उनकी स्नेह-विगलित हँसी कितनी दंतविहीन थी। गाल पिचक गए थे और आँखें गड्ढे में चली गई थीं। घर और मुहल्ला भी उसे एकदम श्रीहीन और उजड़ा हुआ लगा। झाड़ू सिर्फ बीच सड़क पर लगी थी। हर घर के आगे उसी घर के कूड़े के ढेर थे। सामने के बरामदे में बाँस का टहर लगा था। अंदर बड़े-बड़े, ऊँची छतवाले अँधेरे कमरे थे—जिनमें से एक में निवाड़ के वही दो पलंग पड़े हुए थे जो बरसों से वह देखता रहा था। आँगन में आम-अमरूद के पेड़ बड़े हो गए थे, जिससे अंदर और भी अँधेरा भर गया था। रसोई अभी भी बाहर थी, टीन की छतवाली। अँगीठी जलाकर माँ ने उसके लिए चाय बनाई थी, जिसमें धुआँया हुआ स्वाद था। माँ ने उसके लिए खीर बनायी थी। बूढ़ा नबी यह सुनकर कि वह वापस आ रहा है, थोड़ा दूध ज्यादा दे गया था। वह बंगाल पॉटरी का मोटा प्याला हाथ में पकड़े बैठा रह गया। उसने सोचा, क्या

मुझे भी वह सब लाना चाहिए था जो पड़ोसिन मंजुश्री बार-बार लाने को कह रही थी ? माँ के लिए असली सोने के कड़े, बाबूजी के लिए सीको घड़ी, दद्दा के लिए सोनी टीवी, घर के लिए चीनी के बर्तन। मगर मंजुश्री इस घर को नहीं जानती थी। फिर भी उसने फँसे गले से कहा, "मैं कुछ लाया नहीं ..."

माँ ने कहा, "जरूरत भी नहीं थी। रिसर्च करने आए हो, काम से। वही मन लगाकर करो। तुम्हारा नाम होगा तो हमारी तपस्या सफल होगी।"

माँ कभी-कभी उसे अवाक् कर देती थीं। कम बोलनेवाली, कम इच्छाओंवाली इस स्त्री को देखकर हमेशा लगता था कि इस घर में अपने पत्नीत्व निभाने के दायित्व के अतिरिक्त उनका अंतर्मन भी वैसे ही अलग-थलग, इच्छाहीन है जैसे उनका अस्तित्व। वे कहीं भी दोनों सौतेले बेटों से जुड़ी नहीं हैं। बाबूजी की पत्नी हैं, पर उनकी माँ नहीं हैं। जब कभी-कभार उनके मुँह से ममत्व के शब्द निकलते तो उसे अजीब-सा लगता। उसे लगता जैसे उससे माँग की जा रही है कि वह भी इस परिवार को स्नेह दे, माँ को, बाबूजी को, दद्दा और लता को। और उन अवसरों पर उसे बहुत आस्वस्ति की भावना होती।

उसके पास कुछ नहीं था, किसी को भी कुछ देने के लिए। जैसे वह रिक्त ही पैदा हुआ था और रिक्त ही रहा। वह घर का अंग था, बाबूजी की पहली पत्नी ने उसे जन्म दिया था। शायद दूसरी संतान भी बेटा होने पर बहुत प्रसन्न हुई होंगी, उसे हृदय से लगाया होगा, सिर पर हाथ फेरा होगा, और मन-ही-मन आशीर्वाद दिए होंगे। उसके जनमते ही माँ को बुखार आने लगा था, इसलिए एक दिन भी वे बेटे को दूध नहीं पिला पाईं, यह उसने मैकी दाई से सुना था। उसका जन्म भी मैकी दाई की सास लच्छो ने कराया था।

मैकी तब नयी-नयी ब्याहकर आयी थी। कितनी दुबली-पतली सींक-सलाई-सी थी। 'तुम्हारी माँ को हरा रंग बहुत पसंद था। हमेशा धानी साड़ी पहनती थीं। बुखार गया ही नहीं। बुआजी ने नबी की गइया का दूध बत्ती बना-बनाकर तुम्हें पिलाया। मरीं, तब भी धानी साड़ी ही पहने थीं। जमादारिन को मिली वह साड़ी। मेरा मन था, पर सास ने लेने नहीं दी। बुआजी ने झट से ही करा दी यह दूसरी शादी। ये भी अच्छी हैं। कम-से-कम मारती-पीटती तो नहीं। भूखा तो नहीं रखतीं।'

वहुत साल पहले उसने अमरीका में नए-नए आने पर टेलिविजन पर एक प्रोग्राम देखा था। बंदर के बच्चों के साथ प्रयोगशाला में प्रयोग। बंदर का एक नवजात बच्चा अपनी माँ के साथ रखा गया था। हमेशा चिपटा रहता था पेट से। दूध पीता था। बँदरिया टाँगें फैलाकर बैठती थी। बच्चे की गरदन के बालों में उंगलियाँ फिराती थी। बड़ा होकर बच्चा अच्छा बंदर बना—मानसिक रूप से स्वस्थ, सामाजिक

और समूह का एक अच्छा सदस्य। उसे दद्दा का ध्यान आया था, जो उससे तीन-साढ़े तीन साल बड़े थे और अपनी जगह अँगूठी में नग जैसे फिट-चुस्त जमे थे। दूसरा नवजात बच्चा जनमते ही माँ से अलग कर दिया गया था। उसे दी गयी एक ऐसी माँ जिसका ढाँचा लोहे के तारों से बना था। इस ढाँचे पर कपड़ा मढ़ दिया गया था। इसके शरीर में गर्मी नहीं थी, इससे लिपटने पर दिल की धड़कन नहीं सुनाई पड़ती थी। बच्चा बार-बार इस नकली माँ के पास जाता था, लिपटने का प्रयास करता था–पर प्यार या गर्मी न पाकर फिर उसने उधर जाना ही छोड़ दिया। अपने कोने में गुमसुम, उदास बैठा रहता, सबसे अलग-थलग। वह समूह में छोड़ दिए जाने के बाद भी उसका अंग नहीं बना। एक असामाजिक, 'न्यूरौटिक' बंदर बनकर रह गया–चिड़चिड़ा, हरदम खौंखियानेवाला, लड़ाकू, अस्थिर !

चाय का प्याला हाथ में पकड़े-पकड़े उसने सोचा कि माँ को इस प्रयोग के बारे में बताए। पर उसे यह भी मालूम था कि यह कितना अप्रासंगिक होगा, और माँ समझेंगी भी नहीं। और फिर, अपने अंदर की रिक्तता, न जुड़ पाने की अक्षमता को ढँकने के लिए क्या यह एक सुविधाजनक रूपक नहीं है ? और अब यह सब बताने से फायदा भी क्या होगा ?

गर्मियों के दिन थे, इसलिए विद्यार्थी भी नहीं आते थे। यह पूछने पर कि क्या बाबूजी अभी भी अंग्रेजी उसी तरह पढ़ाते हैं, माँ ने बताया था कि उन्हें दमा के बार-बार दौरे पड़ते हैं, स्कूल में ही मुश्किल से पढ़ा पाते हैं। पर शिष्य कहाँ छोड़ते हैं ? आ ही जाते हैं। इंजिनियरिंग के बाद दद्दा की पोस्टिंग खंभात में हो गयी है। वहीं की लड़की पसंद कर ली है। उसी से शादी करने का इरादा है। बाबूजी ने लिख दिया है कि हम लोगों को कोई आपत्ति नहीं है। मगर वे दोनों इतनी लंबी यात्रा नहीं कर पाएँगे। तीन दिन, दो रातें लगती हैं खंभात पहुँचने में, उन्होंने कुछ रुक-रुककर बाद में बताया था। कैनेडा की पढ़ाई बड़ी मुश्किल है। दामाद ने अभी तक पी-एच. डी. पूरी नहीं की है। बीच में असिस्टेंटशिप बंद हो गयी थी। लता ही काम करके घर चलाती है–आठ-आठ बच्चों की बेबी-सिटिंग करके।

तब माँ को सांत्वना देने के लिए पहली बार उसकी वाणी फूटी, "ठीक कह रही हो माँ, वहाँ की जिंदगी, खासतौर से हम विद्यार्थियों की, बेहद मुश्किल है। वहाँ कैनेडियन, अमरीकन, अंग्रेजों से कंपिटीशन करना पड़ता है। पढ़ाई भी तो कैसी पढ़ाई ! रात-रात भर कंप्यूटर-रूम में बैठे रहो–जाड़े में, गर्मी में। मैंने एक प्रोफेसर के साथ काम किया, वह दूसरी युनिवर्सिटी चला गया। दूसरे प्रोफेसर के साथ पटरी नहीं बैठी। साल-भर बर्बाद करके फिर पहले प्रोफेसर के पास पहुँचा तो वहाँ असिस्टेंटशिप नहीं मिली। नौकरी भी की और पढ़ाई भी। एक वृद्धा के घर रहा। गर्मी में उसकी घास काटी। जाड़ों में बर्फ साफ की, कमरे के किराए के बदले। अब जाकर थीसिस पूरी होने को आयी है। पता नहीं नौकरी मिलेगी

भी या नहीं ..."

बाबूजी और माँ चुपचाप सुनते रहे। वह एकदम झेंप गया। उसे अटपटा-सा लगा कि उसने ये अंतरंग बातें कह कैसे दीं। ये लोग सोचते होंगे कि वह मोटी-सी रकम कमा रहा है, सिर्फ लता ही तंगी में है। मगर बाबूजी का चेहरा कोमल था। आँखों में गहरी पहचान, उस जिंदगी की जो उन्होंने अब तक जी थी, जिसमें उनके प्रिंसिपल होने की कोई संभावना नहीं थी, जिसकी उपलब्धियाँ भीखम हलवाई, मैकी दाई और नबी दूधवाले के बेटों को दसवाँ पास करवाकर आगे बढ़ते देखना थीं। मैकी दाई का लड़का कंपाउंडर था, भीखम हलवाई का लड़का शहर के प्रमुख सिनेमा हॉल में कैंटीन चला रहा था। उनके पार्कर पेन में अब बहुत से अंग दूसरे पेन के जुड़ चुके थे, सिवा पेन के ढाँचे और उस पर अंकित नाम के।

चाय पीने के बाद भी वे सब कुछ देर चुप बैठे रहे थे। टीन की छत के नीचे चूल्हे के पास बैठी माँ, माथे पर हाथ टिकाए, छाँह में दो मूढ़ों पर बाबूजी और वह। पहाड़ों की ओर से तेज हवा का झोंका आया, जिसमें गर्मी और लपट थी। जब वह उसी आँगन के दूसरे कोने में, दूसरे टीन की छत के नीचे गुसलखाने से नहाकर निकला तो चूल्हे पर पतीली चढ़ी हुई थी और उबलती हुई अरहर की दाल की सुगंध सारे आँगन में फैली हुई थी।

वह दो-तीन दिन ही उन लोगों के पास रहा। बाबूजी उसे स्टेशन पहुँचाने आए थे। देहरादून एक्सप्रेस के दिल्ली की ओर चल देने पर भी उसकी आँखों के आगे स्टेशन पर खड़े बाबूजी की छवि तैरती रही। क्या वे कुछ और झुके हुए, कुछ और बूढ़े लग रहे थे ?

भारत से विदा लेते वक्त वह दिल्ली एयरपोर्ट की उस भीड़ को देखता रहा। झुंड-के-झुंड लोग मोटरों, टैक्सियों में जानेवालों को विदा देने आए थे। जानेवालों के माथे पर रोली-चावल के टीके लगे हुए थे, गर्दनें गेंदे और गुलाब की मालाओं से लदी थीं। वह प्रवेश-द्वार के पास खड़ा-खड़ा सिगरेट पीता रहा और अपने आसपास की चीजों को किसी फिल्म के दृश्य की तरह देखता रहा।

जहाज में बैठने पर उसने पाया कि उसके पास की सीट खाली है। अचानक उसे लगा कि उसे अपना परिचित आत्मीय 'स्वयं' मिल गया है, जो भारत-यात्रा के दौरान मातृभाषा और भारतीय चेहरों के बीच कहीं कट गया था। अब वह सुस्थ था, स्वस्तिपूर्ण, अपने आपमें अकेला। असामाजिक बंदर के बच्चे की उभरती हुई छवि उसने सायास पीछे ठेल दी।

लौटकर आने पर पता चला कि उसके पीछे पुराने घर में आग लग गयी थी। वृद्धा मकान मालकिन श्रीमती सिमंस बिस्तर पर लेटे-लेटे सिगरेट पी रही थी कि नींद आ गयी और सिगरेट फर्श पर गिरकर सुलगता रहा। मकान मालकिन को तो घर की इंश्योरेंस मिल गयी थी, पर उसके सारे नोट्स, रफ ड्राफ्ट सब उसी में जल चुके थे। बचा था एक ट्रंक जो वह पीछे छोड़ गया था, जिसमें उसकी वर्षों की मेहनत और संपत्ति—मुड़े-तुड़े अधजले कपड़ों, पानी में भीगी-सीली, फफूँदी लगी कापियाँ, चिपके हुए पन्नों के रूप में बच गयी थी। उसके दिल पर एक करारा घूँसा-सा लगा। उसने पाया कि वह उस शहर, उस युनिवर्सिटी, उस पी-एच. डी. की पूरी कवायद से एकदम ऊब उठा है। अब उसमें दोबारा काम शुरू करने की ताब नहीं रह गयी है।

उसने वह शहर भी छोड़ दिया। निरुद्देश्य भटकते हुए भी वह जानता था कि वह भारत नहीं लौटेगा। कम-से-कम अभी नहीं। अभी ही तो लौटा है। फिर पैसा भी कहाँ है ?

फोन बजता है। इतनी रात में पड़ोसी ही होंगे। शिवेश या मंजुश्री। एक मकान के दो हिस्से हैं, जैसे दो बाजू। एकदम एक से, जैसा इधर, वैसा ही उधर। बीच में सम्मिलित दीवार है। वैसे उसने आहट नहीं की थी, फिर भी लगता है बीच रात में वैन के आने और दरवाजा खुलने व बंद होने से वे जाग गए हैं।

"आ गए ?" मंजुश्री है, "अभी-अभी आए क्या ?"

"हाँ ..." उसने कहा।

"खबर क्यों नहीं की ? हम लोग लेने आ जाते। अच्छा, अभी आ रहे हैं।"

"नहीं, जरूरत नहीं है। सुबह मिल लेंगे।"

पर मंजुश्री तो मंजुश्री ही ठहरी, "अभी आते हैं। सो मत जाना।"

अलमारी खोलकर उसने बोतल निकाली, गिलास भरा और पानी मिला ही रहा था कि रसोई का दरवाजा खुला और शिवेश और मंजुश्री खड़े नजर आए। दोनों रात के कपड़ों पर ड्रेसिंग गाउन पहने थे। मंजुश्री के हाथ में खाने की प्लेट थी। कुछ क्षणों तक उनके बीच एक आस्वस्ति-भरा सन्नाटा टंगा रहा। फिर शिवेश ने पूछा, "क्या खबर है ?"

"सबकुछ खत्म हो गया," उसने अंग्रेजी में कहा।

दोनों आगे बढ़कर रसोई में चले आए। मंजुश्री ने बिना आवाज किए प्लेट मेज पर रख दी। बीच का दरवाजा खुला रहा, जिससे दूसरे घर की आहट रहे। रसोई में ही एक छोटी-सी मेज थी, दो-तीन कुर्सियाँ। उसने बिना पूछे ही अलमारी से गिलास निकाले और उन दोनों के लिए भरे, शिवेश के लिए कम, मंजुश्री के लिए ज्यादा।

"तुम मिल तो लिए होगे, तुम्हारी बात हो पायी ?" मंजुश्री ने पूछा।

"मैं देर से पहुँचा। कुछ घंटे बाद।"

"देखने को तो मिले ही ?" शिवेश ने कहा।

"हाँ, मिले।"

"तुम बात करना चाहोगे ... इस विषय में ?"

"नहीं। देर हो गयी है। तुम दोनों जाकर सो जाओ। मैं भी सोऊँगा।"

वह अभी तैयार नहीं है, कम-से-कम बाबूजी की मौत के बारे में। वह इधर-उधर दुनिया-भर की फालतू बातें सोचेगा, मगर सीधी आँख वह अपने अंदर से या इस घटना से साक्षात्कार करने को राजी नहीं है। वह इसी मेज पर कोहनी टिकाए बैठा रहेगा और उजाला होने तक बैठा ही रहेगा। क्योंकि आँख बंद करने से जो दृश्य सामने आता है, उसको वह सह नहीं पाएगा। यद्यपि वह क्षण वह रोज-रोज, बार-बार जी चुका है।

वह शिवेश और मंजुश्री को वापस लौटते देखता रहा। मंजुश्री ने उधर से दरवाजा बंद कर लिया। अब वह फिर अकेला था। मेज पर तीन गिलास थे, दो अनछुए। एक प्लेट थी खाने की। घी लगी तीन-चार ठंडी रोटियाँ, गोभी-मटर की तरकारी और एँठे हुए चावल। मंजुश्री का बनाया खाना गरम भले ही खाया जा सके, पर ठंडा खाना तो फेंकने के ही काबिल होता है। सुबह आकर झगड़ा करेगी।

कई महीने भटकने के बाद वह शिवेश के पास आ टिका था। शिवेश उन दिनों डेयरी साइंस में पोस्ट डॉक्टरेट रिसर्च कर रहे थे। मुफ्त के अंडे-मुर्गियाँ और दूध मिलता था। एक बड़े से घर में रहते थे और रोज शाम तफरीहन खाना पकाते थे। घर उनके विभाग के प्रोफेसर का था, जो साल-भर के लिए छुट्टी पर बैंकॉक गया हुआ था और देखभाल के लिए शिवेश को घर छोड़ गया था। न जगह की कमी थी, न खाने-पीने की। वहीं दोबारा थीसिस लिखना शुरू किया था। दो साल पहले शिवेश नेपाल लौटे थे और मंजुश्री को ले आए थे। वह काफी सुंदर थी। सबको ताज्जुब था कि इतने ढीलेढाले, गदंबड़ जैसे शिवेश को ऐसी बीवी कैसे मिल गयी ! आते ही उसने बाल कटा दिए और साड़ी पहनना छोड़ दिया। उसके दुबले-पतले लचीले शरीर पर फ्रॉक फबती थी। ऊँची एड़ी के सैंडिल और उस पर पायलें। जल्दी-जल्दी दो-ढाई साल में उसके दो बच्चे भी हो गए, और बच्चे होने के बाद और भी रूप उमड़ आया मंजुश्री पर। जरा-सी धूप लगते ही उसके गाल एकदम गुलाबी हो जाते। वह पहचानती थी अपने रूप और आकर्षण को। लोग जमे रहते थे शिवेश के घर। और शिवेश थे कि विभाग से मुर्गे और अंडे लाकर पकाते रहते। लोग खाते थे और लार टपकाते थे।

नौकरी लग जाने पर वह अलग फ्लैट में चला गया था, उससे बहुत दिन तक

न आने की शिकायत की थी मंजुश्री ने।

"मुझे नहीं अच्छा लगता," उसने स्पष्ट कह दिया था।

"मैं नहीं अच्छी लगती ?" मंजुश्री ने पूछा था।

"नहीं, मगर जैसा प्रदर्शन तुम करती हो वैसी नहीं।"

"क्यों ?"

"क्यों क्या ? आकाश-विकास की माँ और शिवेश की पत्नी बनना काफी नहीं है ?"

"कैसी संकुचित मनोवृत्तिवाले पुरुषों जैसी बात कह दी तुमने ! उसके परे भी तो कुछ और हूँ मैं। एक स्त्री जिंदगी के वाक्य की कर्ता भी तो होती है, केवल कर्म ही नहीं।"

"इतनी असुरक्षित हो कि अपने अहं को सहलाने के लिए पूरा जमघट चाहिए ?"

"तुम्हें जलन हो रही है ?" मंजुश्री ने कुछ खुशी और कुछ ताज्जुब से कहा था।

"अगर जिंदगी के वाक्य का कर्ता ही बनना है तो कुछ करो, गढ़ो अपने को। सँवारो अपने व्यक्तित्व को। सिर्फ भौंहों को ही नहीं।"

"कितनी कड़वी जबान है तुम्हारी !"

मंजुश्री का उतर गया दुखी चेहरा देखकर उसे अपने पर ग्लानि हुई। दूसरे की खूबसूरत बीवी को त्रास देने की इच्छा क्यों उठी ? उसने अपने मंतव्य को टटोलते हुए पाया। क्या सचमुच कहीं चाह दबी पड़ी है मंजुश्री जैसी खूबसूरत स्त्री को बाँहों में पकड़कर भींच देने की ? वह अन्यथा नहीं लेगी, उसे मालूम है। पर शिवेश, उसके पुराने सहज प्रवृत्ति के दोस्त ? मंजुश्री थी कि टुकुर-टुकुर देखे ही जा रही थी।

"आइ'म सॉरी। मैं तो कह रहा था कि इधर-उधर फालतू बातों में उलझे रहने की बजाय कुछ उपयोग करो अपनी बुद्धि का !" फिर वह हँस दिया, "विद्यार्थियों की तरह लेक्चर दे रहा हूँ। अब जाओ, मेरी क्लास का समय हो रहा है।" मंजुश्री कुछ देर खड़ी रही, अनमनी-सी। उसने हाथ फैलाकर कहा, "हम मित्र हैं, हैं न ?"

मंजुश्री ने अपना हाथ उसके हाथ पर रख दिया, "हाँ।"

मंजुश्री के लैब से चले जाने के बाद वह कई दिनों तक मंजुश्री के साथ हुई बातों के बारे में सोचता रहा। अगर मंजुश्री को सजकर शिवेश की मित्र-मंडली के बीच बैठना और हँसी-ठट्ठा अच्छा लगता है तो इसमें उसे क्यों आपत्ति होती है ? अगर वह कपड़े जरा ज्यादा ही कसे पहनती है तो शिवेश को कुछ कहना चाहिए। मंजुश्री

को वह अच्छा लगता है, जरूरत-बेजरूरत वह उसकी लैब में आ जाती है। उसे चाहिए क्या ? पति, पुत्र सभी तो हैं ! कितनों ने उसका नाम अपनी मर्दानगी से जोड़कर डींगें हाँकी हैं। शायद उसे एक मित्र चाहिए, जो निष्पक्ष और तटस्थ हो, जो उसके स्त्री होने का लाभ न उठाए, जो दोस्त के घर सेंध नहीं लगाए।

उसे मंजुश्री शुरू से अच्छी लगी। वैसी चंचलता और नखरेबाजी उसने कम ही देखी थी। शिवेश और मंजुश्री के साथ बैठकर समय अच्छा कट जाता था। पर आकर्षण ? आकर्षण बिलकुल भी नहीं था। मंजुश्री क्या, शादी-ब्याह, प्रेम या अफेयर की इच्छा मन में नहीं उठी। कभी कोई लड़की उसे इतनी अच्छी नहीं लगी कि घूमा-फिरा जाए अपना अमूल्य समय नष्ट करके। अभी भी लड़कियाँ इर्द-गिर्द मँडराती थीं, विशेषकर नयी आयी हुईं। पर मंजुश्री उन्हें देर-सबेर आगाह कर ही देती थी—क्यों समय खराब कर रही हो इनकी आशा में ? इन्हें सिर्फ अपने कंप्यूटर से प्यार है। वही इनके दिल का सम्राट है और लैब इनका राजमहल। कंप्यूटरों के साथ काम करते-करते दिल भी वैसा ही रूखा हो गया है। कभी किसी दिन हँस देते हैं तो उस दिन धूप निकल आती है, वरना इनकी जिंदगी में तो हमेशा बर्फ ही पड़ती रहती है।

शायद वह ठीक कहती है। किसी भी स्त्री से वह जुड़ नहीं पाएगा, कुछ अंदर महसूस ही नहीं होता—न बहन, न प्रिया। लता के सालों कैनेडा में रहने के बावजूद न वह कभी मिला था, न कोई संपर्क ही रखा था। वह बहन थी, फिर भी उसे लगता था कि उसका कोई नहीं है। शिवेश और मंजुश्री के प्रति वह आभारी था। जब उसका कहीं कोई संबल या सहारा नहीं था, उन्होंने अपने घर रखा, खिलाया-पिलाया। छोटी-सी तनख्वाह में उसे भी अपने परिवार का सदस्य बना लिया था। आकाश-विकास को डाँट पड़ती रहती थी कि वे अंकल के काम में बाधा न डालें।

उसे थीसिस समाप्त करते ही अपनी ही युनिवर्सिटी में ऐस्ट्रो-फिजिक्स विभाग में नौकरी मिल गयी थी। तब भी शिवेश या मंजुश्री को जलन नहीं हुई। "तुम डरते हो," मंजुश्री ने एक बार कहा था, "तुम डरते हो, क्योंकि तुम्हें ऐसा लगता है कि जैसे माँ छोड़कर चली गयी वैसे ही वह भी न चली जाए !"

"बहुत मनोविज्ञान पढ़ लिया है ! कहाँ, काठमांडू विश्वविद्यालय में ?" उसने ताना देते हुए कहा था।

"उड़ा दो हँसी में मेरी बात ! यह तो तुम पुरुषों का स्वभाव ही होता है—किसी स्त्री की सीरियस बात पर ध्यान न देना ! मगर मेरी एनालिसिस सही है। तुम किसी से स्नेह कर ही नहीं सकते। तुम्हारे मन में इतना क्रोध, इतना क्षोभ भरा हुआ है स्त्रियों के प्रति, क्योंकि तुम बालपन में माँ के न होने के दुख से उबरे ही नहीं। तभी तो जब बात करते हो, जली-कटी।"

शिवेश ने कहा था, "छोड़ो भी इस बात को ! क्यों तुम दोनों झगड़ते ही रहते हो ? मंजुश्री, जरा सोचकर बोला करो।"

यह सच था कि मंजुश्री के पास रूप भी था, बुद्धि भी, परंतु पढ़ाई कहीं बीच में ही छूट जाने के कारण उसके आगे कम विकल्प बचे थे। वह कुछ करना चाहती थी, और बार-बार उससे सलाह लेने उसके लैब में आने लगी थी। वह रिसेप्शनिस्ट, सेल्सगर्ल के आगे कुछ बनना चाहती थी। जैसे उसके मन में आकांक्षा जाग उठी थी कि वह भी कुछ करे। अखबार में एक विज्ञापन पढ़कर कि जमीन-जायदाद बेचनेवाले सदस्यों का संघ दो अल्पसंख्यकों को हजार-हजार डॉलर की स्कालरशिप देगा ट्रेनिंग के लिए—उसने अखबार मंजुश्री के आगे रख दिया था। मंजुश्री को स्कॉलरशिप तो नहीं मिली मगर एक संस्था ने ट्रेनिंग पूरी करने पर उसे नौकरी देने का वचन दिया, छह प्रतिशत कमीशन पर।

पढ़ाई पूरी करते ही मंजुश्री बदलने लगी। घोड़े की पूँछ जैसे बाल, रंग-बिरंगे क्लिप-चिमटियाँ गायब हो गयीं। नए स्टाइल के बाल बने, मेकअप कम हुआ, पायलें उतरीं। क्रीम कलर का जैकेट-स्कर्ट पहन और ब्रीफकेस लेकर वह नौकरी पर जाने लगी। पर कई महीनों की दौड़-धूप के बाद भी वह एक भी मकान नहीं बेच पायी। फिर जब उसकी नजर में यह मकान पड़ा तो उसने ठान ही लिया कि यह तो बेचना ही है। मकान नया था—दो जुड़वाँ हिस्सों में बँटा हुआ। दोनों तरफ तीन-तीन कमरे, बैठक, रसोई, दो बाथरूम। वह उसके पीछे ही पड़ गयी कि अगर वह मकान का एक यूनिट ले ले तो दूसरा यूनिट जैसे भी होगा, वे लोग ले लेंगे। कमीशन भी नहीं देना पड़ेगा। वह अपने रेकॉर्ड पर दिखलाना चाहती है कि उसने एक घर बेचा है। उन लोगों के प्रति आभार प्रकट करने के लिए उसने एक यूनिट खरीदा। मगर खरीद उसकी उम्मीद से ज्यादा ठीक बैठी। घर विश्वविद्यालय के पास ही था। बीच में सम्मिलित दीवार थी, पर उधर का शोर नहीं आता था। माँ को भी घर अच्छा लगा। वे दोनों रसोइयों के बीच का दरवाजा खुला ही रखतीं और मंजुश्री से उनकी खूब पटती। वे सर्दियों के ही दिन थे, और मंजुश्री के काम में मंदी थी।

उस दिन छुट्टी थी, मगर माँ को मालूम नहीं था। वे नहा-धोकर निकलीं तो घर में सन्नाटा पाकर सोचा होगा कि वह रोज की तरह पौने-आठ बजे निकल गया होगा। पर वह अपने कंप्यूटरवाले कमरे में काम कर रहा था। उसका ध्यान टूटा मंजुश्री और माँ की बातचीत से। मंजुश्री कह रही थी, "मामा ने शहर ले जाकर होटल में लगवा दिया। काठमांडू का सबसे बड़ा होटल है। वहीं काम करने लगी। 'ये' आकर वहीं ठहरे। मामा ने मेरी मर्जी तो पूछी ही नहीं, बस कर दी शादी—कि

यहाँ तो खाने के ही लाले हैं, फिर नेपाल में तो होने से रही इसकी शादी। बाहर के हैं, ले जाएँगे। लड़की अमरीका में रहेगी तो माँ-बाप की मदद भी करेगी। बराबर पैसा भेजती हूँ, कभी इनसे पूछकर, कभी छुपाकर। मुझे 'ये' बिलकुल नहीं पसंद थे। उम्र में बड़े, फिर स्मार्ट भी नहीं। होटल में एक-से-एक स्मार्ट लड़के आकर ठहरते थे। हिंदुस्तान के फिल्म एक्टर शूटिंग के लिए आते थे, बाहर के ग्रुप-के-ग्रुप सागरमाथा जाने के लिए, लंबे-चौड़े, मजबूत। धत् यह क्या थे—थुलथुल ! मेरा मन होता था कि मुझे भी बड़ा लंबा स्मार्ट-सा लड़का मिले। बढ़िया साड़ी पहनकर हनीमून मनानेवाली लड़कियों की तरह घूमूँ। मगर निभा रही हूँ। भले हैं, इज्जत-नाम सब दिया है। कभी मेरी गरीबी का ताना नहीं दिया। पर जानती हूँ, अब जो मिलेगा अपने ही उद्यम से। इनकी तो तरक्की होने से रही, डेयरी साइंस में पोस्ट डॉक्टर बने-बने जिंदगी काट देंगे। कभी इस लैब में, कभी उस लैब में। कभी 'आइसक्रीम सुधार' पर काम करेंगे, कभी अंडे-मुर्गी पर। नाक में पाँच हीरों की लौंग अभी तक नसीब नहीं हुई। न लगता है कि कभी होगा।''

माँ ने कहा, ''लीटर-लीटर दूध गटकने को कहती है लता। कहती रहती है—अंगूर खाओ, पिस्ता-बादाम खाओ। है भी कितना यहाँ, हर चीज देखकर ही मन भर जाता है। वहाँ प्याज-लहसुन तक में आग लगी हुई है। लता ले गयी साड़ियाँ दिलाने, मैंने बहुत मना किया, मानी ही नहीं। बोली, तुम्हें रंगबिरंगी प्रिंट की साड़ी पहने देखकर अच्छा लगता है। रोज देखते हैं हम लोग। जाने क्या-क्या। धूपकिनारे अनकही—बुनियाद के भी सोलह भाग देखे। नए टेप अभी आए नहीं थे। वहाँ तो घर में गैस तक नहीं है, टीवी की बात तो दूर रही। छह बहनों में सबसे छोटी थी मैं। माँ-बाप बहनों की शादी करते-करते थक गए थे। स्कूल के मास्टर, शरीफ आदमी। इज्जत है, ठीक से रखेंगे। पहली के दो बच्चे हैं, तो क्या, पल जाएँगे। मुझे बच्चा पालना क्या आता था ? फिर भी सभी को अपना लिया, फर्ज समझकर करती रही। हँसी-ठट्ठे या फालतू बातों के लिए टाइम ही कहाँ था ? जैसे हँसना भूल ही गयी। लता बार-बार कहती है कि तुम दोनों आ जाओ, आराम से रहो। हम दोनों ही कामकाजी हैं। घर में रहो, बच्चे को देखो। अकेला ही धेवता है। पर लता के बाबूजी कभी तैयार नहीं होंगे आने को। अपने शहर, गंगाजी के किनारों से कितना जुड़े हैं ! चप्पे-चप्पे पर पुराने शिष्य हैं। बेतरह मान है इनका। कितनी मुश्किलों से खंभात गए हैं, वह भी लता के खयाल से। इतनी उम्र में पहला बच्चा होनेवाला था, बहुत घबरा रही थी बेटी। यहाँ यह लड़का तो निराला ही है। बचपन से ही ऐसा है। चुप्प, घुन्ना, इसे न प्यार होता है न दुख-दर्द। साइकिल से गिरकर बाँहें तोड़ ली थीं, वैसे ही हाथ लटकाकर घर चला आया था। हड्डी बैठा कर पलस्तर हुआ था, तब भी एक भी चीख नहीं निकली थी। वैसे इन्हें तीनों बच्चों में यही प्यारा है। प्राण बसते हैं इसमें। मगर कभी दिखावेवाली बात तीनों के तीनों

में नहीं है। बस लता ही है, ढाढ़ें मार-मारकर रोनेवाली।''

वह एकदम सुन्न और जड़ हो गया। उसके आगे एक बंद दरवाजा खुल गया था जिसकी उपस्थिति का उसे एहसास भी नहीं था। सालों से वह अपने रिसर्च पढ़ाने के काम में इतना डूबा हुआ था कि वहाँ परिवार में क्या हो रहा है, यह भूल-सा ही गया था। परिवार में चिट्ठी लिखने का चलन नहीं था। दद्दा कैसे हैं, बाबूजी कैसे हैं, लता कैसी है—इस सबकी खबर न आती। न वह अपनी खबर भेजता। माँ के आने पर भी वह उनको देखता रह गया। वे एकदम बदली हुई लग रही थीं। उनके चेहरे से खुशी फूटी पड़ रही थी।

''ऐसे रहते हो ?''

''हाँ, क्यों ?''

''कुछ नहीं। बड़े की शादी तो हुई नहीं। लड़की का भाई इमीग्रेशन दिलाकर यहीं ले आया।''

''बाबूजी कैसे हैं ?''

''रिटायर हो गए हैं। पेंशन मिलती है। स्कूल का घर भी छोड़ना पड़ा। अब खंभात ही रहेंगे। लता ने बहुत बुलाया, पर वे आने को राजी नहीं हुए। लता ने इमीग्रेशन के लिए अर्जी दी है।''

''अपने ?''

''नहीं, हमारे लिए। वैसे मुझे तो पाँच साल का विजिटिंग वीसा मिला ही है।''

''तो तुम पाँच साल रहोगी ?'' उसने चौंककर पूछा था।

''लता तो नौकरी करती है, उससे बच्चा कैसे पलेगा ? यहीं रह जाने को कह रही है।''

''पर बाबूजी ?''

''बाबूजी पता नहीं आने को राजी होंगे या नहीं। तबीयत भी ठीक नहीं रहती। रिटायर होने के बाद एकदम गुमसुम हो गए हैं। तुम कितने सालों से नहीं गए। जाकर एक बार मिल आओ तो उन्हें कितनी खुशी होगी। हरेक से तुम्हारी बात करते हैं। लता भी कहती है, भाई साहब कभी खोज-खबर ही नहीं लेते। यहाँ से टोरंटो दूर ही कितना है ? बस इसी कंप्यूटर में नाक अड़ाए बैठे रहते हो रात-दिन।''

यह वही माँ हैं, चुप रहनेवाली, काम-से-काम रखनेवाली। कैसी आसानी से इन्होंने अपने को सबसे अलग कर लिया है, बाबूजी तक से। उसे उन पर गुस्सा आने लगा। पर तभी मंजुश्री की बात उसके दिमाग में कौंध गयी—माँ और पति के परे भी मैं कुछ और हूँ, 'स्वयं'।

यह रंगबिरंगी साड़ी पहननेवाली, धारा-प्रवाह बातें करनेवाली स्त्री के व्यक्तित्व में क्या-क्या छिपा रहा है, क्या-क्या दबा रहा है इतने सालों तक वाइस-प्रिंसिपल की पत्नी और दो सौतेले बेटों की माँ बनकर ! जब-तब उनकी और मंजुश्री की वही शिकायतें बनी रहीं—वह अलग-अलग रहता है। कहीं आता-जाता नहीं। न दोस्त, न संगी-साथी। बस रिसर्च और रिसर्च ... पढ़ाना, लैब और कंप्यूटर। "आपका बेटा भी मशीन बनकर रह गया है, आंटी।" मंजुश्री ने कहा था।

"क्या कहूँ ? बचपन से ही ऐसा था। कम बोलता था, कम खाता था। अँधेरा होने तक अकेला नहर के आसपास घूमता रहता था।" माँ ने कहा।

"शादी क्यों नहीं की ?"

"बस, नहीं ही हुई। रिश्ते तो बहुत आए। इसने कभी आकर लड़की देखी ही नहीं, न 'हाँ' की न 'न' की।"

बाबूजी खत-किताबत करते रहे थे। इंतजार करते रहे थे कि यह कभी आए, लड़की देखे तो आगे बात चले। फिर माँ चली गयीं लता के पास और एक बार हिलकर जिंदगी स्थिर हो गयी। पर तभी वह सोचने लगा था कि वह जल्दी ही भारत जाएगा। बाबूजी से पूछेगा कि क्या चाहते हैं ? खंभात में उन्हें कतई अच्छा नहीं लगता होगा। क्या पुराने शहर में लौटना चाहेंगे ? वहाँ घर लेकर रहना चाहेंगे ? महीने-के-महीने बैंक से हिसाब आता है, पैसे जमा होते जा रहे हैं। उनका कुछ करना होगा। दद्दा कब तक करते रहेंगे ? बाबूजी सुबह उठते होंगे, अखबार पढ़ते होंगे। नहीं, माँ कह रही थी मोतियाबिंद शुरू हो रहा है, धुँधला-धुँधला दिखाई देने लगा है। इसके आगे वह और कल्पना नहीं कर पाया। बाबूजी का पूरा दिन कैसे कटता होगा ? दद्दा की जिंदगी में क्या हो रहा है ? शायद कुछ नहीं। जैसे उसकी अपनी जिंदगी सिलसिलेवार चली जा रही है।

वह बहुत दिनों तक माँ और बाबूजी, शिवेश और मंजुश्री के बारे में सोचता रहा। माँ लता के पास कितनी खुश हैं ! वह इस बार पहली ही छुट्टी में भारत जाएगा और बाबूजी को मना लेगा। वह उन्हें साथ ही ले आएगा, लंबी यात्रा में देखभाल करता हुआ। उसकी बात नहीं टालेंगे बाबूजी। अगर चाहेंगे तो भारत में वह घर बनवा देगा, उसी पुराने शहर में। जब यहाँ से मन उचटेगा तब वहाँ चले जाया करेंगे—उन्हीं परिचित गलियों-घाटों और नहर के पुल के पास घूमने के लिए। हर दो कदम पर पुराने शिष्य स्वागत करेंगे।

वह भी अपने को बदल डालेगा। अपने अंदर पैठकर खोज करेगा कि वह असल में क्या है ? सचमुच में उसका 'स्वयं' क्या है ? इस निरंतर शोध और अध्यापन में लीन केवल एक शुष्क वैज्ञानिक या इसके परे कुछ और भी।

उत्सांह के उस दौर में उसने नागरिकता के कागज भी भर दिए। नागरिक होते ही वह बाबूजी और माँ के ग्रीन कार्ड के लिए अर्जी दे देगा। मंजुश्री से कहकर बड़ा मकान खरीदेगा और एक अच्छे, स्थिर सामाजिक प्राणी की तरह रहेगा। शादी-ब्याह भी भविष्य काल में संभव है। अभी तो वह वर्तमान में ही रहता आया है। एक दिन के बाद दूसरा दिन। मंजुश्री अपनी छोटी बहन के बारे में बात किया करती थी। वह भी उसी की तरह थी—गोरी, दुबली, चुलबुली। क्या नाम है उसका ? हाँ, त्रिपुरा। शादी में सबसे पहले वह त्रिपुरा और मंजुश्री दोनों को पाँच-पाँच हीरोंवाली नाक की लौंगें बनवाकर देगा। कभी-कभी हँसी आती और लगता कि वह शेखचिल्ली जैसी बातें सोचने लगा है। मगर जिंदगी अगर एक वाक्य है तो उसकी समाप्ति भविष्य काल की क्रिया में होनी संभव है।

एक शाम नशे के दौर में उसने मंजुश्री से यह सब कह डाला। वह उसे सपाट दृष्टि से देखती रही। फिर बोली, "त्रिपुरा की तो कब की शादी हो गयी ! शायद तुम्हें बताया नहीं। तुम्हें रुचि भी क्या थी ? हाँ, बाबूजी को आने को राजी कर लो तो माँ को बहुत खुशी होगी। अगर वे न भी आएँ तो मेरी बात सुन लो, वे लौटकर जानेवाली हैं नहीं। पिंजरे से निकल पंछी कभी वापस गया है ?"

"वे बाबूजी के बिना रह लेंगी ?" उसे हैरत हुई।

"उन्होंने अपना फर्ज पूरा कर दिया ..."

"तो तुम भी बच्चों के बड़े हो जाने पर शिवेश को छोड़कर चल दोगी ?"

"क्या मालूम ?"

उस वक्त उसे मंजुश्री से बहुत चिढ़ हुई और माँ पर भी क्रोध आया था। मगर मंजुश्री का भाषण टालने के लिए वह चुप ही रहा।

फोन सुबह-सुबह आया था। अचानक। अप्रत्याशित। लाइन बहुत गड़बड़ थी। बार-बार दोहराने पर सिर्फ समझ में यह आया कि दद्दा कह रहे हैं—बाबूजी को दिल का दौरा पड़ा है, तुरंत आओ।

"दद्दा ! दद्दा ! डॉक्टर क्या कह रहे हैं ?" उसने बार-बार पूछा, "तुरंत आना मुश्किल होगा। यहाँ कैजुअल लीव तो होती नहीं। प्रबंध करना पड़ेगा। दद्दा, बाबू जी ने मुझे बुलाने को कहा है क्या ?"

पर उधर से फोन कट गया था। वह एकदम सुन्न हो गया था। कुछ देर जड़ बैठे रहने के बाद उसने दद्दा के ऑफिस का फोन मिलाने की कोशिश की थी। बार-बार ऑपरेटर के स्वर में रेकॉर्डिंग आती रही—क्षमा करें, जिस देश को आप फोन कर रहे हैं वहाँ की सभी लाइनें व्यस्त हैं। घड़ी पर नजर जाते ही वह चौंक पड़ा था। समय बहुत कम था। अगर जहाज पकड़ना था तो घर से तुरंत

निकलना होगा।

उसे कुछ भी याद नहीं है। शिवेश ने कैसे उसके टिकट का प्रबंध कराया, मंजुश्री ने कैसे उसका सूटकेस तैयार किया। मंजुश्री को ही ध्यान आया था—पता नहीं माँ को खबर हुई या नहीं। उसने अपने घर से फोन किया और आकर बताया, "लता कह रही है तुम टोरंटो जाते हुए और माँ को लेते हुए जाओ।"

उसने झुँझलाकर कहा था, "उसमें बारह घंटे और खप जाएँगे ! मैं अब जा रहा हूँ। लता से कहो, वही इंतजाम करे। मैं जा रहा हूँ टोक्यो होता हुआ, और वे जाएँगी लंदन होती हुईं।"

"वे भी टोक्यो से होकर जा सकती हैं न ?"

शिवेश ने उसे डाँटा था, "तुम बीच में मामला उलझाओ मत ! इसे निकलने दो !"

सैन फ्रांसिस्को पर दो घंटे रुकना पड़ा। वह बार-बार फोन मिलाता रहा और बार-बार रेकॉर्डिंग जवाब देती रही—सारी लाइनें व्यस्त हैं, क्षमा कीजिए।

सोलह घंटे टोक्यो तक—उसके आगे कितने घंटे बंबई तक, उसे याद नहीं रहा। वह जहाज के पिछले हिस्से में अपनी सीट पर बैठा सिगरेट-पर-सिगरेट पीता रहा। पूरा-का-पूरा जैसे अधर में लटका हुआ—एक प्रतीक्षा में। यात्रा के अंत में क्या मिलेगा—इसी में उलझा हुआ। बाबूजी जरूर सुधर रहे होंगे। आजकल चिकित्साशास्त्र कितना बढ़ गया है। डॉक्टर लोगों को मौत के मुँह से निकाल लाते हैं। वह बाबूजी के पास बैठकर उन्हें अंगूर खिलाएगा। उनसे कितनी बातें करेगा, जो कभी नहीं कीं। कभी नहीं बता पाया कि गर्मी के दिनों में झुटपुट में नहर के पास उनके साथ घूमना उसको कितना अच्छा लगता था। जो भी बन सका, आपके त्याग और आदर्शों की वजह से, बाबूजी।

उसे पहली बार महसूस हुआ कि कितनी लंबी है भारत तक की यात्रा। आधी दुनिया पार करके पहुँचते हैं। जहाज जैसे चींटी की चाल से चल रहा था। रात-दिन एक-दूसरे में गडमड। सबकुछ एक विकराल रात्रि की तरह। वह रास्ते-भर अपने को दिलासा देता रहा कि दद्दा बेकार में घबरा गए होंगे। बाबूजी ने भी कह दिया होगा कि खबर कर दो। वह इतने सालों से आया भी नहीं है। बीमारी में मन वैसे भी छोटा हो जाता है। दिल के दौरे भी कई तरह के होते हैं। हलका दौरा ही होगा। डॉक्टर का क्या जाता है, कह दिया होगा, बुला लो, तीमारदारी में मदद मिलेगी। माँ को भी गए डेढ़ साल तो होने ही आया।

बंबई में वह बेशर्मी से धक्कामुक्की करता हुआ जहाज से उतरा था। दौड़ता हुआ कस्टम में पहुँचा था और लाइन के आगे पहुँचकर जोर से कहा था, "इमरजेंसी में आया हूँ। आप पहले मुझे क्लियर कर दें।" महिला कस्टम ऑफिसर ने उसका चेहरा देखा, फिर उसका हलका-सा सामान, और उसके कार्ड पर

दस्तखत करके उसे बाहर जाने का संकेत दे दिया। वह भागता हुआ ही दरवाजे से निकला था।

घर के आगे कुछ लोग सफेद कपड़ों में खड़े थे। ऑटो से उतरते हुए उसने देखा कि मुर्दाघर की गाड़ी भी एक किनारे खड़ी हुई थी। वह एकदम शिथिल पड़ गया। खाली नजरों से उसने आसपास के लोगों को देखा। उनमें एक भी चेहरा पहचान का नहीं था। तभी दद्दा बरामदे से निकले और उसे कंधे से लिपटाकर जोर से रो पड़े थे। दद्दा बहुत कम रोते थे, कभी-कभार ही। अब भी एक उबाल के बाद शांत हो गए।

बरामदे में ही जमीन पर बाबूजी एक सफेद चादर से ढँके हुए थे। अकेले। कोई और कमरे में नहीं था, सिवा एक पंडित के जो ओठों में कुछ बुदबुदाते हुए कोई ग्रंथ पढ़ रहे थे। उसने चादर उठाकर बाबूजी का मुँह देखा था। उनके कानों, नाक और मुँह में रुई ठुँसी हुई थी। एक झटका-सा खाकर उसने चादर हाथ से छोड़ दी थी। लगा था जैसे सीने के अंदर तड़-तड़ करके कुछ टूट रहा है। जबड़े कसते हुए एक गहरी पीड़ा की रुलाई उसके अंदर से उठी थी, अंदर के सारे अंग मरोड़ती-ऐंठती हुई। पर उससे रोया नहीं गया। चादर से बाबूजी का मुँह ढँककर वह वहीं बैठ गया। दद्दा भी पास आकर बैठ गए। आँखें पोंछते हुए उन्होंने पूछा, "माँ कब पहुँचेंगी ? अब और रखा नहीं जा सकता। वैसे भी चौबीस घंटे से ऊपर हो गए हैं। क्या किया जाए ?"

सफेद चादर से आपादमस्तक ढँके बाबूजी क्या सुन रहे हैं उनकी बातचीत ? क्या उन्हें मालूम पड़ गया है कि वह उल्टे-सीधे किसी तरह उन तक पहुँच गया है। कितनी बातें वह मन-ही-मन उनसे कर रहा है। लोग कह रहे हैं कि अब क्रियाकर्म हो ही जाना चाहिए। तुम भी आ गए हो।

"यह सब कैसे हुआ ?" उसने पूछा था।

"अचानक ही। कुछ पता ही नहीं चला। सोये-के-सोये रह गए। नौकर जब चाय देने गया तो उसने देखा। डॉक्टर ने कहा, रात में दिल का दौरा पड़ा। उन्हें कोई तकलीफ नहीं हुई होगी। तुम्हें फोन किया तो फोन पर पूरी बात मुँह से निकल नहीं पायी।"

बाबूजी के सारे अंग, हाथ-पैर सब अकड़े हुए हैं। इतने कड़े कि कैंची से कुर्ता काटकर नया कुर्ता शरीर पर डाला गया है। वह बैठा-बैठा देख रहा है। पर जैसे वह कहीं दूर चला गया है। गंगा की नहर के पास सड़क पर चलते हुए बिच्छू ने मुझे काट लिया—बताओ यह इंग्लिश में सही है या गलत ? बाबूजी उससे पूछते हैं। लकड़ी के पुल पर पानी चढ़ आया है। एक हाथ से धोती ऊपर उठाकर और

दूसरे हाथ से कसकर उसका हाथ पकड़कर नहर पार कराते हुए वे पूछ रहे हैं—सड़क पर चलते हुए ...

वह अंतिम बार उनके पैर छूता है। एकदम ठंडे। सफेद। रक्तहीन।

माँ तीसरे दिन पहुँचीं, रंगीन छापे की साड़ी में, रोती-बिलखतीं। सुनसान घर देखकर छाती पीटने लगीं। "अरे नालायको, तुमने मेरा इंतजार भी नहीं किया ! अरे चंडालो, तुमने आखिरी बार मुँह भी नहीं देखने दिया !"

दोनों भाई सिर झुकाए बैठे रहे। उसके मन में ढेर-सी क्रूरता भर उठी। और पियो गटर-गटर लीटर-भर दूध ! अंगूर खाओ ! वीसीआर पर 'बुनियाद' देखो और लता के बेटे के पोतड़े धोओ ! उसी में तुम्हें सुख मिलता था न, जो बाबूजी को खंभात ठेलकर तुम साल से ऊपर टोरंटो रह गयी थीं। उसने होंठ भींच लिए।

दद्दा ने कहा था, "माँ, ऐसा मत सोचो। और रखना मुश्किल था। तुम्हें तुरंत ही खबर दी थी।"

"एकदम ऐसे कैसे हो गया ? न बुखार, न बीमारी ..." माँ ने रोते-रोते कहा था।

"उनकी देखभाल ठीक से नहीं हुई होगी। नौकर के हाथ का खाकर उनकी हालत बिगड़ गयी। मेरें साथ गए होते तो ऐसा नहीं होता ..."

"उन्हें लीटर-लीटर भर दूध नहीं पिलवा पाए दद्दा !" उसके मुँह से निकल गया।

माँ और भी जोर से रोयीं, "ऊपर से ताने देते हो। पेट काट-काटकर पढ़ाया-लिखाया। तुमने क्या किया माँ-बाप के लिए ? अपनी पासबुक ही भरते रहे ! सौतेला आखिर सौतेला ही होता है !"

दद्दा ने उसे धकियाकर कमरे से बाहर कर दिया था और माँ को समझाने-बुझाने लगे थे। अकेले रहते-रहते दद्दा एकदम औरताना व्यवहार करने लगे हैं। माँ रोतीं और विलाप करतीं। उसे रह-रहकर क्रोध आता—हर चीज पर, हरेक पर, अपने पर, माँ पर। आगे क्या होगा ? माँ कहाँ रहेंगी ? क्या करें ? दद्दा बार-बार उससे पूछते। पर उसके पास कोई जवाब नहीं था। उसके दिल पर एक भारी-सा बोझ था। उसे माँ के बिलखने और दद्दा के इतनी जल्दी सहज हो जाने पर ईर्ष्या होती थी। वह ऐसा क्यों नहीं कर पा रहा है ?

वह बाहर बैठा अकेले सिगरेट पीता रहता था। उसके मन में बार-बार बर्फ से घिरे शांत निस्तब्ध अपने घर का चित्र उभरता रहा था। मन बोझिल था—कि उसने बाबूजी के लिए कुछ नहीं किया, एक पार्कर पेन तक खरीदकर नहीं दिया। जैसे उसे स्वयं किसी चीज की इच्छा-कामना-आकांक्षा नहीं थी, क्या किसी को भी

नहीं थी ?

बाबूजी के शांति हवनवाली रात ही वह चल पड़ा था। माँ दरवाजे तक आयी थीं। वे रह-रहकर रोती थीं। उसे ताज्जुब होता कि माँ इतने आँसू इतने साल तक कहाँ समेटे रहीं ?

उसने झुककर माँ के पैर छुए थे। माँ ने कुछ कहा जो कि हिचकियों में उलझ कर रह गया। दद्दा स्टेशन तक आए। दोनों चुप रहे। गाड़ी चलने पर भी वे प्लेटफॉर्म पर खड़े रहे। पर यह देहरादून एक्सप्रेस नहीं थी।

अकेले रसोई में बैठे उसे लगा जैसे गडमड जिंदगी अपनी जगह आ गयी है। यही है उसका घर, जमीन, जड़ें। अकेलापन ही उसका साथी, जिसमें उसे कभी अकेला महसूस नहीं होता। सन्नाटे में सिर्फ घड़ी की टिक-टिक थी। इसके अलावा कोई आवाज नहीं। बाहर हाड़ गलानेवाली सर्दी और बर्फ। अंदर अकेला वह और घड़ी की टिक-टिक।

बत्ती बुझाकर वह कमरे में आ गया। कमरा गर्म रहता था। वह जूते-मोजे उतारकर पूरे कपड़े पहने-पहने ही कंबल के ऊपर लेट गया। उसे मालूम था कि समयान्तर के कारण नींद अभी नहीं आएगी। सारा शरीर भारतीय समय के अनुसार काम कर रहा था, जहाँ अभी दिन होगा। दद्दा के फ्लैट के पीछे तार पर अम्माँ की साड़ी सूख रही होगी। वे ऑफिस गए होंगे। अम्माँ उसी खाट पर लेटी होंगी जहाँ बाबूजी लेटा करते थे। वह सोचने लगा—यही अंत है। एकदम फाइनल। इति। वैज्ञानिक दिमाग ने भी कभी परलोक, पुनर्जन्म पर विश्वास नहीं किया। शारीरिक मृत्यु ही अंत है। जीवन की इति। उसके बाद अँधेरा ही है, और शांति। अनंत शांति। चाहे जलाओ या बहाओ या दफन करो।

विद्युत दाहगृह के आँगन में चटख धूप थी। सामने उद्यान था जिसमें चार-पाँच रंगों के बेगमबेलिया पूरे उभार पर थे—गुलाबी, बैंगनी, नारंगी, सफेद, गुलाबों की महक से हवा बोझिल थी। छोटी-छोटी क्यारियों में गेंदे फूल रहे थे। दाहगृह में इतने रंग, गंध और सजावट ? लंबे गलियारे में सीमेंट के कई प्लेटफार्म बने हुए थे, जिन पर सिंदूर आदि की स्थायी चिकनाहट और रंग बस गए-से लग रहे थे।

बाबूजी को भी गाड़ी से उतारकर एक प्लेटफार्म पर लिटा दिया गया था। वह पैताने खड़ा रहा था और एकटक बाबूजी के मुँह को देखता रहा था—एकदम शांत, सौम्य और कोमल। दद्दा पंडित के आदेशानुसार सबकुछ करते जा रहे थे—यह माथे पर लगाइए ... चंदन की लकड़ी रखिए ... मुँह में गंगाजल डालिए ...

बाबूजी के चेहरे से नजर हटाकर उसने दूसरी तरफ देखा था तो बेगमबेलिया का झाड़ नजर आया। खुली धूप और नीले आकाश के नीचे बैंगनी छोटे-छोटे फूलों

से भरी शाखाएँ-ही-शाखाएँ। होस्टल से साइकिल पर साइंस म्योर कॉलेज की क्लासों में जाते हुए बेगमबेलिया ही दिखाई देते थे। कितना अच्छा लगता था इलाहाबाद उन रंगों में। पर इस वक्त वह रंग आँखों में चुभ रहा था।

वह नीचे देखने लगा था, जहाँ कुछ खाली दोने और गुलाबों की टूटी-फूटी मालाएँ पड़ी थीं। एकदम ताजी। किसी के कफन का एक लाल टुकड़ा जो कि कीच में फँस गया था और हवा में फड़फड़ा रहा था।

उसके बाद वह जैसे दृष्टिहीन हो गया था। झनझनाहट की तीखी आवाज से चौंककर उसने आँखें खोली थीं। प्लेटफार्म खाली था और किवाड़ बंद हो चुके थे। उनके पीछे कुछ नहीं देखा जा सकता था। सिर्फ सोचा जा सकता था, क्योंकि सोचने की सीमा अनंत है।

"घंटे-भर रुकिए। तब तक अवशेष मिल जाएँगे," अधिकारी ने दद्दा से कहा था।

वह बिना कुछ कहे छटपटाकर बाहर निकल आया था। गुलाबों, गेंदों और बेगमबेलिया के ऊपर एक धुआँ-सा तैरने लगा था। मांस जलने की गंध।

वह सड़क पर भागने लगा था। मगर तब भी उससे रोया नहीं गया था।

आधा शहर

मुझे देख थोड़ा-सा ताज्जुब हुआ। जाड़े के मौसम में भी पंखे चल रहे थे। एयरपोर्ट छोटा था, साफ-सुथरा, चारों तरफ जाड़े की चटख धूप, मुझे अपनी बाँह पर ओवरकोट बहुत भारी लग उठा। उसे ब्रीफकेस पर रखकर मैंने सामने देखा तो पाया कि इस बीच वह जंगले के पास आकर खड़ी हो गयी है। पहली नजर में वह पूरी हिंदुस्तानी हो आयी दिखाई दी; चिपके-चिपके बाल, सँकरे माथे पर बड़ी-सी बिंदी, इतनी बड़ी कि वह मेरी आँख में खटक उठी। वह मुझे देखकर मुस्करा दी। मैं उसकी मुस्कराहट के बारे में भूल गया था। वैसे उसका चेहरा हमेशा ही लगता था कि जैसे वह मुस्करा रही हो। पर जब वह सचमुच मुस्कराती थी तो उसके चेहरे पर एक आभा-सी आ जाती थी और बाएँ गाल पर एक बहुत हल्का-सा गढ़ा बन जाता था। अब, सामान के जहाज से उतरने और आने तक के इन मिनटों में मुझे अपने ऊपर हैरानी होने लगी है कि इला पंडित के गाल का वह हल्का-सा गढ़ा मेरी याद में कैसे टँका रह गया। यही नहीं, उसे देखते ही कितनी छोटी-बड़ी बातों का रेला मन में आ गया। हमने औपचारिक बातें कीं, पोर्टर ने मेरा सूटकेस उठाया और इला के इशारे पर टैक्सी में रख दिया।

"हम कहाँ जा रहे हैं ?" मैंने पूछा।

"तुम देखोगे ?" हम अंग्रेजी में ही बात करते हैं और इसका हिंदी में अनुवाद मेरे मन में तुम ही बनता है। वैसे इला ने कभी मुझे तुम नहीं कहा था।

उसके हाथ गोद में रखे थे, एक-दूसरे में गुँथे हुए। यह मुद्रा पुरानी थी। अपना बचाव करने को एकदम तैयार-सी। "अच्छी जगह है।" मैंने कहा। मध्याह्न की धूप जैसे अंदर आकर मेरे हाथ-पैर सेंकने लगी। बाहर रंग-बिरंगी झाड़ियाँ थीं। तरह-तरह के फूल। फूलों के नाम मुझे नहीं मालूम।

"कब से यहाँ हो ?" मैंने इला की तरफ मुड़ते हुए पूछा।

"सर्दी शुरू होने से ही।"

"काम कैसा चल रहा है ?" मैंने बहुत सतर्कता से पूछा।

वह सकुचा आयी, ''ठीक-ठीक।''

वह साफ बोल रही थी। उसने एक उड़ती नजर डालकर मुझे देखा फिर बाहर देखने लगी।

''कब तक खत्म करने का इरादा है ?'' मैंने कुरेदकर पूछा।

''मई-जून तक। जुलाई-अगस्त में रैप-अप करने का इरादा है।''

''फिर लिखोगी कब ?''

वह चुप रही। इंडियन एयर लाइंस की बस को करीब-करीब रगड़ते हुए आगे बढ़ गयी। शायद हम किसी छोटी जगह से गुजर रहे थे, क्योंकि दोनों तरफ दुकानें थीं, उनके बाद कुछ पीले पुते हुए घर, गेस्ट हाउस के दो-तीन साइन बोर्ड। और हम खुली सड़क पर फिर आ गए।

''किसी प्रकाशक से बात की ?''

''अभी नहीं।'' उसकी आवाज बहुत धीमी हो आयी थी। मैं कहना नहीं चाहता था, फिर भी कहा, ''तुम्हें तो मालूम ही है कि तुम्हारा सारा भविष्य इस किताब पर टँगा हुआ है।''

''हाँ-हाँ, मुझे मालूम है।'' उसने कुछ चिड़चिड़ी अधीरता से कहा।

''मैं तुम्हारे भले के लिए ही ...'' इला ने हाथ बढ़ाकर मेरी मर्दानी हथेली को हलके से छुआ और कहा, ''तुमसे विनती करती हूँ, प्लीज अभी वह सब नहीं, इस समय नहीं।''

टैक्सी जब होटल के पोर्च में रुकी, तब तक हम चुप रहे। इला ने पर्स से चाबी निकाली और सामने खड़े लड़के को पकड़ा दी, ''साहब का सामान कमरे में रख दो ...'' फिर मुझसे पूछा, ''कुछ हाथ-मुँह धोओगे कि सीधे कॉफी पीने चलें ?''

''तुम यहीं ठहरी हो ?'' मैंने पूछा। इस डीलक्स होटल में ? शायद यह बिना पूछे मेरी आवाज में आ गया था।

''हाँ ... और तुम भी।'' उसने कहा, ''मेरे अतिथि की तरह।''

''मगर इला ...''

''इला-विला कुछ नहीं।'' उसने कहा। ऐसा लगा कि जैसे वेटर उसे पहचानते हैं। हमें तुरंत अच्छी-सी मेज मिल गयी। गरमागरम कॉफी हमारे सामने आ गयी। सामने स्विमिंग पूल था। उसके आगे दुर्ग की मोटी दीवारें और उनको हल्के-हल्के सहलाता हुआ अरब सागर। धूप की चमक पानी पर अब भी इतनी तेज थी कि आँख नहीं ठहर रही थी, पर इला एकदम चुप हो आयी और टकटकी लगाकर कहीं दूर क्षितिज को ताकने लगी। मैंने सिगरेट सुलगाया और पूछा, ''तुम कब बात करना चाहोगी ?''

उसने मुझे देखा, ''पूछो, मगर एक शर्त पर–कि तुम बात करने के बाद तुरंत

बंबई नहीं लौट जाओगे—कुछ दिन रुकोगे।''

''कुछ दिन ? मेरे पास इतना समय ही कहाँ है, कलकत्ता, मद्रास, वाल्टेयर, नेपाल सभी जगह जाना है।''

''मालूम है, श्रीयुत डीन साहब ?''

''मुझे विश्वविद्यालय ने काम से भेजा है। यह मजे के लिए ट्रिप नहीं है।''

''मुझे मालूम है, मगर क्षण को बर्बाद करने की तुम्हारी क्षमता मुझे हर बार चकित करती है। कम-से-कम यह धूप, यह आसमान, यह समुद्रगंध की साफ हवा, इस पर तो एक पल ठहरो ...'' उसने लंबी साँस ली, ''पूछो क्या पूछना है ?''

मैंने अपना ब्रीफकेस खोला। जिसे वह समय का सुख कहती है, वह मेरे लिए है बरबादी, ठीक है, समुद्र है, हवा, आसमान, हर जगह है, उसमें डूबकर निष्क्रिय बैठना मेरी समझ में नहीं आता। ब्रीफकेस खोलकर बायोडेटा निकालकर मैंने कलम खोली और पूछा, ''तुमने जो तीन लेख छपने भेजे थे, उनमें से कौन-कौन-से छप गये हैं।''

''एक भी नहीं। एक वापस आ गया। एक जापान की साहित्य पत्रिका में छप रहा है, एक प्रकाशक ने अभी जवाब भी नहीं दिया।'' उसके लापरवाह से जवाब से सचमुच मुझे दुख हुआ। कैसी है यह लड़की, क्या इसे अपनी जिम्मेदारी का कोई एहसास नहीं, कितना कुछ घट चुका है और यह है कि वैसी की वैसी।

''तुम्हें मालूम है कि तुम्हारी नौकरी स्थायी करने के लिए जो कमेटी बनी है, उसका अध्यक्ष मैं हूँ।''

''तुम हो ?'' उसने सीधे मेरी ओर देखा। फिर पूछा, ''और कौन-कौन है ?''

''तुम्हें विभागाध्यक्ष की चिट्ठी मिली होगी।''

''मैं वे चिट्ठियाँ खोलती नहीं।''

मैंने इला के चेहरे को ध्यान से देखा। शाम के धुँधलके में बदसूरत चेहरों पर भी लावण्य आ जाता है, पर इला का चेहरा वैसा ही था, खुला हुआ, आघात योग्य, उसके रंग में काफी कलौंस आ गयी थी और आँखों के नीचे धब्बे दिखाई दिए, जो पहले नहीं थे। हिंदुस्तान आकर उसका हठीला जिस्म हमेशा भर जाता था, पर इस समय वह काफी कमजोर-सी लगी।

''मैं वे चिट्ठियाँ खोलती नहीं।'' उसने दोहराया।

''कमेटी में तीन लोग हैं, आर्थर, तुम्हारा विभागाध्यक्ष, और विमेंस स्टडी से अन्ना फ्रैंक। हम सबने तुम्हारा बायोडेटा बारीकी से देखा है और इसी निश्चय पर पहुँचे कि तुम्हारा प्रकाशकीय पक्ष कमजोर है। तीन लेख छप जाते और यह पुस्तक कोई प्रकाशक ले लेता तो तुम्हारा केस काफी मजबूत हो जाता।''

"छपाओ या मरो।" उसने अमरीकी विश्वविद्यालय में प्रचलित नारा धीरे से दोहराया। फिर उसने कहा, "देखो राघव, इतना लंबा चेहरा न बनाओ। सब ठीक हो जाएगा।" दिलासा देने मैं आया था, दिलासा की जरूरत इला को थी, जिसका पूरा भविष्य एक बहुत नाजुक से धागे से टँगा हुआ है। और वह है कि माथे पर बड़ी-सी बिंदी लगाए बैठी है और धीरे-धीरे कॉफी पी रही है। मुझे लगा, यह ठीक नहीं है; उसे यह अमूल्य समय इस तरह नहीं गँवाना चाहिए—उसे पुस्तकालय में होना चाहिए। टाइपराइटर खटखटाना चाहिए, गंभीर पुस्तकें छापनेवाले प्रकाशकों और युनिवर्सिटी प्रेसों को चिट्ठियाँ लिखनी चाहिए।

"तुम्हें रूल तो मालूम ही हैं, तुमसे जबानी तो बता ही दिया गया है कि नौकरी के पाँचवें साल के अंत तक तुम्हारे विभाग को तुम्हें यह जता देना है कि तुम्हें स्थायी कर प्रोमोशन मिलेगा या फिर नौकरी खत्म होने का नोटिस ..."

इला ने बच्चों की तरह हथेली से मुँह पोंछा, फिर पूछा, "और कुछ ?"

"इला ... इला ..." मैंने कहा, "तुम जिम्मेदारी क्यों नहीं समझतीं ? तुमने कहा कि टीचिंग भार इतना है कि पढ़ने-लिखने का समय नहीं मिलता तो तुम्हारे विभाग ने छुट्टी ही नहीं दी, रिसर्च करने और यहाँ आने का पैसा भी दिया। लोगों को तुमसे उम्मीदें हैं, जो तुम्हारे समर्थक हैं, उनका तो खयाल करो।"

"यानी तुम। तुम्हारी मैं बेतरह आभारी हूँ। पर चलते समय आर्थर ने बड़े ही पितृभाव से कहा था, 'इला, हिंदुस्तान में किसी अच्छे आदमी से शादी करके बस जाओ।' मैंने कहा, 'यहाँ क्यों नहीं,' तो उसने कहा, 'मुझे लगता है, तुम वहीं सुखी रहोगी'।"

"फिर ?" मैंने पूछा।

"कहाँ मिलते हैं अच्छे आदमी," वह हल्के से हँस दी, "वे सारे तो बीवियों से बँधे बैठे हैं।"

मैंने उसके अभिप्राय को टालते हुए बात को फिर पकड़ते हुए कहा, "तुम्हें मालूम है कि तुम्हारी नौकरी पर कितने लोगों की नजर है ? तुम्हें मालूम है कि कितने लोग अंग्रेजी में पी-एच. डी. करके बेकार बैठे हैं ?"

इला ने मुझे ऐसी दृष्टि से देखा, जिसमें खेद भी था, खीझ भी। निश्चय ही वह यह बात बार-बार सुन चुकी थी।

फिर उसने उठते हुए कहा, "रेत पर चलें ?"

मेरी नजर अपने जूतों और मोटे मोजों पर गयी। फिर मैं जूते उतारने लगा, जूते और मोजे लकड़ी की पुलिया के पास छोड़कर मैं उसके साथ रेत पर आ गया। कोई जूते उठा न ले जाए, मन-ही-मन आशंकित होता हुआ। दो बच्चे गीली रेत में खेल रहे थे और उनसे कुछ दूर हटकर बैठी हुई एक विदेशी स्त्री बोतल से खालिस जिन पी रही थी। समुद्र की ओर से गीली-गीली गंध लिए हवा आ रही थी।

"सूरज को देखो।" इला ने बहुत धीमे से कहा। अब तक जिस खीझ को मैं दबा रहा था, ऊपर-ऊपर आने को हुई। सूर्यास्त, सूर्योदय, पूरा चाँद, फूल-पत्ते, इन सबमें मुझे कभी दिलचस्पी नहीं रही है। न जाने क्यों लोग इन सब रोजाना की चीजों को लेकर उत्तेजित हो जाते हैं, पर मैं आज्ञाकारी भाव से सूरज को देखने लगा, जो कि तेजी से पानी में धँस रहा था। मेरे लिए वह एक सूर्यास्त मात्र था, सूरज के पानी में डूब जाने के कुछ क्षण। मैंने देखा, आसपास के सारे लोग उधर ही देख रहे हैं, बच्चों ने खेलना छोड़ दिया है, विदेशी स्त्री अभी भी अपने में लीन जिन के घूँट ले रही है।

"जब सूरज डूबे तो कोई चीज माँग लेना।" इला ने कहा।

"तुमसे ?"

"नहीं, विधाता से।"

सूरज एकदम पानी में डूब गया, पर उस जगह अभी भी लाली थी। एक खूबसूरत, मनमोहक लाली, मुझे मानना पड़ा।

"तुमने कोई विश की ?" इला ने पूछा।

"हाँ, बताऊँ ?"

"अभी नहीं। तुरंत बताने से पूरी नहीं होगी।"

वह एक जादू का-सा क्षण था। इला एकदम छोटी बच्ची-सी लगने लगी। भोली, विश्वसनीय, आँखों से झरती आभा और हँसी-भरा चेहरा। शाम की गुलाबी रोशनी उसके चारों तरफ झिलमिला रही थी और उसमें माथे की बिंदी उतनी चटक नहीं लग रही थी। तेज हवा से उसका पल्ला फड़फड़ा उठा तो मैंने देखा कि उसकी साड़ी नीली थी, ठीक सूर्यास्त के आसमान की तरह। नहीं, वह मुस्करा नहीं रही थी, सिर्फ लग रहा था कि जैसे मुस्करा रही हो। बल्कि मुझे लगा कि जैसे उसकी आँखें गीली-गीली हैं। मेरे मन में उसके लिए एकदम बड़ा ममत्व उमड़ा और मेरे अंदर चाहना हुई कि मैं उसे सीने से लगा लूँ। किसी को रोता मैं नहीं देख सकता। खासतौर से इला को, जो कि हर मोड़ पर दुर्भाग्य को आमंत्रित करती दिखाई देती है। "मैं रोज इस वक्त यहाँ आती हूँ।" उसने कहा। मुझे खुशी हुई कि मेरी क्षणिक दुर्बलता भंग हो गयी। इस छोटी-सी भावुकता का कितना भयंकर परिणाम हो सकता है, यह मुझे अच्छी तरह मालूम था। आजकल के वातावरण में तो किसी स्त्री को डूबते से बचाना भी खतरे से खाली न था। न जाने कब हल्ला मचा दे।

"यहाँ ?"

"हाँ, पास के गाँव में तो रहती हूँ।" हमारे पीछे वह पाँचसितारा होटल बिखरा हुआ था, उसके कमरे और काटेज तारों की तरह झिलमिलाने लगे।

"मैं कहीं-न-कहीं जरूर जाती हूँ। सूर्यास्त देखने, गोआ में तो समुद्र-तटों की कमी नहीं। आओ, वहाँ मोड़ तक चलें।"

हम मोड़ तक गए, एकदम चुपचाप। क्या वह भी वही सोच रही होगी जो कि मैं ? तीन दिन बाद प्रशांत महासागर की लहरों ने अभय का शव लाकर किनारे रेत पर पटक दिया था। सुबह तक उसका आधा चेहरा चील, कौवे नोचकर खा गए थे। इला ने मुझे ही फोन किया था, मैं ही पहुँचा था। दाह-संस्कार का प्रबंध किया था, हवाई जहाज पर सीट बुक करायी थी। पास से पैसा देकर उसे विदा किया। वह हाथ में अभय की अस्थियाँ लेकर जहाज पर सवार हुई थी। जाने से पहले वह फूट-फूटकर, चीख-चीखकर रोयी मुझसे लिपटकर। मैंने उसके बाल थपथपाए, अंजू-संजू के पितावाली मुद्रा में। उसका रोना सुनकर मुझे लग रहा था जैसे कि कोई मेरे शरीर से मेरी खाल खरोंचकर उतार रहा है। उस समय मुझे लगा कि यह दुख सच्चा है, ये आँसू सच्चे हैं। इला ने सचमुच अभय को प्यार किया है और वह बेवकूफ सिरफिरा अभय अपने पागलपन में ही समुद्र में डूब मरा है।

उसके बाद मैं यह नहीं कहूँगा कि अंग्रेजी विभाग में उसे नौकरी मेरी ही वजह से मिली। वह योग्य थी और विभाग को एक लेक्चरर की जरूरत थी।

"चलो, वापस चलें।" वह इतनी देर चुप खड़ी-खड़ी समुद्र को देख रही थी, "अँधेरा हो जाता है तो मुझे समुद्र से डर लगने लगता है।"

हम वापस लौट पड़े। पुलिया के पास मैंने जूते-मोजे उठाए। इला जैसे कहीं दूर चली गयी थी, क्या वह अब भी अभय से जुड़ी है ? क्या उसमें कुछ संस्कार बचे हैं हिंदुस्तानी औरत के ? लीक पकड़कर तो वह कभी नहीं चली। स्वीमिंग पूल के पास बिजली की मशालें जलने लगी थीं और लंबे-चौड़े डिनर के लिए बर्तन, डोंगों का आयोजन दीख रहा था, शायद नृत्य का भी प्रबंध होगा, क्योंकि बाजे वाले अपना सामान निकाल रहे थे। उनके पीछे चार-पाँच दिन पहले नए साल के आयोजन में लगायी आदमकद नकली मोमबत्तियाँ जो अभी हटायी नहीं गयी थीं, जल चुकी थीं।

शुभा को यह सब अच्छा लगेगा—मुझे अनायास ही बीवी की याद आ गयी। शुभा को नयी जगहें, नए-नए होटल, नए रेस्तराँ में खाना बहुत अच्छा लगता है। अगली बार उसे भी लाऊँगा, वैसे तो वह हर बार आती थी, पर इस बार संजना को उसकी जरूरत थी। अगर अस्पताल जाना पड़ गया तो सँभालने को कोई तो चाहिए। "कमरा किधर है ?" मैंने पूछा।

"कमरे तो सभी खचाखच बुक हैं, एक कॉटेज ली है।" इला ने हिंदी में कहा, "आपको अच्छी लगेगी। थोड़ी ऊँचाई पर है। और वहाँ से दृश्य बहुत अच्छा दीखता है।"

"यह सब करने की क्या जरूरत थी !" मैंने शिष्टाचारवश कहा, "एयरपोर्ट के पास ही मीटिंग कर लेते और कल सुबह की उड़ान से मैं वापस चला जाता।"

"आपको जनवरी में गोआ की भीड़ के बारे में नहीं मालूम। यहाँ से निकलना

इतना आसान नहीं।'' इला ने दरवाजा खोला।

सुंदर कॉटेज की बैठक। छोटी-सी रसोई। दो कमरे।

''तुम कहाँ ठहरी हो ?'' मैंने पूछा।

''यहीं। उस छोटे कमरे में।'' वह सहज थी।

''क्यों ? तुम मुझसे डर रहे हो ?''

वह बीचोंबीच खड़ी रह गयी।

मेरे मन में बहुत-सी बातें एक साथ उठीं, उससे क्या कहूँ, क्या नहीं, सोचता हुआ मैं एक कुर्सी पर बैठ गया।

''मैं सच कहती हूँ कि मुझे मालूम नहीं था कि तुम मेरी कमेटी के अध्यक्ष हो। मुझे जब तुम्हारा खत मिला कि तुम मुझसे कुछ बात करना चाहते हो तो मुझसे जो कुछ आतिथ्य बन सका, किया। तुम बरसों से एहसान करते आ रहे हो। मैं तो बदले में कुछ नहीं दे सकी। सोचा कि तुम उस ठंडी, बरफ, भीड़, दूषित वायु में से आ रहे हो, गोआ में कुछ समय अच्छा लगेगा। तुम्हारे शाही स्टाइल से परिचित हूँ। इसीलिए यहाँ प्रबंध किया। इसे रिश्वत के रूप में न लो।''

''... सो नाइस आफ यू।'' मैंने कहा, ''मेरे बारे में यह सभी को मालूम है।''

''कि तुम हर प्रकार की रिश्वत से ऊपर हो, कि तुम शुद्ध और प्रबुद्ध हो, कि छब्बीस साल में शुभा के अतिरिक्त तुमने किसी को आँख उठाकर भी नहीं देखा है। फिर दूसरे कमरे में मेरे रहने से फर्क ही क्या पड़ता है ?''

''वह सब ठीक है, मगर एक सामाजिक मर्यादा भी होती है। एक ही कॉटेज में साथ रहना ठीक नहीं होगा। तुम खाने के बाद गाँव क्यों नहीं चली जातीं ?''

वह एकटक मुझे देखने लगी।

''ठीक है।'' उसने अचानक हिंदी में कहा, ''आप आराम कर लीजिए, मैं अपना दूसरा प्रबंध कर लूँगी।''

''मैं खाना अगर बाहर न खाऊँ तो तुम्हें आपत्ति होगी ? मैं थका बहुत हूँ, सिर्फ एक सैंडविच और सूप से काम चल जाएगा।''

उसने कहा, ''मगर आज बाहर बहुत अच्छा बफे है। गोआनीज खाना, असली।''

''भूख नहीं है।''

''अच्छा।'' कहकर वह दूसरे कमरे में चली गयी और उधर से बहुत देर तक कोई आवाज नहीं आयी।

मैंने जब इला को पत्र भेजा था तो दूसरे ही सीनेरियो की कल्पना की थी। चाय-कॉफी के बाद ब्रीफकेस खोलूँगा और उसके बायोडेटा को गहरायी से जाँचूँगा। उसकी बात सुनूँगा। आखिरकार आर्थर और फ्रैंक ने सारी जिम्मेदारी मुझ पर छोड़ दी है। दोनों घुटे हुए और घाघ हैं। उस कमेटी में मुझे रखा ही इसलिए गया है

कि मैं दक्षिणेशियाई हूँ। हम सभी इला के साथ पूरा न्याय करना चाहते हैं, उसके पूरे भविष्य का प्रश्न है, विभाग की छवि का प्रश्न है। वैसे भी अंग्रेजी विभाग में पुरुष और स्त्रियों का अनुपात असंतुलित है। सरकार की ओर से कई अध्यादेश आ चुके हैं कि स्त्रियों और अल्पसंख्यकों को बढ़ावा दिया जाए। इला के स्थायी हो जाने में सभी का भला है। (स्त्री भी और एशियायी अल्पसंख्यक भी) अगर जरा भी गड़बड़ी हो गयी तो विश्वविद्यालय का फेमिनिस्ट ग्रुप 'अन्याय, अन्याय' चिल्लाता हुआ मुकदमा ठोक देगा। और इला है कि अपने उसी गैर-जिम्मेदाराना तौर-तरीके से, उसी अल्हड़पने से अपना दायित्व नकार रही है। अभी मुझे हैदराबाद जाकर कादंबरी का भी इंटरव्यू करना है। कादंबरी अपनी पी-एच. डी. थीसिस खत्म कर चुकी है और पति-पत्नी दोनों ही पश्चिम वापस लौटने को अधीर हैं। कादंबरी के भारी-भरकम शरीर और ठेठ गँवारू चाल-ढाल को याद कर मेरा दिल बैठने लगा। इला युनिवर्सिटी में नहीं रहेगी। शहर में नहीं रहेगी तो कैसा लगेगा ?

मैं इंतजार में था, इला बाहर आए तो अंदर से दरवाजा बंद कर मैं कपड़े बदलूँ। पाजामा-कुर्ता पहनकर चैन से बैठूँ। इस बीच मैं खिड़की से बाहर देखने लगा। रात का रंग ऐसा होता है, समुद्र के पानी में घुला-मिला, नीचे से पाश्चात्य संगीत के स्वर ऊपर आते हैं, धीमी-धीमी गति की धुन, शायद कुछ लोग उठकर नाचने लगे होंगे।

इला बाहर आयी। उस समय व्रह बहुत साधारण, बहुत मामूली-सी दीख रही थी। सत्ताइस-अट्ठाइस साल की एक पढ़ी-लिखी लगनेवाली स्त्री मात्र, "तो मैं जा रही हूँ। हालाँकि आपको या आपकी रेपुटेशन को मुझसे कोई खतरा नहीं था, मगर हमेशा की तरह आप ठीक और सूझ-बूझ की बातें कहते हैं। आपको अपनी छवि का खयाल रखना है। शार्क मछली की तरह आदमखोर इला के साथ एक ही कॉटेज में आप कैसे रह सकते हैं ?"

मैं चुप हूँ। इस बात का उत्तर ही क्या है ?

"तुम यह सब न करतीं तो अच्छा रहता।" मैं सोचकर उत्तर देता हूँ, "बाहर से देखनेवालों को तो यह रिश्वत जैसा ही लगेगा न ? मैंने जब अध्यक्ष-पद स्वीकार किया था, उसके पीछे सिर्फ तुम्हारी मदद करने का भाव था। औरों को भी लगा कि जफर को फिर या गिरिराज को कमेटी में रखना शायद उचित न हो।"

"क्यों ?" इला ने काटते स्वर में पूछा, "उनके रहने से मुझे ज्यादा मदद मिलती, नहीं ? आखिरकार उनके अनुसार वह दोनों ही मेरे प्रेमी रह चुके हैं न ?"

कमरे में चुप्पी रही। जफर और गिरिराज दोनों ही इला के विभागीय सहयोगी हैं।

"सच्चाई तो यह है कि जो लोग घूम-घूमकर मेरे खिलाफ प्रचार करते हैं, उन्हें मैंने कभी अपने पास फटकने भी नहीं दिया। यह उनका आहत पुरुषत्व ही है,

जो फेंटेसी गढ़कर ...''

"वह सब युनिवर्सिटी के जाने-माने लोग हैं।'' मैंने बात काटकर कहा।

"युनिवर्सिटी का माना-जाना होना कोई शराफत का पूरा सबूत तो नहीं ? जो आदमी अच्छा अध्यापक या स्कॉलर हो, वह लुच्चा या शोहदा नहीं हो सकता यह कहाँ लिखा है ?'' वह थोड़ी-थोड़ी उत्तेजित हो चली थी, "फिर मैं युनिवर्सिटी में नहीं पढ़ाती ? फिर मैं ही चरित्रहीन क्यों कहलायी जाती हूँ ?''

"तुम्हारी बात दूसरी है।'' मेरे मन में वर्षों का संचित क्रोध अनायास मेरी जुबान पर आ बैठा।

"क्यों दूसरी है ? क्योंकि मैं औरत हूँ, इसलिए ? मैं अकेली हूँ, इसलिए ?''

"यह सवाल स्त्री-पुरुष का नहीं है, अपनी-अपनी छवि का है।'' मैंने कहा।

"ओ ... आई सी। सत्रह साल की उम्र में मैं घर से भाग गयी थी, इसलिए न ? मेरे पति ने समुद्र में डूबकर आत्महत्या कर ली, इसीलिए न ?''

"इला ... तुम बेकार में बहस कर रही हो। जो तुम हो, वह तुम भी जानती हो और मैं भी ...''

"आप जानते हैं ? त्रिकालदर्शी हैं न ? अंतर्यामी हैं ? कहाँ क्या घट रहा है, सब आपको पता रहता है ?''

"इला ... तुम बेकार में उत्तेजित हो रही हो। इन सब बातों से फायदा ही क्या ? तुम अगर आधे शहर को प्रेमी बनाकर रखना चाहती हो तो यह तुम्हारा विकल्प है ...''

"ओ माई गॉड।'' उसने कहा, "तुम कुछ सुन रहे हो कि तुम्हारी आवाज में कितनी हिकारत है ? एक पुरुष पचास स्त्रियों से प्रेम करता फिरता है, उसे तुम्हारा समाज कुछ नहीं कहता ? एक स्त्री अगर अकेली, सम्मान से जीना चाहती है तो उसके चारों तरफ गिद्ध नोच खाने को तैयार रहते हैं।'' इला की आवाज तेज हो गयी थी, करीब-करीब चीखने के स्तर तक। आसपास लोग डिस्टर्ब हो रहे होंगे, मुझे डर लगा। मैंने नरम पड़ते हुए उसकी बाँह पकड़कर बैठाते हुए कहा, "इला, शांत होओ ... आसपास लोग क्या सोचेंगे ?''

इला ने झटके से बाँह छुड़ा ली और कमरे में बेहद उत्तेजित होकर चक्कर लगाने लगी, "और होता क्या है चरित्रहीन होना ? चरित्र है क्या ? क्या है उसकी परिभाषा ? उसका सामाजिक संदर्भ दिया किसने है, तुम्हीं पुरुषों ने न ? ठीक है—मान भी लो अगर समय के बाद मेरे प्रेमी रहे भी तो क्या ? मुझमें कोई गंदगी लगी रह गयी ? मैं जानती हूँ मैं क्या हूँ, आई एम अ गुड ह्यूमन बीइंग—मुझमें उदारता है, करुणा है, सच्चाई है ...''

"सच्चाई ?'' मैंने बेहद व्यंग्य से कहा।

"हाँ सच्चाई।'' वह एकदम शांत हो गयी। उसने धीमे मगर दृढ़ स्वर में कहा,

"अगर तुम जफर और गिरिराज की बातों को सच समझते हो और मुझे झूठा ...तो यह तुम्हारा विकल्प है, तुम्हारा दुर्भाग्य ..." उसके चेहरे पर उत्तेजना की वजह से जो रंग दौड़ गया था, एकदम रिस गया। उसकी आँखें अब जैसे दृष्टिहीन थीं, वह एकदम बौनी हो आयी थी। सिमटी-सिकुड़ी।

"इतनी हिंसा ... इतना प्रतिकार ... मुझे मिटा देने की इतनी तिलमिलाहट, कितने दयनीय हैं वे तुम्हारे मित्र ... युनिवर्सिटी के वे जाने-माने लोग।"

"इला, प्लीज अब तुम जाओ।" मेरा हाथ अपने आप दरवाजे की ओर उठ जाता है। "मैं बेतरह थक रहा हूँ, आराम करना चाहता हूँ।" इला आँधी की तरह बाहर निकल गयी। उसके पीछे दरवाजा भड़ से बंद होता है।

नाटक, घोर नाटक।

नहाते और कपड़े बदलकर अपने सूप और सैंडविच का इंतजार करते हुए मुझे बराबर लगता रहता है कि मैं सचमुच भोला और बेवकूफ हूँ। सोचा था कि इला छुट्टी लेकर गंभीरता से रिसर्च में जुटी होगी। अंग्रेजी में लिखी जानेवाली आधुनिक कविता पर उसकी किताब करीब-करीब आधी तो हो ही गयी होगी। वह वहाँ गोआ में बैठी मौज उड़ा रही है, महँगे होटल में खा-पी रही है। और मुझे यहाँ ठहराना और यह मासूम, निश्छल भाव शायद मुझे प्रभावित करने के सस्ते तरीके हैं। एक बार उसके साथ नाम जुड़ गया तो ? वह तरह-तरह से मुझे ब्लैकमेल कर सकती है। मुझे शुभा की याद आती है, अपनी पचास साला उम्र के साथियों की, अंजना, संजना, घरजँवाई दामादों, नातियों की—युनिवर्सिटी में मेरी कितनी इज्जत है। इंटरनेशनल स्टडीज का अध्यक्ष और डीन हूँ। प्रेसीडेंट के ऑफिस में मेरी राय पूछी जाती है, वाइस-प्रेसीडेंट बनने के चांस हैं, वह सब एक भावुकता में बहा दूँ। अभय की विधवा इला की मदद करने के लिए। दरवाजे पर हलकी दस्तक होती है, बैरा है—वह मेरे सामने ट्रे सजा देता है। खा-पीकर मैं सिगरेट सुलगाता हूँ तो एकबारगी हर चीज सही परिप्रेक्ष्य में दिखाई देने लगती है। मैं बेकार ही परेशान हो रहा हूँ, अगर इला कुछ उचित, अनुचित का दावा भी करेगी तो क्या लोग उसे मान लेंगे ? कहाँ वह और कहाँ मेरा बेदाग नाम, मेरे ऊपर कोई उँगली उठा ही कैसे सकता है ? फिर भी जफर की बातें एक बार फिर मन में कुलबुला उठीं, "अरे राघव साहब, क्या बॉडी है उसकी। साफ शफ्फाक झकाझक, एकदम संगमरमर, कहीं एक भी दाग या धब्बा नहीं, एक तिल तक नहीं।" मुझे ऐसी बातें सुनना अच्छा नहीं लगा, "तुम बहुत पी गए हो जफर। किसी शरीफ स्त्री के बारे में यह सब कहना ठीक नहीं।"

"आप पर भी कहीं उसका जादू तो नहीं चल गया। बहुत खतरनाक औरत है, मारकर तड़पने भी नहीं देती। छुरी है छुरी ... चलूँ ... वह मेरे इंतजार में होगी।" पार्टी की समाप्ति पर शुभा सब बर्तन धो-पोंछकर ऊपर जाने लगती है। रसोई की

बत्ती बंद करते हुए मैं कहता हूँ, "शुभा, जरा सिगरेट लाने जा रहा हूँ ... पर मैं सिगरेट लाने की बजाय इला के फ्लैट की ओर गाड़ी मोड़ देता हूँ। चौमंजिली इमारत एकदम अँधेरी है, इला का फ्लैट भी। मुझे यह सब करने का क्या अधिकार है ? मैं अचानक ग्लानि से भर उठता हूँ, इला युवती है, आकर्षक और विधवा ... उसे अपनी जिंदगी अपनी तरह जीने का अधिकार है। जिससे चाहे, जितनों से चाहे प्रेम करे। मैं वापस आ जाता हूँ। ऐसी बातें सिर्फ जफर ही नहीं करता और लोग भी करते हैं। इला की विद्यार्थिनें, इला का दूसरा सहयोगी गिरिराज ... धीरे-धीरे पार्टियों में से उसका नाम कटने लगता है, और उसको लेकर इतनी चर्चा होने लगती है कि शुभा, अंजना, संज़ना को सख्त ताकीद देती है कि वे इला से कोई संपर्क न रखें।

इला जब भी सामने पड़ती है, मुझे उसका चेहरा देखकर विश्वास नहीं होता कि वह सब सच होगा। मगर लोग झूठ भी क्यों कहेंगे। वह केवल इला को लेकर ही क्यों कहते हैं, और भी कितनी औरतें हैं, किसी और को लेकर क्यों नहीं ? पहले अंजना की शादी होती है फिर संजना की, मैं उसे बुलाना चाहता हूँ, पर शुभा कहती है कि अगर इला आएगी तो उसकी काफी सहेलियाँ शादी का बहिष्कार कर देंगी, क्योंकि वे सब शरीफ हैं। इला जैसी लड़की के साथ कोई नहीं उठना-बैठना चाहेगा, पर इला को निमंत्रण जरूर जाएगा। मैं अड़ जाता हूँ, "लोग तुम्हें भी उसकी सूची में जोड़ लेंगे।" शुभा कहती है, "तुम क्यों जिद पकड़ रहे हो ?"

"क्योंकि इला अभय की विडो है, और अभय तुम्हें दीदी कहता था ... भूल गयीं क्या ?"

"नहीं ... भूली नहीं हूँ, पर दुनियादारी तो निभानी ही है।"

अंजना की शादी, मंडप, शामियाना, रिसेप्शन, इला नहीं बुलायी गयी। एक दिन युनिवर्सिटी के किसी रिसेप्शन पर मुलाकात होती है, वह हम दोनों को देखकर अनदेखा कर देती है। मुझे अंदर कहीं कचोट उठती है, हमने जफर को बुलाया था, गिरिराज को, सपरिवार–मगर इला को नहीं। क्यों वही सम्माननीय बने रहे हैं, देखा जाए तो इला अकेली है, अपने आचरण के लिए खुद जिम्मेदार, पर ये लोग तो बीवी-बच्चोंवाले हैं।

इला खड़ी-खड़ी औरतों से बात करती है, हमारे पास तक नहीं आयी। लौटते समय शुभा कहती है, "देखा तुमने, तुम्हें हलो तक नहीं किया उसने। तुमने क्या नहीं किया इस औरत के लिए, अभय मरा तो दौड़े गए, आर्थर से कहकर नौकरी दिलवायी–अब उसे तुम्हारी क्या जरूरत ?" जरूरत तो पड़ेगी, मैं मन-ही-मन सोचता हूँ। तीन साल पढ़ा लेने के बाद स्थायी होने का प्रश्न उठेगा, उस कमेटी के लिए आर्थर मुझे जरूर कहेगा–तब तो जरूरत पड़ेगी। तीन साल बाद जो कमेटी

बनी, उसमें मैं नहीं था, जफर था। और जफर ने इला की इतनी कड़ी आलोचना की कि कमेटी ने उसे केवल एक साल की अवधि दी। साल-भर बाद फिर रिव्यू होगा, और तब फिर निर्णय होगा, और उस दूसरी साल भी उसे स्थायी नहीं किया गया, एक साल की अवधि और दी गयी और अब, न जाने क्या सोचकर आर्थर ने जफर को कमेटी से हटाकर मुझे अध्यक्ष बना दिया था। और मैं तहेदिल से इला की मदद करना चाह रहा था, पर ऐसे नहीं। अपने नाम और इज्जत को मिटाकर नहीं। मैं जाकर इला से मिलूँगा, यह सुनकर गिरिराज मेरे कमरे में आए थे। कुर्सी उनके बैठने से जरा-सी चरमरायी थी, "अच्छी तफरीह रहेगी।" उन्होंने कहा। पान तो यहाँ मिलते नहीं थे, हर समय पान मसाला और जाफरानी पत्ती चबाते रहते थे, "अच्छी तफरीह रहेगी। अब तक कोई उल्लू फाँस लिया होगा। मजे उड़ा रही होगी। अब उसकी छुट्टी कीजिए और कादंबरी को नियुक्त करवा दीजिए।"

कादंबरी के पति सदानंद से गिरिराज के पुराने संबंध थे, उनके चमचों में वह प्रमुख थे। गिरिराज का वरदहस्त उन पर हमेशा रहता था।

"कादंबरी को क्या आता-जाता है ?" मैंने कहा। फोन आ जाने पर मुझे गिरिराज से छुट्टी मिली। कभी-कभी मुझे लगता था कि मैं ही हूँ एक ऐसा, जिस पर इला की कृपादृष्टि नहीं पड़ी। उसने कभी अकेले में खाने पर नहीं बुलाया, कभी गोदी में सिर छुपाकर रोयी नहीं, कभी भरी रात में फोन करके नहीं कहा, तुरंत आओ, नहीं तो मैं फाँसी लगा लूँगी। अगर वह करती भी, तो मैं यही करता, जो मैंने अब किया है। उसे बाहर कर दरवाजा अंदर से बंद कर लिया है। वह जहाँ भी जाए, कम-से-कम मेरे साथ एक कॉटेज में नहीं रह सकती। मुझे अपना बचाव करना ही है।

अभय उन दिनों अक्सर मेरे पास आता था। था तो वह मेरे सहपाठी अमृत का सबसे छोटा भाई पर मेरा व्यवहार उसके प्रति हमउम्र का-सा ही था। शुभा उन दिनों अंजू-संजू को लेकर काफी व्यस्त रहती थी। वह काफी संघर्ष का समय था, मुझे अपने पाँव जमाने थे, पुस्तकें लिखनी थीं, नाम कमाना था। सब मायनों में सफल होना था। उन दिनों एक पागल महत्त्वाकांक्षा मुझे बराबर आगे, और आगे ठेला करती, सचमुच कुछ बनने की। अपने टेढ़े मुँहवाले ससुर को दिखा देने की, कि मैं क्या कुछ नहीं बन गया हूँ। शुभा से शादी उन्होंने बड़ी मुश्किलों से की थी। कॉलेज के दिनों का रोमांस था जिसकी परिणति विवाह ही थी। मेरे लेक्चररी के फटीचर दिनों में शुभा के आई.ए.एस. पिता मुझे दामाद-रूप में ग्रहण करने के लिए बिल्कुल तैयार नहीं थे। मेरे पी-एच. डी. के लिए येल जाते हुए उन्होंने साफ मना कर दिया था। कुछ-कुछ यह भाँपते हुए भी कि शुभा और मैं काफी घनिष्ठ

हो गए हैं। तीन साल बाद जब मैं अमरीकन युनिवर्सिटी की पी-एच. डी. और तीन साल की नौकरी का कांट्रक्ट हाथ में लेकर वापस आया तब तक वह शादी करने के लिए तैयार हो चुके थे पर उनकी अकड़ अभी गयी नहीं थी। वैसे शुभा में कोई खास बात नहीं थी, नाटे कद और कुछ गठे बदन की लड़की थी, साँवले रंग और साधारण नाक-नक्श की, सिर्फ पिता के पद का सहज आभिजात्य था। दूसरे, वह मेरी पहचान की सभी लड़कियों की तरह मुझ पर बेहद रीझी हुई थी। शुभा की असली मिठास तो मैंने शादी के बाद पहचानी। जिससे मैं ऐसा बिंधा कि बरस पर बरस निकल गए और मुझे किसी दूसरी औरत की पहचान नहीं हुई। अपनी जमी-जमाई गृहस्थी के बीच सुरक्षित मुझे अभय पर कभी-कभी बहुत तरस आता। वह हमेशा घबराया-सा और अकेला महसूस करता था। उसे कहीं चैन नहीं था, न नौकरी में, न धन-दौलत में, न भारत में, न पश्चिम में--वह बार-बार भारत जाता, दर्जनों लड़कियाँ देखकर नापसंद करता, लौटकर आता और अपने को उसी वातावरण में फिट करने की कोशिश करता।

मैं एक बार भारत आने पर जब अमृत से मिला तो उसने कहा, ''बेचारे अभय के साथ बड़ी ट्रैजेडी हो गयी।''

''क्यों ?'' हम सबने चौंककर पूछा, ''क्या हुआ ?''

''गधा है। एक बड़ी ही चालू लड़की ने उसे फाँस लिया। बिना हमारी राय लिए उसने शादी कर डाली।''

चू चू, हमने दुख प्रकट किया। कितने अच्छे रिश्ते उसने ठुकरा दिए थे, कितनी लड़कियों का उसने दिल तोड़ा था।

''कौन है ?'' शुभा ने पूछा।

''एक आर्मी कर्नल की बेटी। बेतरह बदनाम माँ, जिसके प्रेमी ने कर्नल को गोली मार दी, मुकदमे चले, बेटी भी उसी तरह, छोटी उम्र में घर से भाग गयी। पकड़ी गयी। फिर होस्टल में रहकर पढ़ी।''

''यह सब हुआ कैसे ?'' शुभा ने पूछा।

तब तक मीनाक्षी हमारे पास आकर बैठ गयी। उसकी भौंहें तनी हुई थीं, ''राघव भाई, इन्हें समझाइए। अब वह घर की बहू है। अब अपने घर की इज्जत उसी के हाथ में है। यह सभी से कहने लगते हैं, उससे फायदा क्या ? मुझे तो लड़की अच्छी लगी। अभय के आगे-पीछे घूमती है। बिल्कुल अच्छी बीवी की तरह।'' अमृत ने कहा, ''वह आकर जीजी-जीजी कहने लगी और यह रीझ गयी।''

''बचपन में गलती हो ही जाती है। मालूम नहीं उसकी लाइफ कितनी दुखी रही होगी। माँ की बदचलनी का यह मतलब तो नहीं कि लड़की भी वैसी ही निकले ...'' मीनाक्षी ने अमृत को झिड़का, ''अपने को ही लो। शुभा की गाड़ी में लदकर हम चारों डाक बंगले में नहीं जाते थे ? जिन्हें हम रविवारीय पिकनिकें

कहते थे। वह आवारापन नहीं था ? अगर तुम्हारी मुझसे और शुभा की राघव से शादी न हुई होती तो हमें दुनिया बदचलन नहीं कहती ?''

''हम लोग हानरेबिल निकले ...''

''और इला का दोस्त अपने माँ-बाप से डर गया ... यही न, उसने इला को छोड़ दिया। इसमें इला का क्या दोष ?''

''अरे मीनाक्षी, छोड़ो भी अभय और उसकी बीवी को। अभय बच्चा नहीं है, मगर तुमने कॉलेज की बात करके उन दिनों को फिर ताजा कर दिया,'' मैंने कहा और अर्थ-भरी दृष्टि से शुभा को देखा।

शुभा मुस्कराने लगी। एक नयी दुल्हन की तरह, लाज-भरी हँसी। हम लोग वापस अपने होटल बहुत देर में पहुँचे, वहाँ अभय बैठा हुआ था, साथ में बीवी भी थी। पहली नजर में मुझे निराशा-सी हुई, जैसी छवि मन में आ गयी थी, उससे लड़की का तालमेल नहीं बैठ रहा था। चेहरे से वह बहुत सौम्य और मृदु लग रही थी, आवाज उसकी संयत और कोमल थी। शुभा, जिसके स्वभाव में पिता का अकड़पन घुला हुआ था और मौके-बेमौके उभर आता था, इस वक्त एकदम रूखी हो गयी थी। उस क्षण न जाने क्यों मैं तटस्थ होकर शुभा को देख सका, अगर वह मेरे कॉलेज के दिनों की प्रेमिका न होती तो मैं कहता कि वह बेहद मामूली औरत थी, आराम की जिंदगी में डूबी हुई, सफल पति के पद के सभी उपकरणों से भरपूर, कानों के लंबे छेदों में झूलती डायमंड की बाली, हाथों में डायमंड रूबी की चूड़ियाँ, महँगी साड़ी के बार्डर पर टिका मंगलसूत्र। उसका शरीर और चेहरा, ब्यूटी ट्रीटमेंट और हेल्थ प्रोग्राम के बावजूद ढीला लग रहा था। क्या यही बात थी अभय की बीवी इला और उसकी ताजगी में। उसे देखकर अपने-अपने पास जो है उसे दुबारा टटोलकर देखकर तसल्ली करने का मन होता है। नीचे जाते हुए मैंने शुभा के कंधे पर हाथ रख लिया। डाइनिंग हॉल के करीब-करीब सभी हमें देखने लगे। हम काफी अलग और सफल दीख रहे होंगे। हम जब गोल मेज के इर्द-गिर्द बैठे तो मैंने पाया कि इला मेरे पास बैठी है। मेन्यू हाथ में लेकर मैंने सबकी पसंद पूछी, सबसे पहले मैंने अपनी पसंद बताई, ''मैं रेशमी कबाब लूँगा, मगर पूरी प्लेट मेरे लिए बहुत होगी ...''

''मैं आपके साथ शेयर कर लूँगी,'' उसने हलके मगर स्पष्ट शब्दों में कहा। मेरी अमृत से नजर मिल गयी। अमृत ने मुझे आँख मारी, जिसमें उसकी ओर भद्दा इशारा सम्मिलित था। मैंने सकपकाकर देखा इला को, उसका चेहरा एकदम फक हो आया। यह स्पष्ट था कि उसने अमृत को देख लिया था। मैंने अपने को एक बड़ी ही अजीब स्थिति में पाया—एक क्षण स्तब्ध रहकर मैंने कुछ सँभालना चाहा, ''और क्या लेंगी आप ?'' वह देर तक चुप रही, मुझे लगा कि वह एकदम हमको छोड़कर कहीं चली गयी है, कहीं दूर, कहीं अपने अंदर और मेरे पास सिर्फ उसकी

निर्जीव देह बैठी है। सिकुड़ी हुई, सिमटी हुई। मैं अगर उसे उँगली से हिला भी दूँ तो वह एकदम राख के ढेर की तरह ढह जाएगी।

"और क्या लेंगी आप ?" मैंने फिर पूछा। मैंने पाया कि मेरा स्वर बहुत कोमल और पुचकार-भरा हो आया है। जैसे अंजू या संजू को चोट लगने के बाद मना रहा होऊँ। उसने आँखें उठाईं। वह साफ, उजली दृष्टि थी, कृतज्ञ और हल्की पनीली। उसने क्या कहा, यह मैं नहीं सुन सका। उस समय न जाने क्यों अभय के भाग्य से ईर्ष्या-सी हुई। मैंने कहा, "अमृत ने बहुत पी रक्खी है। इसलिए इससे कुछ भी पूछना बेकार है।" यह कहकर मैंने अभी-अभी घट गया वह अप्रिय प्रकरण नकार दिया। मैंने देखा कि इला ने बहुत कम खाया है, केवल चखकर ही छोड़ दिया। खाने के दौरान उसने मुझे बताया कि वह दिल्ली के एक नामी कॉलेज में पढ़ाती रही है।

"राघव दा। अब मैं लौटकर फिर अपनी पुरानी पोजीशन में आ रहा हूँ।" अभय ने उत्साह से बताया, "इला आगे पी-एच. डी. करना चाहती है। इसीलिए कब से आपसे मिलने को पीछे पड़ी थी।"

रात काफी बीत चुकी थी। मैंने अपने को बेहद थका पाया। टैक्सी में बैठते हुए अमृत ने कहा, "उससे सावधान रहना। तुम फँसनेवाले जीव नहीं हो, फिर भी दूर रहना ही ठीक है।" उस रात मैं बिस्तर पर आना टालता गया। इच्छा न होने पर भी रात गए रूम-सर्विस से बीयर मँगाकर पीने बैठ गया। शुभा तैयार होकर पलंग पर लेट गयी थी। बोली, "लड़की में सिर्फ रंग ही रंग है, ऐसी सुंदर तो नहीं कि सारा जमाना डुल जाए। अमृत क्या कह रहे थे ?"

"तुम तो जानती ही हो, पीने के बाद ऊटपटाँग बकने लगता है।"

शुभा ने कहा, "वह तो हमेशा से ऐसे ही थे। कॉलेज में भी। पता नहीं तुम्हारी क्यों उनसे इतनी घुटती है।"

"शुभा, हमारी शादी उसी ने करवाई थी," मैंने कहा।

शादी के नाम से शुभा को जैसे कुछ याद आ गया, "तुम कब तक बैठे रहोगे ? मैं कब तक जागती रहूँ ?"

उसने पतले पारदर्शी बादलों की तरह झिलमिले कपड़े पहन रखे थे, तकिए पर उसका सिर टिका हुआ था, उसने गर्दन मोड़कर जैसे मुझे देखा, उसमें स्पष्ट ही आमंत्रण था। मैं बिना कुछ कहे अपनी बीवी को ताकता रहा। वह एक अच्छी बीवी थी, इसमें शक की गुंजाइश नहीं थी। भले-बुरे में मेरा साथ निबाहती आ रही थी, और मैं भी भरसक उसे खुशी देने की ही कोशिश करता रहा था। शादी के ग्यारह महीने बाद ही जुड़वाँ लड़कियों के होने से वह बहुत व्यस्त और परेशान

हो गयी थी। और उनके पालने में उसका काफी समय चला जाता था। फिर भी मुझे कभी अकेला नहीं लगा। कभी किसी और की जरूरत महसूस नहीं हुई। शुभा अभी भी मुझे देख रही थी। मैंने गिलास आधा छोड़ दिया और कपड़े बदलने गुसलखाने में चला गया। जब मैं बाहर आया तो वह गाढ़ी नींद में सो गयी थी। मेरी प्रौढ़ और ढलती हुई बीवी, मैं उसके प्रति ढेर से स्नेह और अनाम कृतज्ञता से भर गया। कमरे में रात का सन्नाटा भर उठा था। होटलों के कमरे एक ही-से होते हैं, पलंग, सिरहाने, मेजें, लैंप, ड्रैसिंग टेबिल, कुर्सियाँ, सोफे—अपने में सीमित और संपूर्ण, कमरे के आगे छोटी-सी बालकनी भी, जिस पर टहलते हुए मैं सिगरेट पीता रहा। अपने अंदर एक जो चिड़चिड़ापन इकट्ठा हो गया था, उससे छुटकारा पाने की कोशिश में। डिनर में चार-पाँच सौ उठ गए थे, फिर भी मुझे लग रहा था कि मीनाक्षी और शुभा के अतिरिक्त किसी को वह अच्छा नहीं लगा। शुभा और मीनाक्षी बातों में मग्न थीं। अभय इला के अचानक मुरझा जाने पर काफी परेशान हो उठा था और उसे जल्दी से जल्दी खाना खत्म करके जाने की लगी थी। मैंने सिगरेट फेंक दी। कमरे में आकर मैंने शुभा को जगा लिया।

सुबह तड़के ही दरवाजे पर दस्तक होती है। इला है। मैं अचरज से उसे देखता रहता हूँ।

"मैं अंदर आ जाऊँ ?" उसकी आवाज भारी है।

"तुम घर नहीं गयीं ?" मैंने पूछा।

"गाँव तीन किलोमीटर पर है, रात में सवारी कहाँ मिलती ?" उसने कहा।

मैंने हटकर उसे अंदर आने दिया, "फिर रात ..." मेरे मुँह से आधा वाक्य निकला—और फिर मैंने जबान दाँतों से दबा ली।

"रात कहाँ काटी ? पूछिए न, रुक क्यों गए ? कॉटेज के सामने लकड़ी के कॉउच पर ... और कहाँ ?" कहती हुई वह अंदर चली गयी।

मैं नहा-धोकर निकला तब तक उसने रसोई में चाय बना ली थी। उजाले में इला को देखता हूँ, उसका चेहरा फीका है, रंगहीन। उसकी साड़ी, बाल सलीके से बँधे हैं, लगता है जैसे अभी-अभी क्लास पढ़ाने जा रही हो।

वह मेरी चाय बनाकर मुझे थमा देती है और अपना प्याला लेकर कमरे में चली जाती है, दरवाजा हलके से बंद हो जाता है। मेरा काम खत्म हो गया है। आज ही वापस जाना है। मैं आर्थर से क्या कहूँगा, उसे सोचने को कई दिन हैं। "सॉरी सर," इंडियन एयर लाइंस के रिजर्वेशन काउंटर पर बैठी लड़की कहती है, "तीन-चार दिन तक कोई भी सीट नहीं है। कहिए तो आपका नाम चांस में लिख लूँ।"

"कौन-सा नंबर ?"

"अड़सठवाँ।"

मैं आगे कुछ पूछूँ इससे पहले ही अधीर भीड़ का एक रेला आता है और मैं धक्का खाकर दूर पहुँच जाता हूँ।

मैं सड़क पर खड़े-खड़े इधर-उधर देखता हूँ, पाँत के पाँत छायादार पेड़ सड़क के बराबर, गंगा जैसी चौड़ी गंभीर नदी, हल्की-हल्की उष्ण धूप, स्त्रियों की साड़ियों के चटख रंग, और बालों में फूल। सबकुछ साफ, सुंदर।

होटल में पता चलता है कि स्टीमर भी सारे भरे हुए हैं, शायद विडियो बस में जगह मिल जाए। बंबई पहुँचने में अठारह घंटे लगेंगे। तो मैं यहाँ अटक गया हूँ। यह बात कोई नहीं मानेगा, शुभा भी नहीं। मेरी जगह गिरिराज होते तो तुरंत इन दिनों के सदुपयोग में व्यस्त हो जाते, जफर होता तो–

कॉटेज खाली है। इला नहीं है, पर उसकी अटैची अभी भी कमरे में है।

मुझे गुस्सा आ रहा है अपने पर, इला, मिटी पर, गिरिराज, जफर, शुभा, सभी पर, पूरी दुनिया पर। इला को खूब अच्छी तरह मालूम होगा कि मैं चार दिन तक निकल नहीं पाऊँगा। उसे मेरा कार्यक्रम मालूम था। मैं चार दिन एक जगह नहीं बैठा रह सकता। इस सबका मतलब क्या है ? वे सब सच कहते थे। आधा शहर जो अपने को इला का प्रेमी बताता था, सच कहता था। चलो, निकलो, बस से ही सही। लंच खाता हूँ। थोड़ी देर स्विमिंग पूल के पास बैठता हूँ। काउंटर पर बस के टिकट की व्यवस्था को कह दिया है। फिर बिस्तर पर लेट जाता हूँ।

फोन बजता है। बस में भी जगह नहीं है। इला दीखेगी तो गला मरोड़ दूँगा।

पूरा दिन ऐसे ही निकल जाता है। पलंग पर पड़े-पड़े और जासूसी उपन्यास पढ़ते-पढ़ते। शाम को पैजामे-कुर्ते में ही मैं रेत पर निकल जाता हूँ। सबकुछ कल जैसा है। वही बच्चे, जिन पीती हुई वही औरत, वही लहरें, वही सूर्यास्त। सूरज जब पानी में डूब जाता है तो एक धीमा स्वर पूछता है, "कुछ माँगा ?"

मुड़कर देखता हूँ, इला है। न जाने कब से पास आकर खड़ी थी। वह ऐसे मुझे देख रही है जैसे कुछ हुआ ही न हो। उस क्षण मेरा सारा तनाव, सारा गुस्सा न जाने कहाँ बह जाता है। इला है, वह पानी में डूब नहीं गयी है। वह मुझे छोड़कर कहीं चली नहीं गयी है।

"कहाँ थीं अब तक ?" संयत स्वर में मैं पूछता हूँ।

"यहीं तो सुबह पणजी गयी थी, टिकट की पूछताछ करने। आपका चेहरा देखकर बोलने की हिम्मत नहीं हुई। फिर सारे दिन यहीं बैठी रही।" उसने फूस के छप्पर से ढँकी झोंपड़ी की तरफ इशारा किया।

"सारे दिन ?"

"तो और क्या ? कितना डरती नहीं हूँ आपसे ?"

"डरती हो तो यह सब नाटक क्यों करती हो ?" वह चुपचाप, निरुत्तर मेरे साथ चलती रही। कॉटेज के सामने आकर हम कुर्सियों पर बैठ गए। "मैं एक बात कहूँ ... एकदम सच-सच। आपके लिए मेरे मन में इतना आदर, इतना स्नेह है कि आप कभी जान नहीं सकेंगे। पहले मैं आपको अमृत भाई की तरह ही बदमाश समझती थी, पर अभय की मौत के बाद आपने जो सहारा दिया, और बिना कुछ मुझसे चाहे हुए, उससे मेरा ..."

"मैं बदमाश ?"

टैक्सी रुक गयी। उतरते हुए इला कहती है, "मैं यहाँ रहती हूँ।" छोटा-सा कच्चा रास्ता है। ऊबड़-खाबड़। एकदम आखिरी छोर पर छोटे-से टीले पर टँगी हुई पीली दीवारों और खपरैल की छत की कॉटेज, सामने बरामदा, जिसमें झूला पड़ा है। वहाँ बैठने से नीचे, काफी नीचे समुद्र दिखायी देता है। उजला और शांत।

"हरे नारियल में जिन पियेंगे ?" इला ने पूछा।

"नहीं, सिर्फ डाम। सिर सुबह से घूम रहा है।"

"आप आराम से बैठिए।" कहकर उसने मुझे स्ट्रा डालकर नारियल पकड़ा दिया। पास बैठंती हुई बोली, "आपसे एक बात कहनी थी। मौका ढूँढ़ रही थी। मगर ... आपके यहाँ आने से पहले ही मैं विभाग को इस्तीफा भेज चुकी हूँ। अब तक पहुँच गया होगा।"

"ऐसा कैसे ?" मैंने कहा, "फिर मुझे यहाँ बुलाया क्यों ?"

उसका जवाब न देकर इला ने अपने बालों में उँगलियाँ फँसाते हुए कहा, "पढ़ाते-पढ़ाते मेरा जी भर गया है। मैं कुछ नया करना चाहती हूँ। अपनी जिंदगी नए सिरे से शुरू करना चाहती हूँ। अतीत को एकदम धोकर—नयी स्लेट की तरह। अब तक इधर-उधर भटकती रही। बिना चप्पू की नाव की तरह। अब स्थिर बैठूँगी। इतने लंबे एकांत और एकाकी रहकर मैंने खूब आत्मविश्लेषण किया है। अब मैं जान गयी हूँ कि मैं क्या और किसे पाना चाहती हूँ।"

"किसे ?"

"जिसे हर सूर्यास्त माँगती हूँ ..." यह बात हँसी में उड़ाने की कोशिश करती दृष्टि बचा गयी। फिर गंभीर होती हुई बोली, "मैं इधर एक उपन्यास लिख रही हूँ। कुछ-कुछ आत्मकथात्मक। पचास पृष्ठ लिखकर मैंने 'राइटर्स वर्कशाप' में भेजे थे। उधर से अच्छी प्रतिक्रिया आयी है। वहाँ जाकर पूरा करने की बात चल रही है। अगर वह नहीं भी हुआ तो गर्मी में रानीखेत जाकर रहूँगी। पश्चिम में नहीं छपेगा तो क्या, यहाँ छपेगा। पैसा मिले तो भी ठीक, न मिले तो भी ठीक।"

इला का यह नया रूप है। गंभीर, आत्मविश्वासी, मैं चुप रहता हूँ। एकाएक मेरी आँखों के आगे रंग-बिरंगी फुलझड़ियाँ-सी छूटने लगती हैं।

"इला, मुझे चक्कर आ रहा है।" खड़े होते-होते मैं लड़खड़ा जाता हूँ। अंदर ले जाते हुए इला की बाँह जो मुझे सहारा दे रही है, कोमल भी है, दृढ़ भी। उसका युवा स्पर्श जैसे मेरे चेतना खोते शरीर में घुल-मिल रहा है। पलंग एकदम कड़ा है, तख्त जैसा। इला मेरा चेहरा हल्के-हल्के ठंडे कपड़े से पोंछ रही है। मेरे अंदर से मुझे पूरी तरह झिंझोड़ते हुए एक लंबी साँस निकल आती है।

"इला, मुझे माफ कर दो।" मैं बुदबुदाता हूँ। मेरे चारों तरफ एक नींद-भरा अँधेरा है, एक सन्नाटा, जिसमें मुझे अपने दिल की धड़कन बहुत तेज सुनाई दे रही है।

मैं कई घंटे सोया होऊँगा। जब जागता हूँ तब तक धूप ढल गयी है। बरामदे में तेरह-चौदह साल की नौकरानीनुमा लड़की बैठी है।

"बाई, उधर बीच पर गयी है।" वह कहती है।

मैं बरामदे में खड़ा होकर अपने को आजमाता हूँ। सोने से निश्चय ही खुमार उतर गया है। मैं एकदम स्वस्थ महसूस करता हूँ, जैसे किसी अँधेरी खोह से निकल आया हूँ।

चाय पीते-पीते मैं अनमना-सा नीचे देखता हूँ। इस समय रेत पर काफी लोग जुट आए हैं। मैं पुरानी आदत के अनुसार सारी बातें तरतीबवार रखकर देख रहा हूँ। इला ने इस्तीफा दे दिया है, वह उपन्यास लिखेगी, स्थिर होकर बैठेगी। और मैं ? क्या करूँगा ? आर्थर से कहकर उसका इस्तीफा रुकवा सकता हूँ। जब तक उपन्यास प्रकाशित न हो जाए, तब तक के लिए। इला को हमेशा के लिए खो देने के विचार से यह बूढ़ा सीना इतना विचलित क्यों हो रहा है ?

तभी इला आती दिखाई देती है। शायद समुद्र स्नान से लौटी है। उसने महीन-सा गाउन शरीर पर डाल रखा है, जिसके अंदर से उसकी बुँदकीदार बिकनी झलक रही है। वह निस्संकोच आकर बैठ जाती है और खाली प्याले में चाय छानती हुई पूछती है "अब कैसी तबीयत है ?"

"अब ठीक है।"

"खाना-पीना भी तो ठीक से नहीं हो रहा है।" कहकर वह पीछे झुकती है तो गाउन का दायाँ पल्ला पीछे ढलक जाता है और न चाहते हुए भी मेरी दृष्टि उसकी जाँघ तक अनावृत हो आयी टाँग पर अटक जाती है। गाउन से अपना पूरा पैर ढँकते हुए वह सरल भाव से कहती है, "बचपन में दीवाली पर बुरी तरह जल गयी थी, सलवार ने आग पकड़ ली थी। उसी का यह निशान है, जला, झुलसा हुआ। साड़ी पहनने से ढँका रहता है। आप इतने ताज्जुब से मुझे क्यों देख रहे हैं ..." वह उठ खड़ी होती है, "मैं कपड़े बदलकर अभी आती हूँ।"

मैं भी उठ खड़ा होता हूँ। मुझे किसी प्रमाण की जरूरत नहीं बची। वह जैसी भी है, है। और मैंने उसकी चाहना की है, शायद उस पहले दिन से ही।

इला मुझे विस्मय से देख रही है। फिर उसका चेहरा एकदम बदल जाता है। उसमें प्रतीक्षा भी है, आह्वान भी। मुझे पूरी तरह मालूम है कि अगर मैं एक कदम आगे बढ़ा तो फिर पीछे नहीं जा सकूँगा। मेरे आगे-पीछे सभी कुछ एक अँधेरे में डूबने लगा। शुभा, अंजू, संजू, घरजमाई, नाती, नातिनी, दोस्त, समाज, नाम, इज्जत, डीनशिप, प्राविडेंट फंड, पेंशन। सबकुछ एक सर्वग्रासी बाढ़ में डूबा जा रहा है। छब्बीस साल का विवाहित जीवन एक मिट्टी के ढूह की तरह गिर गया है।

डूबते हुए सूरज का आलोक हमारे चारों तरफ भर उठा है। आगे क्या है, मैं नहीं जानता। इला मुझे खींचकर चाँटा मार सकती है। मुँह फेर सकती है। मेरा उपहास कर सकती है। या फिर मेरे बढ़ते हुए हाथ को सहारा दे सकती है। निर्णय अब उसका ही है। सूरज पानी में एकदम डुबकी लगा गया। इला और मैं एक दूसरे की ओर मुड़े। हमारी आँखें मिलीं। मैंने कुछ कहने के लिए मुँह खोला, पर इला ने मेरे होंठों पर उँगली रख दी।

''बाद में बताना,'' उसने कहा।

यात्रा-संस्मरण : 1

'पचपन खंभे' के टेलीविजन पात्रों के साथ लंदन में

"मैं हूँ नील, और यह सुषमा है।" जेम्स ब्रेवेजौन के घर के सामने हम चारों पेवमेंट पर अभी-अभी आकर खड़े हुए थे। जेम्स ने मेरे उपन्यास 'पचपन खंभे' का बी.बी.सी. टेलीविजन के लिए नाट्य रूपांतर किया था, और मेरे लंदन पहुँचने पर संध्या को मुझे भोजन के लिए बुलाया था। शिवेंद्र उस नाटक के भारतीय निर्देशक थे, और मुझे रीजेंट प्लाजा होटल से लेकर अभी-अभी जेम्स के घर पहुँचे थे। रास्ते-भर वे 'पचपन खंभे' की बातें करते रहे थे। और अब मैं नील और सुषमा से परिचित करायी जा रही थी। जिन चरित्रों का जन्म कल्पना से हुआ और अंकन शब्दों में, उन्हें यों साकार देखकर मुझे बड़ा अजीब-सा लगा। सुषमा खड़ी-खड़ी मुस्करा रही थी। बड़ी-बड़ी काली चमकीली आँखें, छोटी-सी खड़ी नाक, और पतले ओंठ, आभूषणों के नाम पर लंबे जड़ाऊ बुंदे, और प्रसाधन के नाम पर कुछ भी नहीं। लिपस्टिक तक नहीं। नाम उसका रानी है, अब रानी डेविस। नील का नाम एडवर्ड डिसूजा है, पितामह भारतीय थे। पर स्वयं पक्के अंग्रेज हैं।

जेम्स स्वयं नाटककार हैं। छोटी-सी दाढ़ी, मंद स्वर में बोलनेवाले। अंदर जाने पर उनकी पत्नी और तीनों बच्चों से परिचय हुआ।

रानी मेरे पास की कुर्सी पर बैठकर बातें कर रही थी, वह पिछले आठ वर्षों से विदेश में थी, मुझे प्रारंभ से ही वातावरण अच्छा लगने लगा था। कमरे में जितने लोग थे, सबके ध्यान का केंद्र केवल 'पचपन खंभे' था। शिव उसे निर्देशक की दृष्टि से देख रहे थे, एडवर्ड और रानी एक-दूसरे को चिढ़ाते, खिजाते हँसते रहे—अपनी-अपनी भूमिका में बिल्कुल डूबे हुए, जब भी रानी एडवर्ड को नील कह कर संबोधित करती, मैं चौंक-सी पड़ती। उस सबके मध्य केवल मैं अलग-सी थी, कुछ निर्लिप्त-सी, कई वर्ष पहले उपन्यास लिखकर उससे संबंधित आवेग रीता हो

गया था।

नए लोगों के बीच मैं वैसे भी बहुत चुप हो जाती हूँ।

न जाने कब एडवर्ड डिसूजा मेरे और रानी के बीच में आकर बैठ गया, और जिस लंबे मौन में मैं उलझकर रह गयी थी उससे उबरने के लिए मैं उससे उसके कैरियर के बारे में पूछने लगी ...

उस शाम की स्मृति धुँधली हो जाने पर भी बड़ी ही मन को छूनेवाली है, एक सुखद गरमाई से भरी-सी इन लोगों से कभी पहले नहीं मिली हूँ, यह बिल्कुल भी नहीं लग रहा था।

खाने की गोल मेज भी, मिसेज ब्रेवेजौन ने, तरह-तरह के पकवानों से भर दी थी। उस पर मुर्ग भी था, और तरह-तरह के गोश्त के स्लाइस, हैम, सलाद, सब्जियाँ, कई तरह के पनीर, और रानी खा सकें इसलिए चावल और तले हुए बैंगन, आलू भी।

''अभी तक रानी वेजीटेरियन ही है,'' एडवर्ड की कुर्सी अब भी मेरे और रानी के बीच में थी, मेरे दायीं ओर शिव थे।

''क्या आप भी ?'' रानी ने मुझसे पूछा।

''हाँ,'' मैंने कहा।

शिव जब अपनी प्लेट में मांस लेने लगे, तो एडवर्ड ने शिव ! शिव ! कुछ ऐसे लहजे से कहा कि हम सबको बरबस हँसी आ गयी।

उस शाम हमने बहुत बातें कीं, अमरीका में तब प्रकाशित बहुचर्चित डॉक्टर जान्सन व मिसेज मास्टर्स की पुस्तक 'ह्यूमन सेक्सुअल रेसपांस' से लेकर 'शेक्सपियर वाला' तक। दिल्ली के उनके अनुभवों से लेकर, पचपन खंभे की कहानी घटित हो सकती है, या नहीं फिल्म में, एक दोपहर को जो चार घंटे का व्यवधान है, वह नील और सुषमा ने किस प्रकार बिताया, इसकी सभी संभावनाओं पर बहस, रात को काफी देर में हम सबने जेम्स और उनकी पत्नी से विदा ली।

शिव के मुझे रीजेंट प्लाजा पहुँचा जाने के बाद जब मैंने होटल के पोर्टर से पूछा, तो पता चला कि मेरा सूटकेस अभी तक खोया हुआ है।

कहीं भी बाहर निकलने के लिए मैडिसन से शिकागो जाना पड़ता है, शिकागो से ही मैंने शाम को छह बजे लंदन के लिए जहाज पकड़ा था, पर जब मैं लंदन पहुँची तो पता चला कि सूटकेस सामान में नहीं है। मैडिसन से चलते समय एक वायल की साड़ी शरीर पर थी, सोचा था कि अगली सुबह लंदन पहुँच ही जाऊँगी। लंदन में केवल तीन दिन ठहरना था, विशेष तौर से बी.बी.सी. के लोगों से मिलने के लिए, जिन्होंने बड़े आग्रह से मुझे निमंत्रित किया था। निमंत्रण कोरा था, यानी यह

नहीं कि लंदन तक का टिकट भी साथ आता, पर मैं तो फिनलैंड जाने का इरादा कर ही रही थी, और डेनमार्क होकर जाने की बजाय लंदन रुकने का निश्चय कर मैंने माइकेल को सूचना दे दी कि मैं जुलाई के प्रारंभ में उधर आऊँगी। किम कई सप्ताह पहले ही फिनलैंड जा चुके थे। इसलिए मैं अकेली ही थी।

अपनी कुछ सुंदर-सुंदर साड़ियाँ लाना—किम मुझसे कहकर गए थे, मेरा परिवार साड़ीवाली पुत्रवधू को देखने को बहुत उत्सुक है।

इसलिए सूटकेस में सारी साड़ियाँ अच्छी थीं, साथ में दो कैमरे भी थे, और पिछले दो-तीन महीने से जो कुछ लिखा-पढ़ा था, वह भी उसी में।

हवाई यात्रा में सामान गड़बड़ होने के बारे में पढ़ा तो काफी था, पर जब अपने पर यह बात घट गयी, तो मैं काफी हक्की-बक्की रह गयी।

मेरे अलावा लगेज काउंटर पर दो और यात्री थे। जिनका भी सामान गड़बड़ हो गया था, वे अत्यंत क्रोधित थे, पर काउंटर के पीछे पैन अमेरिकन एयरवेज की यूनिफार्म पहने जो अंग्रेज लड़की थी, वह यथासाध्य शिष्ट स्वर में उन्हें शांत करने का प्रयत्न कर रही थी। मुझे चुपचाप खड़ा देखकर उसने मुड़कर मुझसे कहा, "आप चाबी छोड़ जाइए। सूटकेस आने पर हम कस्टम क्लियर करवाकर आपके होटल भेज देंगे।"

"सूटकेस में मेरी कुछ बड़ी जरूरी चीजें थीं," मैंने कहा।

उसने विवश भाव से हाथ फैला दिए, तब किसी अपरिचित को चाबी दे देने की भारतीय झिझक से उबरकर गुच्छा उसे पकड़ा दिया, खोए हुए सूटकेस का हुलिया लिखाकर रेनकोट व पर्स उठाकर बस में जा बैठी।

आँखें मेरी लंदन की सड़कों को देख रही थीं, दायीं ओर टेम्स नदी और नौकाएँ, दूसरी ओर ऊँचे मकानों की कतार। जेम्स के घर से लौटकर मैंने सबसे पहले साड़ी-ब्लाउज को वाशबेसिन में डालकर धोया और बाद में हैंगर पर सूखने डाल दिया। शिव से सूटकेस खोने का समाचार सुन रानी मेरे लिए अपनी एक साड़ी-ब्लाउज लेती आयी थी। उसी को पहनकर मैं कुर्सी पर बैठ अखबार का रविवारीय संस्करण पढ़ने लगी।

सोमवार, सुबह ही एयरपोर्ट फोन करके पूछा, समाचार वही था, सूटकेस का पता नहीं चला। मैंने सूटकेस के हेलसिंकी, फिनलैंड भेज देने का आदेश देकर फोन रख दिया। पिछले दो दिन से तो बाजार बंद था, इसलिए कुछ खरीदारी भी न कर सकी थी। दस बजे जेम्स मुझे लेने आ गए। वे मुझे पूरा रिहर्सल दिखाना चाहते थे।

हाल में रानी, एडवर्ड, शिव पहले से ही मौजूद थे। शिव ने ही बाकी पात्रों से मेरा परिचय कराया। पात्रों के ही नाम से—ये हैं मीनाक्षी, यह नीरू, आप मिसेज धर, आप मिसेज शास्त्री—फिर शिव मुझे सुषमा के घर का सेट दिखलाने लगे।

बड़े से उस हाल में जगह-जगह रेखाएँ खींचकर अलग-अलग भाग कर दिए थे, सुषमा का फ्लैट, बरामदा, रसोई, तुलसीचौरा और पिता के घर का वह कोना, जहाँ खंभे की टेक लगाए सुषमा हर समय अकेली बैठी रहती है।

सेट पर लोग धीरे-धीरे आ-जा रहे थे। एडवर्ड ने मेरे पास आकर मेरी साड़ी को देखते हुए कहा, "यह साड़ी तो बड़ी पहचानी-सी लगती है।"

मैंने कहा, "लगेगी ही। सुषमा की जो है !"

रानी आज स्लैक्स और ब्लाउज पहने थी, बेहद ताजी और छोटी दीख रही थी। "मेरी सारी साड़ियों को नील पहचानता है," रानी ने कहा। फिर वह उत्साह से बताने लगी कि उसने टेलीविजन की इस फिल्म में पहनने की सारी वार्डरोब दिल्ली में ही खरीदी। फिर कुछ देर बाद बोली, "अगर वह सूटकेस खो जाता तो मैं न जाने क्या करती ?"

रिहर्सल शुरू होने के लिए अम्माँ की प्रतीक्षा थी। शिव फोन करके पता लगा चुके थे कि वे घर से पौन घंटे पहले निकल चुकी थीं। लोग इधर-उधर बैठे बातें कर रहे थे, बार-बार घड़ी देख लेते थे। तभी हड़बड़ाती हुई जोहरा सहगल अंदर आयीं—वे सुषमा की माँ के रोल में हैं, पृथ्वी थियेटर की पुरानी, मँजी हुई अभिनेत्री।

रन थ्रू शुरू हुआ, सुषमा के आफिस से। जेम्स, रौड, शिव, टाइमर और स्क्रिप्ट हाथ में लिए शायद प्रांपटर, मुझे भी साथ-साथ घिसटना पड़ा।

रानी बहुत मंद स्वर में बोल रही थी, किनारे पड़ी कुर्सी पर बैठा एडवर्ड बराबर इधर ही देख रहा था। शिव ने गलत नहीं कहा था, नील के रूप में वह पूरी तरह सब पर हावी हो गया था।

मीनाक्षी का असली नाम ललिता है, सुंदर-सी छरहरी लड़की, मालूम हुआ कि वही ललिता की भूमिका अदा कर रही है।

शिव ने मेरा परिचय जोहरा सहगल से कराया, "अरे, मैंने तो समझा कि तुम भी इसी में हो," फिर उन्होंने मेरे सिर पर हाथ फेरते हुए, बहुत सिंसियरली कहा, "यह तो तुमने बहुत अच्छा लिखा है। ऐसा ही आगे भी लिखती रहो।"

मैं थोड़ी-सी कांशस हो आयी थी, पर उनके पास खड़े होकर कुछ देर सहज भाव से बातें करने पर मेरी वह फीलिंग जाती रही।

सबसे विदा लेकर जब मैं ललिता से विदा लेकर चलने लगी तो वह मेरे साथ बाहर तक आयी, जब कार स्टार्ट हो गयी तो उसने कहा, "मैं आपसे यही पूछना चाह रही थी कि आपको सुषमा के रूप में मुझे देखकर निराशा तो नहीं हुई ?"

"बिल्कुल नहीं !" मेरा उत्तर इतने सहज भाव से अंदर से उभरा कि मुझे स्वयं आश्चर्य हुआ 'बेस्ट आफ लक' मैंने जोड़ा।

यात्रा-संस्मरण : 2

बहुत पुराने कैक्टस में फूटा हुआ फूल : फिनलैंड

फिर अगली सुबह बी.ई.ए. के जहाज से फिनलैंड की ओर। उसी वायल की साड़ी में, सामान के नाम पर केवल एक रेनकोट और पर्स। हवाई जहाज में बीस-बाइस अमरीकी प्रौढ़ और वृद्ध स्त्रियों का ग्रुप बैठा कचर-कचर कर रहा था। वे सब पहली बार विश्वभ्रमण के लिए निकली थीं और एक दिन हेलसिंकी रुककर लेनिनग्राड जानेवाली थीं।

लंदन से हेलसिंकी जाने में कुछ ही घंटे लगते हैं, इसलिए साढ़े ग्यारह बजे ही, जहाज नीचे उतरने लगा। पहली चीज जो मैंने देखी वह एयरपोर्ट पर युवा भीड़, वृक्षों की कतारें, लंबे, पतले, सीधे, सतर।

एयरपोर्ट छोटा है, पर बेहद साफ-सुथरा, जहाज से उतरकर बाहर आने में कुछ ही मिनट लगे। मुझे यात्रा के दौरान थोड़ी-सी घबराहट हो रही थी कि यदि किम एयरपोर्ट न पहुँचे, तो मैं क्या करूँगी। मन-ही-मन मैं घर का पता दोहरा रही थी। पचीस न्यासलैंड गातेन। हेलसिंकी में प्रायः सड़कों के दो अलग-अलग नाम हैं, एक स्वीडिश, एक फिनिश। अगर टैक्सीवाला फिनिश हुआ, तो उससे क्या कहना होगा—यह सोचने पर भी याद नहीं आ रहा था। दिमाग में केवल प्रारंभिक फिनिश के कुछ वाक्य उभरकर रह जाते थे। जैसे; उसका नाम चार्ल्स है। यह आलू उबले हुए हैं। क्या इस समय छह बजे हैं ?

कुत्ते भौंकते हैं, घड़ी टिकटिक करती है।

संध्या समय, पुल के पास।

बाहर खड़े लोगों में जब किम का परिचित चेहरा दिखा, तो थोड़ी-सी घबराहट कम हुई।

"सामान नहीं लेना है ?" प्रारंभिक अभिवादन के बाद उन्होंने पूछा।

"खोया हुआ है ?" मैंने बड़ी लापरवाही-सी दिखाते हुए कहा।

"फिर ?"

"फिर क्या ? कुछ नहीं। तीन दिन से यही वायल की साड़ी पहने हूँ, रात को धोकर सुखा लेती थी सारे कपड़े, और चादर लपेटकर सो जाती थी।" एयरपोर्ट से घर जाते-जाते मैंने सारे समाचार सुना डाले।

इन लोगों का फ्लैट तीसरी मंजिल पर है। घर में कोई नहीं था। किम ने अपना सामान अपने पुराने कमरे में रखा था। उसमें एक टेलीविजन भी था, किम के छोटे भाई का, जो कि लीनस कहकर पुकारा जाता है। वह अपनी गर्लफ्रेंड और उसके परिवार के साथ गर्मियाँ बिता रहा था।

शाम को किम मुझे 'स्टॉकमैन' ले गए। हेलसिंकी की एक प्रसिद्ध दुकान, पाँच वर्षों से बहुत सारी खरीदारी इसी दिन के लिए स्थगित कर रखी थी। चौड़ी सड़कें, रंगबिरंगे लिबासों में स्त्रियाँ, खूबसूरत डिस्प्लेवाली दुकानें। फिनलैंड अपने मारीमेक्को फैब्रिक्स, अराबिया की बनायी काँच की चीजें और रिया नामक कार्पेटों के लिए प्रसिद्ध है। 'स्टॉकमैन' का ब्रोश्योर कहता है, फिनलैंड बहुत दिनों तक एक कैक्टस की भाँति रहा, पर फिनिश लोगों का सौंदर्य-प्रेम उसमें फूलों की तरह फूटा है, रंगों में, नूतन डिजाइनों और तरह-तरह के नाजुक काँच की चीजों में। फिनिश दुकानों में मुझे बार-बार इसी कथन का ध्यान आता रहा। रिया रंगों की हरेक डिजाइन में मौलिकता थी, नए रंगों का सम्मिश्रण था, सड़कों पर फिनिश स्त्रियाँ तरह-तरह के फूलों की तरह दीखती थीं। अमरीका की तरह, मैंने कभी भी सड़क पर किसी स्त्री को स्लैक्स पहने नहीं देखा, कभी किसी के बालों में कलर नहीं देखे। इस कंट्रास्ट में लगा कि अमरीका में रहनेवालों ने अनौपचारिकता को एक ऐसा रूप दे डाला है जो कि प्रायः खटकने लगता है।

हम मुरमुर (नानी) से मिलने जा रहे हैं। उनकी आयु अब चौरानवे वर्ष की है, और वे रूसी जार की सेना के उच्च पदाधिकारी की पुत्री थीं। उनके पति स्वीडिश थे, और वे फिनिश सेना में थे। वर्षों से फिनलैंड में रहती हुई भी वे रूस को नहीं भूलीं। अब भी वे पुश्किन का अनुवाद फ्रेंच में करती हैं, और वाटरकलर बनाती हैं।

मुरमुर अपने तेज क्रोध के कारण विख्यात हैं। किम और जिल सुबह से ही मुझे डरा रहे हैं। मुरमुर को रूसी, फ्रेंच और स्वीडिश आती है। मैंने फ्रेंच पढ़ी है, पर इतनी अधिक नहीं कि बात कर सकूँ। ऊपर से मुरमुर नितांत बधिर हैं, पर्चे पर लिखकर उत्तर देना होता है। वर्षों से मुरमुर का पत्र-व्यवहार मुझसे फ्रेंच में चलता रहा है, पर किम के द्वारा। मेरा उत्तर वे कागज पर लिख देते थे, मैं उसे अपनी लिपि में उतारकर उन्हें भेज देती थी। आज भंडा फूटनेवाला है। मुरमुर पिछले आठ वर्षों से वृद्ध व्यक्तियों के लिए एक स्पेशल अस्पताल में हैं। अस्पताल

पूरी तरह से सरकार द्वारा चलाया जाता है, यह पेंशन भी मुरमुर को सरकार से ही मिलती है।

लंबे वृक्षों, हरे लान और फूलों से घिरी बड़ी-बड़ी इमारतें, बालकनियाँ, जिनमें कुछ व्यक्ति बैठे बातचीत कर रहे थे, साड़ी पहने हुए मुझे गुजरते हुए देखकर वे एकाएक चुप हो गए।

लिफ्ट और फिर मुरमुर का कमरा। मुझे थोड़ा-सा झटका लगता है, मुरमुर का एक पैर बेकार है, उठ नहीं सकतीं। पलंग के पास एक क्षण झिझकी पर किम ने पीछे से हल्का-सा धक्का दिया, तो मैं उनकी ओर झुक गयी। और न जाने क्या-क्या कहते हुए मुरमुर ने मुझे दोनों बाँहों में भींच लिया।

"नानी को किस कर लो।" जिल, मेरी बड़ी ननद ने कहा। तब अपनी अनिच्छा पर काबू करते हुए मैंने मुरमुर के झुर्रीवाले गोरे गाल पर बेहद हल्के से अपने ओंठ छुआ दिए।

मुरमुर देर तक मेरी बलैयाँ लेती रहीं, और मेरी इस त्रास-भरी स्थिति का भाई-बहन मजा लेते रहे।

फिर मुरमुर ने मुझे पलंग पर पास बिठा लिया, और अपना पुराना एलबम दिखाने लगीं। युवावस्था के अपने चित्र, वे वास्तव में सुंदर रही होंगी। फिर नर्स को बुलाकर चाय मँगायी और हमें पेस्ट्री खाने का आग्रह करती रहीं।

जिल ने मुझसे कहा, "तुम पसंद आ गयीं, नहीं तो अभी ये मुँह बिगाड़ लेतीं और एक बात भी न करतीं।"

किम ने हमारी कुछ तस्वीरें लीं, और जब वे थकने-सी लगीं, तो हमने विदा माँगी।

मेरे खड़े होने पर मुरमुर ने कुछ कहा। "तुम्हारे पैर देखना चाहती हैं," जिल ने कहा। मुझे चप्पलें उतार साड़ी थोड़ी-सी ऊपर कर पहले दायाँ फिर बायाँ पैर दिखाना पड़ा।

वे संतुष्ट जान पड़ीं। फिर भी मेरे बारे में शायद उनकी जिज्ञासा शांत नहीं हुई थी, क्योंकि एकाएक उन्होंने मेरी साड़ी की आगे की पटलियों को पकड़कर खींच लिया, पर कसी बँधी होने के कारण वह खुली नहीं।

मुरमुर खूब हँसीं, मुझसे पूछा कि साड़ी कैसे बाँधती हूँ।

जब हम दरवाजे तक पहुँचे तो मैंने एक बार मुड़कर उन्हें देखा। वे पलंग पर तकिए के सहारे लेट गयी थीं, उनका चेहरा एकाएक बड़ा निरीह और उदास लगने लगा।

उसी शाम हम कब्रिस्तान गए, जहाँ मुरमुर के पति और एकमात्र पुत्री की कब्रें थीं।

"हम बचपन में यहाँ नियमित रूप से आया करते थे," किम ने कहा। मैं

उनकी माँ की कब्र के पास खड़ी थी। कब्रिस्तान में सन्नाटा था, एक अजीब-सी निस्तब्धता, एक बहुत गहरी शांति। "अभी यहाँ तीन प्लाट बाकी हैं, नानी का, मेरा और जिल का," किम ने गंभीर वातावरण को कुछ हल्का करने के प्रयत्न में कहा, "मेरी कब्र पर एक बर्च का पेड़ लगवा देना।"

मुझे यह मजाक कुछ असंगत-सा लगा।

एक सप्ताह बाद हम दोनों को उसी जगह वापस लौटना पड़ा, मुरमुर को दफन करने के लिए। उस दिन किम की माँ की कब्र पर जिरैनियम के फूलों का जो एक गमला था, उसमें अब नयी कलियाँ चटख रही थीं। पर इस बीच में, एक संध्या को मुरमुर का देहांत हो गया था, अकस्मात् और बहुत शांतिपूर्वक। उस चर्च में केवल थोड़े से लोग थे, कुछ परिवारवाले, और कुछ उस अस्पताल के कर्मचारी। हम सब हाथों में मोमबत्तियाँ पकड़े थे, सर्विस 'ओल्ड चर्च स्लेवौनिक' भाषा में हो रही थी, और मुरमुर का ताबूत हमारे लाए फूलों से ढँका हुआ था। इससे पहले मैंने कभी इस प्रकार का 'फ्यूनरल' नहीं देखा था, और मेरे पैर रह-रहकर काँपने लगते।

उसके दो दिन बाद हम 'फिनेयर' से डेनमार्क जा रहे थे। कई वर्ष पहले 'हैंस क्रिश्चियन एंडरसन' नाम की फिल्म देखी थी, तब कोपेनहेगन स्वप्नों से परे लगता था, कितना दूर और अलभ्य। इस वर्ष कोपेनहेगन अपनी आठ सौवीं वर्षगाँठ मना रहा है, अमरीकी शहर को कोपेनहेगन कहते हैं, जिसे कि डेनिश पसंद नहीं करते। चारों ओर भीड़भाड़, रंगीन कपड़े और जर्मन और अमरीकी यात्री दीखते हैं। कोपेनहेगन में प्रायः सप्ताहांतों को नार्वे से नावें आती हैं, जिनमें विद्यार्थी भरे होते हैं, खूब खा-पी, नाच-गा और डेढ़ दिन डेनमार्क में बिताकर वे नार्वे वापस लौट जाते हैं। जिंदगी में आकंठ डूबकर जीते हैं, बेहद कड़ी मेहनत, बेहद सीरियस स्वभाव, पर जब 'एंजायमेंट' पर उतर जाएँगे, तो फिर सारी परेशानियों को उन्हीं में खो देंगे। अमरीकियों जैसी कुंठाएँ या ग्रंथियाँ, या पूर्वाग्रह मुझे स्कैंडिनेविया में नहीं मिले। बल्कि भारतीय होने पर जितना गर्व मुझे फिनलैंड और डेनमार्क में हुआ, उतना कहीं और नहीं, लंदन में भारतीयों के प्रति उपेक्षा का-सा भाव है, अमरीका में आम भारतीय के लिए बड़ा पेट्रनाइजिंग-सा 'कि देखो, हर जरूरत पर हम ही सहायता करते हैं,' परंतु स्कैंडिनेविया में, विदेश में भारत का नाम बहुत नीचा होने पर भी, कभी भारतीय होने के कारण मेरे सम्मुख कोई अप्रिय प्रसंग नहीं आया, बल्कि बेहद उत्सुकता और अचरज से मुझे देखा गया जो कि भला ही लगा।

कोपेनहेगन के खूबसूरत एयरपोर्ट से स्कैंडिनेवियन एयर लाइंस के टर्मिनल तक जाते हुए मुझे चारों ओर बेहद सफाई और सुथरेपन का बोध होता है। रास्ते में

फ्लैटों के बड़े-बड़े ब्लाक हैं, ऊँची, लंबी सीमेंटी इमारतें, जिनमें काँच की खिड़कियाँ सहस्रों आँखों की तरह जड़ी हुई हैं।

कोपेनहेगन में कई सप्ताह रहने का इरादा था, इसलिए होटल न लेकर अलग फ्लैट लेने का विचार था। डेनमार्क में टूरिस्टों की सुविधा का बेहद खयाल रखा जाता है। रेलवे स्टेशन में, जो कि कोपेनहेगन में काफी सेंट्रल जगह है, टूरिस्ट एसोसिएशन ने टेलीफोन बूथ बना रखे हैं, जहाँ फोन करके अपनी आवश्यकता बताने से, खाली कमरों या फ्लैटों का नाम, पता, और दाम सबकुछ निर्धारित कर वापस टूरिस्ट को बता दिया जाता है।

फ्लैट का किराया सुनकर लगा कि डेनमार्क में महँगाई फिनलैंड से भी अधिक है। परंतु अगस्त में डेनमार्क का टूरिस्ट सीजन चरम सीमा पर होता है, इसलिए प्रति सप्ताह के लिए पचास डालर किराया देकर फ्लैट लेना ही पड़ा। फ्लैट था भी दक्षिणी कोपेनहेगन के एक सबर्ब में, परंतु बस और ट्राम की सर्विस अच्छी होने से कभी दिक्कत नहीं उठानी पड़ी। टैक्सी की लंबी यात्रा के बाद जब हम 'केबेलायवे' पहुँचे, तो लघु शॉर्ट्स और सफेद ब्लाउज पहने मकान मालकिन सफाई में जुटी थीं। वे एक स्कूल में अध्यापिका थीं, और उनके पति बिजनेस में थे। मकान मालकिन का नाम मिसेज लोएनबर्ग था, और सिगार पीते हुए (डेनमार्क में स्त्रियाँ आमतौर से छोटे-छोटे सिगार पीती हैं) उन्होंने बताया कि यह नया टाउन हाउस उन दोनों ने मार्च में खरीदा था, परंतु टूरिस्ट सीजन का लाभ उठाने के लिए वे लोग अपनी समर प्लेस में रह रहे थे, और यह मकान बराबर किराए पर उठा रखा था। मकान बुरा नहीं था, पर किराए के अनुपात से बेहद छोटा था, केवल दो कमरे और रसोई, कमरों की तीनों खिड़कियाँ बाहर खुलती थीं और झाँकने पर अपने प्रौढ़ गंजे पड़ोसी को इधर ही देखते पाया, जो अपने लान में बैठे पिल्सनर पी रहे थे।

उस रात हम दोनों ट्रैवल बुक्स में डेनमार्क के बारे में पढ़ते रहे।

यात्रा-संस्मरण : 3

तिवोली में नाचघर, आतिशबाजियाँ और मारलीन डिएट्रिख !

हल्की बूँदाबाँदी, पर जब घर से निकले तो पानी हल्का-सा छिड़काव करके थम गया था। पेड़ों में छोटे-छोटे सेब आने लगे हैं। पाँच नंबर की ट्राम में बैठकर हम बाजार जा रहे हैं। जिसे अमरीकी अंग्रेजी में डाउन टाउन कहते हैं। मैं बड़ी एकाग्रता से दुकानों की कतार देख रही हूँ, जितनी उत्सुकता दुकानों में बिकती चीजों के बारे में है, उतना ही चिंता राह पहचानने की भी। कुछ अन्य यात्रियों की उत्सुक दृष्टि से बचने के लिए भी, विदेश में साड़ी पहननेवालों का यही भाग्य रहता है और मेरे लिए अक्सर थोड़ी खीज का कारण। केवल हम भारतीय, पाकिस्तानी और सीलोनवाली स्त्रियाँ ही विदेश में अपने पहनावे, साड़ी से अब तक चिपकी हुई हैं। अन्य एशियाई स्त्रियों ने पश्चिमी पोशाक को अपना लिया है। तिवोली—बहुत पहले तिवोली के बारे में बात करते हुए एक मित्र अनिला बहुत भावुक हो गयी थी। सभी यात्रा-पुस्तकें तिवोली का काफी वर्णन करती हैं। अक्सर दूसरों के वर्णन से यथार्थ छोटा नजर आता है। मैं भी तिवोली में देखें ऐसी क्या बात है, के भाव से घुसी और बायीं ओर मयूर थियेटर में प्रदर्शित पैंटोमाइम के आगे बँधकर रह गयी। दर्शक खुले मैदान में अर्धवृत्ताकार पड़ी कुर्सियों पर बैठे थे, पर जितने बैठे थे, उनसे कितनी ही अधिक मात्रा में खड़े थे। भीड़ थी, पर शोर नहीं था, धक्कामुक्की नहीं थी। आगे जाकर अच्छी सीट घेर लेने की कोई इच्छा नहीं थी। छोटे बच्चों को उनके पिताओं ने गोद में उठा रखा था, या कंधों पर बैठा लिया था।

कोपेनहेगन में फिनलैंड की तरह लंबी उजली शाम देर तक नहीं रहती, या तिवोली की असंख्य बत्तियाँ उसे जल्दी ही विदा दे देती हैं। तिवोली में घुसते ही बायीं ओर मयूर थियेटर है, जिसमें हर शाम प्रदर्शन होता है, दर्शक उसे निःशुल्क देखते हैं। फाटक के सामने खूब बड़ा जलाशय, जिसके चारों ओर लोहे की रेलिंग

है और क्यारियों में पिटूनियाँ और जिरैनियम फूल रहे हैं। चारों ओर वृक्षों से ढँका हुआ बूलेवार है, और रंग-बिरंगी, पर मद्धिम रोशनियाँ जलती हैं। दायीं ओर अम्यूजमेंट सेंटर है जहाँ रोलर कोस्टर पर बैठे बच्चों की चीखें दूर तक सुनायी देती हैं। और पूरे वातावरण में एक खुशी, एक उल्लास का स्वर जोड़ देती हैं। वहाँ चर्खियाँ थीं, हिंडोले थे, मेरी-गो-राउंड, नावों पर बैठकर नदी की सैर—वे सभी चीजें, जो अमरीका के मशहूर डिस्नेलैंड से लेकर प्रयाग की सालाना नुमाइश तक में पाई जाती हैं। इसके अतिरिक्त लास वेगास स्टाइल के जुआ खेलने के बूथ, जैकपाट—पचीस ओरे को मशीन में डालकर हैंडल घुमाने से तीन तस्वीरें घूमकर आती हैं, जिनके सही कांबीनेशन पर पचीस ही ओरे के टोकेन नीचे गिर आते हैं, जिन्हें भुनाया भी जा सकता है, या दुबारा मशीन में डालकर और जीता या हारा जा सकता है। पचासों मशीनों के आगे बच्चे, बूढ़े और युवा, सभी एक-सा उत्सुक भाव लिए डेनिश चवन्नी पर चवन्नी डाले जा रहे थे, क्या मालूम अगली ही कोशिश में सफलता हो। पहली ही कोशिश में जब मेरे पास दस टोकेनवाला कांबिनेशन आ गया, तो वह उत्साह मुझे भी छू गया, और मैं धड़ाधड़ वही टोकेन डालकर मशीन का हैंडिल घुमाने लगी, पर मशीन मेरे सारे टोकेन निगलती गयी और एक के बाद एक उलटे-सुलटे कांबिनेशन दिखाती गयी। आखिरी टोकेन को डालकर मैंने जो पूरी ताकत से हैंडिल खींचा, तो उसने कांसोलेशन प्राइज की तरह दो टोकेन गिरा दिए और फिर बड़े ही शांत भाव से वह दोनों टोकेन भी लील लिए।

हारे हुए जुआरी का-सा, पर उल्लसित भाव लेकर, मैं वहाँ से बाहर निकली। तब तक काफी अँधेरा हो आया था और पूरा तिवोली गार्डन रोशनियों से भर उठा था, एकदम दीवाली की तरह दायीं ओर रंगीन बल्बों से रेखांकित एक पैगोडा था, और तिवोली की दीवारों के पार, कोपेनहेगन के स्काईस्क्रेपर्स की चमकती खिड़कियाँ।

तिवोली का एक बहुत बड़ा आकर्षण वहाँ के रेस्तराँ, काफे, नाचघर, आतिशबाजियाँ, नटों के खेल और कंसर्ट भी हैं। यानी हर रुचि के दर्शक का खयाल रखा गया है। थक जाने पर हम लोग एक ओपेन काफे में जाकर बैठ गए। लाल चारखानेदार मेजपोशवाली मेज पर वेटर ने मेरे लिए कोकाकोला और किम के लिए बीयर लाकर रख दी। डेनमार्क की बीयर हमारे सभी मित्रों को बेहद पसंद है और अमरीका में उसे दुगने-तिगुने भाव पर खरीदना पड़ता है। डेनमार्क में वह काफी सस्ती है, और रेस्तराँ से ज्यादा दुकानों में। इसलिए कहते हैं कि प्रायः विद्यार्थी जेब में बौटल ओपेनर (जिसे अमरीकी स्लैंग में ''चर्च की' कहते हैं) लेकर चलते हैं।

हम दोनों देर तक मौन बैठे तिवोली का रंग-रूप देखते रहे, रोशनी और खुशी

और एंजायमेंट की छोटी-छोटी लहरें हमें आ-आकर छूती रहीं।

तिवोली में एक छोटा-सा थियेटर भी है जिसमें देश-विदेश के प्रख्यात कलाकार आते रहते हैं। उस रात मारलीन डिएट्रिख का नाम बड़े-बड़े अक्षरों में लिखा हुआ था। प्रख्यात अभिनेत्री को देखने के लिए हमने भी साढ़े ग्यारह क्राउन प्रति व्यक्तिवाले टिकट ले लिए थे। सीटें काफी अच्छी थीं। मास्टर ऑफ सेरीमनी डेनिश में बोल रहा था। प्रोग्राम ब्यूनस एयर्स के एक छोटे-से ट्रुप के नृत्य से प्रारंभ हुआ, दो बहुत अच्छे आइटम के बाद एक बाजीगर, दो नट और तब लघु इंटरवल के बाद मारलीन डिएट्रिख स्टेज पर आयीं। विश्वप्रसिद्ध किसी अभिनेत्री को इतने निकट से देखने का शायद बहुत-से लोगों का पहला अवसर था। छोटा-सा हॉल स्वागत की तालियों से देर तक गूँजता रहा–डिएट्रिख लंबा गाउन पहने थीं, जिसमें चमकीले सितारे टंगे हुए थे। गले में उतना ही चमकीला हार, ऊपर सफेद कोट, जो शायद मिंक हो, और जो बादशाही चोंगे की तरह पीछे काफी लंबा था और आधी स्टेज पर लिथड़ रहा था। डिएट्रिख ने अंग्रेजी में बोलते हुए अपने फिल्मों में आने की कहानी बतायी और वह गीत गाया–अपनी प्रसिद्ध थोड़ी-सी भर्राहट ली हुई आवाज में जिस पर उन्हें 'ब्लू एंजिल' फिल्म में रोल मिला, उसके बाद कई अपनी फिल्मों के गीत। अपने रेकर्ड में गाए गए जर्मन गीतों में से दो, कुछ फ्रेंच। पर उस रात जो गीत बहुत पसंद किया गया वह अमरीका में कुछ वर्षों से बहुत प्रचलित है, जिसका भावार्थ कुछ ऐसा है, वे सारे फूल क्या हुए ? उन्हें लड़कियों ने चुन लिया है, उन्हें कब अक्ल आएगी, लड़कियाँ कहाँ हैं, वे युवा लड़कों के पास चली गयी हैं, उन्हें कब अक्ल आएगी। वे युवा लड़के कहाँ हैं, वे सब सैनिक हो गए हैं, उन्हें कब अक्ल आएगी, वे सब सैनिक कहाँ हैं, वे सब कब्रिस्तान में हैं ...

गीत को मारलीन डिएट्रिख ने बहुत प्रभावशाली ढंग से गाया, सधे हुए स्वरों के साथ। इस दौरान, सारी स्टेज पर अँधेरा था, केवल उनके चेहरे और गर्दन पर स्पाटलाइट केंद्रित थी, और उसके प्रकाश में उनका हार नन्ही-नन्ही, तीखी इंद्रधनुषी किरणें फेंक रहा था।

गीत समाप्त होने पर बहुत देर तक तालियाँ बजती रहीं। गीत ने श्रोताओं के मर्म को छू लिया था, जिनमें अधिकांश युवा अमरीकन थे, और आजकल तो प्रत्येक युवक के मन में वियतनाम युद्ध की छाया मँडराती रहती है कि न जाने कब वहाँ जाने का बुलावा आ जाए।

प्रोग्राम समाप्त होने पर बहुत देर तक तालियाँ बजती रहीं और मारलीन डिएट्रिख को कई बार बाहर आना पड़ा।

उस समय बारह बज चुके थे, पर तिवोली में जैसे अभी शाम शुरू हुई थी। सभी नाचघरों में लोगों के ठट्ठे जमा थे, बिशेष तौर से किशोर वय के लोगों के।

नाचघर में जहाँ एक कोंपो गला फाड़कर गा रहा था और लोग नाच रहे थे। बत्तियाँ बार-बार जलतीं और बुझतीं, लड़कियाँ या तो जीन्स में थीं या मिनी-मिनी स्कर्टों में, सभी के बाल लंबे थे। कंधों से काफी नीचे, पलकों पर गहरा मेकअप, लिपस्टिक के नाम पर केवल एक नम भीगापन। पूरे वातावरण में एक खुलापन था। एक अदम्य उल्लास, एक आत्मविश्वास। एक सौंदर्य जो कि पश्चिमी दुनिया में जहाँ भी मैंने किशोर इकट्ठे देखे, वहाँ पाया।

तिवोली से बाहर निकलने पर किम ने कहा, थोड़ा-थोड़ा न्यूयार्क के टाइम्स स्क्वायर-सा नहीं लगता ?

मैं कहनेवाली थी कि मुझे पेरिस याद आता है, और हम दोनों हँस पड़े। पैलेडियम के आगे रुककर हमने अखबारों की सुर्खियों पर नजर डाली। दायीं ओर की दुकान पर बड़े खुले भाव से दो किशोरियों के प्रेम-व्यापार की स्लाइडें लटक रही थीं, एक हल्की-सी भीड़ उस खिड़की के आगे थी। दुकान किसी कैबरे का बुकिंग आफिस न होकर तस्वीरें खरीदने की जगह मात्र थी। डेनमार्क में सभी प्रकार का साहित्य और तस्वीरें खरीदी जा सकती हैं, लोगों का कहना है कि जब से सरकार ने इन चीजों पर से प्रतिबंध हटा लिया है, वहाँ सेक्सक्राइम की संख्या बहुत घट गयी है।

रास्ते में जगह-जगह रुकते हुए हमने पाँच नंबर ट्राम पकड़ी। और एक बहुत तृप्तिपूर्ण भोज से लौटने की-सी भावना से हम घर की ओर लौट पड़े।

टूरिस्ट ट्राम कोपेनहेगन की सड़कों पर घूम रही है। बिशप एब्सैलौन की मूर्ति, जिन्होंने आठ सौ वर्ष पहले कोपेनहेगन की स्थापना की, नेशनल म्यूजियम जो कि अनेक निधियों से भरा है, न्यूकार्ल ग्लिप्तोतेक, ठीक तिवोली के पीछे, जिसमें नए और पुराने पेंटर्स की कलाकृतियाँ हैं, नहरें, मछलियाँ, पूर्व से आनेवाले मसालों का बाजार, डेनिश रेजिस्टेंस म्यूजियम, जिसमें जर्मनों द्वारा बनाए गए कांसेंट्रेशन कैंप के कँटीले तार सुरक्षित हैं, मैगजीन ड्यू नौर्ड, जो कि कोपेनहेगन का सबसे बड़ा डिपार्टमेंट स्टोर है। बँधे हुए टूर लेना और भेड़-बकरियों की तरह हाँका जाना मुझे बिल्कुल पसंद नहीं, पर धूप भरी सुबह है, अकेली हूँ, और किम युनिवर्सिटी में एक कांफ्रेंस में गए हैं। मैं यह भी जानती हूँ कि यदि यह टूर न लिया, तो छोटी-छोटी बहुत-सी चीजों से अनभिज्ञ रह जाऊँगी। सबके हाथों में कैमरे हैं, जानती हूँ कि बहुत-सी तस्वीरों में मैं भी हूँ, पर यह पूरा बोध है कि यह सब साड़ी की महिमा है। ट्राम टाउन हाल स्क्वायर से चलती है और पूरे शहर में घूमती हुई लैंगलिनी

तक जाती है, जहाँ हैंस क्रिश्चियन एंडरसन द्वारा सृजित जलपरी विचारमग्न मुद्रा में, समुद्र-तट पर एक चट्टान पर बैठी हुई है। हवा में समुद्र के पानी का नम खारापन है।

मोमार्त्र कैफे की तलाश में हम लोग स्त्रोगेत के आसपास घूमते रहे। ट्रैवल बुक में स्त्रोगेत को कोपेनहेगन का फिथ एवेन्यू और पिकैडिली कहा गया है। पुराने शहर में एक मील लंबी केवल पदयात्रियों के लिए सड़क है, सड़क पर हमेशा भीड़ लगी रहती है, खरीदारों और सैलानियों की। स्त्रोगेत का शुद्ध उच्चारण करने में थोड़ी-सी दिक्कत हुई, पर भाषाविज्ञानी पति मजा लेते रहे, अपने हिंदी सीखते समय अपने प्रारंभिक उच्चारण पर मेरे हँसने की बात भूले नहीं हैं, पर बाद में मुझे सुझा दिया कि डेनिश के इस जी को मुगल के ग की तरह उच्चारण करने से काम चल जाएगा।

कैफे मोमार्त्र, सुना था, कोपेनहेगन का अच्छा जॉजक्लब है। उस शाम जॉज सुनने की मन में आयी थी, शंघाई रेस्तराँ के पास खड़े होकर नक्शे में रेग्नेगाद ढूँढ़ रहे थे। तभी पास से गुजरते हुए एक युवक ने रुककर हमें सहायता करनी चाही। फिर वही हमें कैफे मोमार्त्र तक अपनी कार में ले गया, और किम ने उसे रुककर एक ड्रिंक साथ लेने का निमंत्रण दे दिया। वह एक डेनिश वकील था, युवा, अविवाहित, कोपेनहेगन से एक उकताया हुआ, असंतुष्ट, उसकी भविष्य के प्रति आशावान, नेत्र अमरीका की ओर लगे हुए थे। तो यहाँ भी युवा व्यक्ति असंतुष्ट हैं। मेरे मन में विचार उठा।

कैफे मोमार्त्र की खिड़कियों में प्रसिद्ध जॉज संगीतज्ञों की बड़ी-बड़ी तस्वीरें लगी थीं। दरवाजे में घुसते ही बाएँ हाथ पर बुकिंग विंडो पर एक नीग्रो युवक ने आठ-आठ क्रोनर टिकट के लिए रखा लिए।

अंदर कमरा गुफानुमा था, मद्धिम रोशनी, विचित्र-सा डेकोर, सही दिमाग होते हुए भी देखने से लगे कि काफी नशे में हैं। संगीतज्ञ दो नीग्रो थे, ड्रमर श्वेतांग, संगीत अच्छा था, श्रोता झूम रहे थे। बातचीत बंद थी। काफी लोग आँखें मूँद बैठे थे, न मालूम संगीत का असर था या किसी और मादक द्रव्य का। जैसे-जैसे समय बीता, वैसे-वैसे बजानेवाले और भी इंसपायर्ड होने लगे, पूरे कमरे में केवल संगीत था। ट्रौंबोन की आवाज, बार-बार तालियाँ बजतीं और लोग तुरंत ही शांत हो जाते—विघ्न न डालने की आशंका से उस शाम को याद करने पर केवल संगीत की याद आती है, गूँजती हुई, कभी धीमी, कभी तेज स्वर-लहरी की।

मंगलवार, कोपेनहेगन आए हुए करीब पंद्रह दिन हो चुके हैं। सुबह से ही झर-झर पानी गिर रहा है, एक ही लय में, न कम, न ज्यादा, हवा भी नहीं है, केवल घरों की लाल छतों के ऊपर दूर तक फैला हल्का स्लेटी आकाश। पिछवाड़े

गुलाब की लताएँ रीती झूल रही हैं, फूल वर्षा नहीं झेल पाते, पड़ोसियों के सेब के फल हल्के-हल्के लाल हो चले हैं। सामने सड़क पर गुलमोहर के फूलों के गुच्छे पेड़ों पर लटकने लगे हैं। गुलमोहर नहीं, रेनबेरियाँ हैं, किम कहते हैं, इन्हीं के बारे में लोमड़ी ने कहा था कि रेनबेरियाँ खट्टी हैं।

रेनबेरियों के अतिरिक्त बाजार में आजकल तरह-तरह की बेरियाँ हैं, लाल, सफेद, धारीदार, ब्लूबेरी को देखकर खयाल आता है कि ग्रिल्लशर में भी ब्लूबेरियाँ पक गयी होंगी। बेरियों के अतिरिक्त नए आलू, भुट्टे, खीरे, साग सभी चीजें इफरात से बिक रही हैं।

बेकरी कोने में है, आते-जाते देखती है तो वहाँ खड़ी लड़की मुस्कराती है। डेनिश पेस्ट्री बहुत प्रसिद्ध है, सुस्वादु भी होती है, यहाँ उसे वियना ब्रोड कहते हैं। लूकस की याद आती है, बायीं बाँह पर उसके पंजे के निशान अब भी हैं। पानीवाले ऐसे दिन में कुछ काम नहीं है, मुझे घर में बैठकर पढ़ना अच्छा लगता है। लकी जिम दुबारा पढ़ रही हूँ। कोपेनहेगन शापर्स पैराडाइज यों ही नहीं कहा जाता। वहाँ के स्कैंडिनेवियन माडर्न फर्नीचर की अमरीका में बहुत ख्याति है, आजकल रोज वुड का चलन है। 'डेन परमनेन्ते' नाम की दुकान की हर चीज खूबसूरत है, छोटी-से-छोटी, बड़ी-से-बड़ी।

मैंने भी ढेर सारी चीजें खरीदी हैं, स्टेनलेस स्टील की, लकड़ी, काँच, ताँबे और प्यूटर की, फर्नीचर भी काफी ले लिया है और पैसे समाप्त हो चले हैं, अभी रूमानिया भी जाना है, इसलिए मन मार लेना पड़ता है।

डेनमार्क छोड़ने से पहले एक बार हेलसिंगोर जरूर जाना है। हैमलेट के राजमहल देखने।

कितने सागर स्वीडन

पहली बार स्वीडन जाना हुआ था गर्मियों के प्रारंभ में, तुर्क, फिनलैंड से नाइट फेरी लेकर स्टाकहोम तक। छह महीने की लगातार ठंड के बाद बर्फ के दूह पिघल गए थे, और रातों में हल्का-हल्का उजाला रहने लगा था। जाननेवालों का कहना है कि स्वीडन जाने के लिए गल्फ ऑफ बौथनिया पार करके जाना ही सबसे सुंदर है, वैसे हवाई जहाज से उड़ा भी जा सकता है और चाहें तो ट्रेन या मोटर से भी यात्रा संभव है, पर वह लंबी राह है। नाम था फेरी, पर 'बौथनिया' किसी छोटे-मोटे जहाज की तरह थी। केबिन, बरामदे, डेक, कई डाइनिंग रूम। फिल्में, साउना स्नानगृह, बार। हमने केबिन नहीं लिया था, सारी रात जागने का इरादा था। मैं 'बौथनिया' के बड़े से डाइनिंग रूम में बैठी-बैठी सागर को देखती रही। फेरी छूटी थी नौ बजे, पर जैसे-जैसे रात बढ़ती अँधेरा गहरा होने के बजाय हल्का होता जाता और आधी रात के थोड़ी देर बाद ही पानी के नीचे से गोल दहकता हुआ सूरज ऊपर उठने लगा और उसने सारे पानी को लाल रँग दिया। यह सूरज, उत्तर में लगातार तिहत्तर दिन तक बिना अस्त हुए चमकता रहता है, और हेलसिंकी तक में, जो फिनलैंड के दक्षिण में है, खिड़कियाँ गहरे रँग के पर्दों से ढँकनी पड़ती हैं, क्योंकि चौंध और चमक से सोना मुश्किल होता है। ऊपर से चिड़िया सूरज के ऊपर आते ही बेतरह चहचहाने लगती हैं।

मैं चुप, एक अनिर्वचनीय अनुभूति में डूबी पूरी तरह उस दृश्य को आत्मसात् कर लेना चाह रही थी। मुझे लग रहा था कि जैसे सागर का वह सूर्योदय खासतौर से मेरे लिए ही ऑर्डर किया गया था, जैसे वह मेरे लिए एक विशेष उपहार था। उत्तरी यूरोप के उस कठोर जाड़े को सहन करने का अपूर्व पुरस्कार। फेरी जब स्टाकहोम पहुँची तो साढ़े-सात बजे थे, चारों तरफ खूब उजाला था। बस लेकर हम शहर के मध्य में पहुँचे, रात की छाप मन पर काफी गहरी थी।

स्वेया गातन पर एक रेस्तराँ में बैठे हम कॉफी पी रहे थे, यह वास्तविकता थी। सड़क पर काफी आवाजाही थी, दुकानें खुल रही थीं और सड़क के उस पार एक वड़ा-सा खुला चौक था, जिस पर अनेक वेंचें पड़ी हुई थीं और बायीं ओर कई फव्वारे पानी की फुहारें छोड़ रहे थे।

वंबई से सीधे, बिना कहीं रुके आने पर स्टाकहोम का खुलापन, सौंदर्य और स्वच्छता कैसी लगेगी, मैं यह सोचने का प्रयत्न करने लगी, फिनलैंड में लगभग एक साल रह चुकने के बाद मैं खुलेपन और स्वच्छता, शोरगुल, धकापेल के नितांत अभाव की आदी हो चुकी थी, मेरे लिए न स्वीडिश भाषा नयी थी, न स्कैंडिनेवियाई लोग। फिर भी स्टाकहोम न हेलसिंकी है, न कोपेनहेगन; वह स्टाकहोम है, अपनी अपूर्वता लिए हुए।

स्टाकहोम का मैप देखने से पता चलता है कि शहर अंदर, बाहर चारों ओर पानी से घिरा हुआ है। लगभग सात सौ साल पहले इसकी स्थापना दो द्वीपों पर हुई थी, जहाँ कि बाल्टिक सागर की एक उप खाड़ी साल्ट लेक और मीठे पानी की झील लेक मेलर का मिलन हुआ है। सम्राट गुस्तावस वासा के समय–सोलहवीं शताब्दी से स्टाकहोम अनेक सम्राटों का निवास स्थान रहा है। तब से लेकर अब तक, बढ़ते-बढ़ते वह बीसेक द्वीपों को समेट ले गया है और सारे द्वीप बड़े-बड़े पुलों से जुड़े हुए हैं।

नाश्ते के दौरान मैं मैप मेज पर फैलाए देख रही हूँ और सोच रही हूँ कि कहाँ से शुरू करूँ। किम की ओर से सुझाव आया कि क्यों न मैं अपना पहला दिन टिपिकल टूरिस्टों की तरह बिताऊँ, यानी 'गाइडेड टुअर' लेकर। सुविधा भी रहेगी और मुझे शहर का कुछ आभास भी हो जाएगा। मेरे यह मान लेने पर पता चला कि वे अपना दिन पुरानी किताबों की दुकानों में बिताना चाहते हैं, और जल्दी ही थक जानेवाली पत्नी को मोटरकोच में बिठाकर खुद पूरे निठल्ले भाव से घूमना चाहते हैं।

रेस्तराँ से उठकर हम ऑपेरा हाउस की ओर चल दिए, जहाँ से टूर शुरू होनेवाला था।

ऑपेरा हाउस गुस्ताव प्रथम एडोल्फ स्क्वायर में है, जहाँ गुस्ताव तृतीय की अश्वारोही मूर्ति खड़ी है, एक ओर विदेशी मंत्रालय है, दूसरी ओर ऑपेरा हाउस; जो उसी जगह बना है जहाँ गुस्ताव तृतीय को एक हत्यारे ने गोली मार दी थी।

सुंदर, शांत लेक मेलर के उस ओर भव्य राजप्रासाद हैं, जिसके लिए कहा जाता है कि राजपरिवार के रहने के लिए आज के यूरोप में वह सबसे बड़ा महल है और जहाँ सम्राट रहते भी हैं और जो जनता के देखने के लिए खुला भी हुआ है।

तीस क्रोनर का टिकट लेकर मुझे मोटर कोच में बिठा दिया गया। टूर में अठारह-बीस लोग हैं, कुछ अमरीकी, दो ब्रिटिश अध्यापिका-सी लगनेवाली प्रौढ़ स्त्रियाँ, एक जापानी समूह, शायद बिजनेसमैन का, सभी काले सूट पहने हैं और तरह-तरह के कैमरे गर्दन में टाँगे हुए हैं, और एक मैं बैंगनी और गुलाबी प्रिंट की टसर की साड़ी में सबसे अलग और अकेली एक भारतीय, जो अपने साथ स्वीडिश नाम का पुछल्ला लगाए हुए है।

हमारी गाइड एक दुबली-पतली लंबे चेहरेवाली स्वीडिश युवती है, अंग्रेजी अच्छी बोलती है।

मोटर कोच सड़कों पर से गुजरता हुआ सिटी हाल की ओर जा रहा है। गाइड ने हमें तमाम तथ्यों से भर दिया है। आँकड़े प्रभावित भी करते हैं, और मुझे उबाते भी हैं, फिर भी उन्हें भूल जाने पर भी कुछ बातें स्मृति में टँकी रह जाएँगी। जैसे कि स्वीडन जैसे बड़े देश की आबादी लगभग आठ करोड़ है और रहन-सहन का स्तर यूरोप में सबसे ऊँचा है। हर बच्चे के जन्म पर सरकार की ओर से माँ को करीब एक हजार अस्सी क्रोनर की मैटर्निटी ग्रांट मिलती है और जब तक बच्चा सोलह साल का नहीं हो जाता, तब तक नौ सौ क्रोनर हर साल मिलते हैं। बच्चे की डॉक्टरी देखभाल भी सरकार की तरफ से होती है, और स्कूल जाने पर पढ़ाई और पुस्तकें भी सरकार से ही मिलती हैं। फिर भी परिवार बड़े नहीं हैं, औसतन दो बच्चे ही काफी समझे जाते हैं।

यद्यपि स्वीडन में सम्राट और राजपरिवार हैं, परंतु राजनीतिक शक्ति सम्राट के हाथ में नहीं है, ब्रिटेन, नार्वे और डेनमार्क की तरह लोकतंत्र है और पार्लियामेंट द्वारा सरकार चलती है। स्वीडन के सम्राट गुस्तावस षष्ठम अडोल्फ हैं और युवराज उनके पोते कार्ल गुस्ताव।

स्वीडन की सोशलिस्ट वेलफेयर स्टेट ने गरीबी और बेकारी को करीब-करीब दूर कर दिया है, फिर भी लोगों का कहना है कि वेलफेयर स्टेट को बहुत कुछ करना है।

गाइड ने दाहिनी ओर दो पास-पास खड़े स्काई स्क्रेपर्स को दिखाते हुए बताया कि वे स्वीडन के दो प्रमुख और परस्परविरोधी अखबारों के हैं, एक है 'दागेन निहेतर' और 'एक्सप्रेसेन' की इमारत और दूसरी 'स्केस्का दाग ब्लादेत' की।

स्वीडन में अखबारों और किताबों की बहुत खपत है। हर एक हजार व्यक्तियों के बीच रोजाना करीब पाँच सौ चालीस अखबार बिकते हैं।

किसी वाचाल महिला ने पूछ दिया कि स्वीडन की इस बौद्धिक व भौतिक समृद्धि का कारण क्या है ?

"हम लोग भाग्यशाली हैं," गाइड ने कहा, "एक सौ साठ साल से स्वीडन किसी युद्ध में शरीक नहीं हुआ है, यद्यपि अपनी तटस्थता बनाए रखने के लिए

हमें सशक्त सेना रखनी पड़ती है। स्वीडन के प्रति प्रकृति भी उदार रही है, इस्पात, लकड़ी और खनिज पदार्थों से हमारा देश भरा है। पर सबसे अधिक महत्त्वपूर्ण है हमारा राष्ट्रीय चरित्र। हम बहुत कड़ी मेहनत करते हैं, हर चीज की क्वालिटी पर जोर देते हैं, या यों कहिए कि हम लोग परफेक्शनिस्ट कहे जाते हैं।" हम सबने यह चुपचाप ग्रहण किया; मुझे याद आया कि गुन्नर मिरडाल ने 'एशियन ड्रामा' नाम की तीन भागों में लिखी गयी पुस्तक में एशियावालों के लिए जो कहा है, वह स्वीडिश परिप्रेक्ष्य से कितना सच है !

गाइड ने फिर कहा, "परंतु इस समृद्धि और वेलफेयर स्टेट के लिए हमें मूल्य भी चुकाना पड़ता है। स्वीडिश नागरिक बहुत कड़ा इनकम टैक्स देता है। यहाँ स्लम या गंदी बस्तियाँ नहीं हैं, परंतु फ्लैट पाने के लिए लोगों को लंबी प्रतीक्षा करनी पड़ती है।"

फिर भी स्वीडन की उपलब्धियाँ कम नहीं होतीं। चौड़ी, झकाझक साफ सड़क के दोनों ओर दुकानें सुरुचिपूर्ण और तरह-तरह की चीजों से भरी हुई हैं।

भौगोलिक दृष्टि से, स्वीडन एक लंबा और सँकरा देश है, उत्तर और दक्षिण में एकदम भिन्न जलवायु है, पूरे देश का सातवाँ अंश आर्कटिक सर्किल के ऊपर है और उत्तर में गर्मी केवल दो महीने के लिए ही आती है। उत्तरी यूरोप के नौर्डिक देशों में स्वीडन, आबादी और क्षेत्रफल, दोनों के ही अनुसार सबसे बड़ा है। उसके पश्चिम में नार्वे है और पूर्व में गल्फ ऑफ बौथनिया के पार फिनलैंड, दक्षिण में डेनमार्क। उसके सबसे दक्षिणी छोर का नाम स्मिगेहुक है और उत्तरी बिंदु को त्रेरिक श्रोसेत पुकारा जाता है, जहाँ नार्वे स्वीडन और फिनलैंड मिलते हैं।

मोटरकोच का पहला स्टॉप कुंग्सहोल्मेन द्वीप पर बने हुए स्ताद हूसेत या सिटी हाल पर है। एक ओर लेक मेलरन लहरें ले रही है और खुले, नीले आकाश के नीचे तीन सौ अड़तालीस फीट ऊँचा लाल रंग का भव्य टॉवर बड़े गौरव से खड़ा है। पूरी ही इमारत लाल रंग की है, और यूरोप में वास्तुकला का एक सुंदर उदाहरण कही जाती है। स्ताद हूसेत के डिजाइनर रागनार ऊस्तबर्ग थे, और बारह वर्ष के परिश्रम और एक करोड़ ब्रिटिश पाउंड की लागत के बाद स्ताद हूसेत 1923 में बनकर तैयार हुआ। कुछ देर हम लोग हरी घास पर खड़े लेक मेलरन के उस पार की इमारतों को देखते रहे फिर बड़ा-सा, संगमरमरी हॉल पार कर चौड़ी सीढ़ियाँ चढ़कर ऊपर गए। कमरों के बाद कमरे देखते हुए और उनके बारे में सुनते हुए मैं काफी ऊब गयी, यद्यपि जो कुछ बताया जा रहा था, अवश्य रोचक था। लौटते हुए हम लोग उस गोल्डन हॉल में कुछ देर रुके। पता चला कि हर वर्ष नोबेल पुरस्कार दिए जाने के बाद इस हॉल में एक बड़ा भोज होता है, जिसमें स्वीडन

का राजपरिवार, नोबेल पुरस्कार देनेवाली स्वीडिश अकादमी के सदस्य और पुरस्कृत लोग सम्मिलित होते हैं। मैंने एक क्षण वहाँ खड़े होकर देश-देशांतर के उन वैज्ञानिकों, लेखकों और विचारकों की कल्पना की, जिन्हें नोबेल पुरस्कार मिल चुका है, रवींद्रनाथ ठाकुर, डब्ल्यू. बी. येट्स, बर्ट्रेंड रसेल, हेमिंग्वे, फॉकनर, पास्तरनाक—कुछ नाम मन में बेतरतीब रूप से उभरे, फिर हमारे पैरों की आहट थोड़ी देर वहाँ गूँजी और हम बाहर आ गए।

स्टाकहोम के उत्तर पूर्वी भाग में लीडिंगे नामक द्वीप पर प्रसिद्ध मूर्तिकार कार्ल मिलेस का विला और इतालवी पद्धति का उद्यान है, जिसे हम अब देखने जा रहे हैं। मिलेस रोंदाँ के शिष्य थे। और उद्यान में जगह-जगह खड़ी मूर्तियों की प्रेरणा उन्होंने ग्रीक पुराणों से ली थी। जब हम वहाँ पहुँचे तब तक एक छोटी-सी बदली पानी बरसाकर रीत चुकी थी, हल्की धूप फिर निकल आयी थी और वृक्ष और पौधों से धीरे-धीरे बूँदें अब भी झड़ रही थीं। जब मिलेस ने इस विला और उद्यान को बनाना प्रारंभ किया तो जल के उस पार अब जो इमारतें व टेलिविजन टॉवर दीख रहा है, कुछ न था। एक शांत, सुंदर द्वीप था और दूर-दूर तक केवल पानी। प्रायः मूर्तियों का मुँह सागर की ओर है। मैं मूर्तियों के बारे में और जानना चाहती हूँ, पर गाइड को समय पर टूर समाप्त करने की पाबंदी है, इसलिए हमको केवल एक चक्कर लगाने के बाद चल देना पड़ता है।

स्वीडों का स्टैंडर्ड भोजन क्या है ? हम लोग सादा खाना पसंद करते हैं, मांस, मछली, आलू, दूध। किस प्रकार की मछली ? हिलसा और सार्डीन। फिर गाइड ने बताया कि ग्रावलाक्स स्वीडन में लोगों का स्वादिष्ट खाद्य है। एक अमरीकी महिला ने जानना चाहा कि ग्रावलाक्स कैसे बनता है ? गाइड उत्साह में भरकर बताने लगी, "एक पूरी सामन मछली हो, और उसे लंबा चीरकर हड्डियाँ निकाल लो, फिर उसे धोकर और पोंछकर ताजे सोये की पत्तियों से भर दो, फिर उस पर नमक, थोड़ी-सी शक्कर और काली मिर्च बुरक दो, फिर उसे ढँककर किसी भारी बर्तन से दबा दो। इसी तरह रेफ्रिजरेटर में तीन दिन तक रखा रहने दो। पानी निचुड़ जाने पर मछली को निकालकर उसे कपड़े से सुखाकर, टुकड़े काटकर टोस्ट और खीरे के सलाद के साथ परोसो", कहकर गाइड ने चटखारा लिया और मुझे लगा कि उसके साथ-साथ कई लोगों के मुँह में पानी भर आया है।

एरिक और केमिला ने मुझे भोजन पर बुलाया है, और ग्रावलाक्स परोसा है। केमिला ने ऐसे ही उत्साह से बताया है कि ग्रावलाक्स कैसे बनता है, सुनकर मेरे मुँह में ग्रास रुक गया है, पर शिष्टतावश निगल लेती हूँ, मेरी रक्षा के लिए किम ने बेहद तारीफ करते हुए मेरे हिस्से की मछली भी अपनी प्लेट में ले ली है और मैं उबर

आयी हूँ और दो आलू और सलाद खाकर ही संतोष करूँगी।

मोटरकोच में गलियारे के उस पार एक दंपत्ति बैठे हुए हैं। वृद्ध झुर्रियोंदार, बराबर आपस में चुहलबाजी करते हुए, पर जितनी इस आयु में शोभनीय लगे, उतनी ही। फिर भी जीवन के प्रति उनका उत्साह देखकर मुझे अच्छा लग रहा है कि देखो, इस आयु में भी दोनों में कितना नैकट्य है और एक-दूसरे के प्रति कितना स्नेह।

मोटरकोच जब ऑपेरा हाउस वापस पहुँचा तब किम बेंच पर बैठे मेरा इंतजार कर रहे थे। लंच के लिए हम एक इतालवी पीत्ज़रिया में जाकर बैठ गए। पनीर मशरूम और टमाटर के सॉस का बना पीत्ज़ा मुझे अच्छा लगता है—यह उन्हें मालूम है। कुछ देर बाद वही दंपत्ति दिखाई दिए, रेस्तराँ में लंच की भीड़ थी और कोई मेज खाली नहीं थी। हमने उन्हें अपने साथ बैठने का निमंत्रण दे डाला और वे साथ आकर बैठ गए। पता चला कि वे नवविवाहित हैं और दोनों ही रिटायर हो चुके हैं इसलिए चैन से विश्वभ्रमण के लिए निकले हैं। तीन महीने स्कैंडिनेविया में बिताएँगे और पतझर के मौसम में दक्षिणी यूरोप चले जाएँगे, और जाड़े में शायद एशिया या अफ्रीका। वृद्ध सज्जन काफी बधिर थे, इसलिए जोर-जोर से बोलना पड़ता था, और वे लगातार किम से उनका जीवन वृत्तांत पूछे जा रहे थे और कुछ देर के बाद पूरे रेस्तराँ को पता चल गया कि हम दोनों कौन हैं, कहाँ रहते हैं और स्टाकहोम में क्या कर रहे हैं। स्कैंडिनेविया में वैसे भी लोग मंद स्वर में बोलते हैं, और भारतीय मंडली का शोरगुल और क़हक़हे किम को थोड़ा-सा अखरते हैं, इसलिए चीख-चीखकर व्यक्तिगत प्रश्नों का उत्तर देना उन्हें कितना अप्रिय लग रहा होगा, यह मैं जान रही थी, पर शिष्टाचारवश वे वृद्ध सज्जन के सभी प्रश्नों का उत्तर देंगे, यह भी मुझे मालूम था, क्योंकि यह शिष्टाचार स्कैंडिनेवियाई चरित्र का एक अभिन्न भाग है। लंच खत्म होने पर वे छड़ी टेकते हुए, पत्नी के साथ ऑपेरा हाउस की ओर चल पड़े, जहाँ तीसरे पहर नया टूर शुरू होनेवाला था। हम लोग सैंतालीस नंबर की बस पकड़कर यूरगोर्डन की ओर चल दिए, जहाँ वासा जलपोत एक सूखे डॉक में रखा है।

दस अगस्त, सोलह सौ अट्ठाईस में सम्राट गुस्तावस द्वितीय अडौल्फस के आदेश पर बना वासा जलपोत स्टाकहोम से वाल्टिक के लिए पहली यात्रा के लिए रवाना हुआ। हजारों स्वीड उस चौंसठ तोपोंवाले पोत को विदा देने के लिए इकट्ठा हुए थे, तभी तेज हवा का एक झोंका आया और जलपोत डगमगाने लगा, दूसरे झोंके ने उसे औंधा दिया और देखते-देखते पोत बेकहोल्मेन के पास समुद्र में डूब गया। पानी केवल 104 फीट गहरा था, इसलिए उसका मस्तूल शिखर दिखाई देता रहा, जिस पर झंडा फहरा रहा था। हड़बड़ी में कितने लोग बचा लिए गए, कितने डूबे इसकी कोई तालिका नहीं है। जलपोत को निकालने के कई प्रयत्न किए गए, परंतु

सत्रहवीं शताब्दी के अंत तक लोग करीब-करीब वासा जलपोत को भूल गए। उन्नीस सौ छप्पन में आंदर्स फ्रांजैन नामक मेरीन आर्किऔलॉजिस्ट ने वासा जलपोत की पानी में स्थिति ढूँढ़ निकाली और उसे बाहर लाने के लिए इतना प्रचार किया कि एक सरकारी कमेटी और स्वीडिश नौसेना ने उन्हें सहयोग देना स्वीकार कर लिया। उन्नीस सौ इकसठ में, अनेक एक्सपर्टों, तैराकों और नौसेना के प्रयत्नों से वासा जलपोत ऊपर उठा लिया गया और विशेष तौर से उसके लिए बने डॉक में रख दिया गया। वाल्टिक सागर में शिपवर्म नहीं हैं, दूसरे काफी नीचे धँस जाने के कारण वासा जलपोत अन्य जहाजों की अपेक्षा अधिक अच्छी दशा में था, परंतु विशेषज्ञों को चिंता थी कि पानी से ऊपर आने में लकड़ी सूखकर चटख जाएगी, इसलिए पिछले दस सालों से जलपोत पर निरंतर केमिकल मिश्रित पानी की फुहारें छूटती रहती हैं।

वासा जलपोत के चारों ओर रेलिंग और सीढ़ियाँ हैं, जिन पर खड़े होकर जलपोत को काफी निकट से देखा जा सकता है। जलपोत देखने के बाद म्यूजियम में कुछ समय घूमते रहे, जहाँ जलपोत से निकली चीजों की प्रदर्शनी है और उत्सुकतावश फिल्म देखने भी चले गए, जिसमें वासा को ऊपर लाने की कहानी है।

अब साँझ हो चली है और मैं एकदम थकान से भर उठी हूँ, स्कानसेन के फोक आर्ट म्यूजियम को न देखकर हम वहाँ लौट आने का इरादा कर रहे हैं, जहाँ से हमें हेलसिंकी के लिए फेरी लेनी है।

रात; वैसा ही सूरज, दूसरी बार ऊपरी डेक पर खड़े होकर देखा। ठंडी हवा रह-रहकर बालों पर बँधा स्कार्फ उड़ाने की कोशिश करती है। इस बार किम के फुफेरे भाई पेतर भी हैं, जो कुछ समय हमारे साथ बिताने के लिए स्टाकहोम से हेलसिंकी की यात्रा कर रहे हैं। उनके साथ उनकी नयी मित्र क्रिस्तीना। एकदम सुनहरे, छोटे बाल, नीली आँखें, ऊपर से नीचे तक नरम चमड़े के लबादे से ढँकी हुई। कुछ पूछो तो जवाब दे देती, नहीं तो चुप !

फेरी के डाइनिंग हॉल में लोगों की भीड़ है, अधिकांश वे फिनिश लोग जो स्वीडन में जाकर बस गए हैं, कुछ स्त्रियाँ जो स्वीडन केवल खरीदारी करने जाती हैं, उनकी कुर्सियाँ 'आहलेन' और 'एनको' की दुकानों के डिब्बों से अटी हुई हैं। जिप्सी स्त्रियों का एक समूह मुझे आश्चर्य से देख रहा है, शायद शक्ल-सूरत से मैं उन्हें अपनी-सी लग रही होऊँ।

लौटने पर किम याद दिलाते हैं कि स्टाकहोम में कहीं भी पानी में पैर छुलाकर मैंने लौटने की कामना नहीं की।

पर स्वीडन लौटना होगा, यह मैं अच्छी तरह जानती हूँ।

अंतराल !

पूरा साल वीत गया है, इस बीच सोवियत संघ का चक्कर भी लग गया है और लौटती बार नार्वे, हालैंड भी देख लिए गए हैं।

स्वीडन की यादगार लकड़ी का एक लाल घोड़ा है, डालरना प्रदेश की हस्तकला का नमूना। इस वीच कुछ नयी स्वीडिश फिल्में देखी हैं, इंगमार बर्गमैन की 'द पैशन' और 'द टच', वो वीडरबर्ग की 'जो हिल,' बर्गन स्त्रूल की 'बाल्टिक ट्रैजेडी' आदि-आदि। कुछ नए स्वीडिश पुरुष और स्त्रियों से भेंट हुई है, पेतर, यूहान, पियरोलोव। आलोचक, फिल्म निर्माता, लेखक।

तेरह दिसंबर को स्वीडिश पढ़नेवाले छात्र सांता लुसिया डे मनाते हैं; स्वीडन में परिवार की ज्येष्ठा कन्या सफेद कपड़े पहनकर, सिर पर जलती हुई सफेद मोमबत्तियों का ताज लिए हुए सबको केसर और किशमिश पड़े हुए मीठे बन और अदरक, लौंग, दालचीनी से सुगंधित मीठे बिस्कुट और कॉफी देती है। क्लास में हम कॉफी पीते हैं और 'सांता लुसिया' गाते हैं। क्रिसमस के दिनों में हर पार्टी में लाल शराब से बना हुआ गरम पेय 'ग्लग' दिया जाता है, और प्याले के तले में ढेर सारी किशमिशें और बादाम इकट्ठे हो जाते हैं, जिन्हें खाने के लिए आतिथेया हमें चम्मच देती हैं। खाने की मेज तरह-तरह के खाद्य पदार्थों से लदी दीखती है, खास तरह का बूफे जिसे 'स्मौरगासबूर्ड' कहते हैं, जिसका मतलब स्वीडिश में है—डबल रोटी और मक्खनवाली मेज, पर जिसमें परोसी जानेवाली चीजों की सूची बड़ी लंबी है, तरह-तरह से बनायी गयी हिल्सा, सामन और ईल मछली, कई तरह का मांस, सलाद, सब्जियाँ, पनीर और डबल रोटियाँ, स्वीडिश कोफ्ते, और भी न जाने क्या-क्या ! पीने के लिए ठंडा अक्वा वीत और बीयर। पार्टी अधिकतर खाने-पीने और नाच के बाद सम्मिलित समूह गान पर समाप्त होती है। न जाने क्यों स्वीड सहज हो आने पर गीत गाने लगते हैं।

बेलमान सोसायटी के सदस्य अक्सर अठारहवीं शताब्दी के कवि कार्ल माइकेल बेलमान के गीत गाने इकट्ठे होते हैं और उन्हें सुनते-सुनते, कभी-कभी मैं भी, काम करते-करते 'माइ पो मालो, वाक्रा माइ' (मालो वाली माइ, ओ सुंदर माइ) गुनगुना उठती हूँ।

सघन वनों और अनगिनत झीलों के देश फिनलैंड में

ग्रिल्लशर में एक विदेशिनी आयी हुई है, यह समाचार हैंग्यु की सारी मछुवा बस्ती में फैल गया है। वाहक है स्वीडिश मछुआरा श्यूस्तिन, जो अभी-अभी उस दिन मुझे ग्रिल्लशर पहुँचाकर गया है।

वर्षों पहले मद्रास में सागर के उष्ण पानी में दाहिने पैर का अँगूठा छुलाते हुए कामना की थी कि उस तट पर वापस लौटूँ, न जाने कहाँ से यह 'सुपरस्टिशन' मन में आ गया था, सुना हुआ या कहीं पढ़ा हुआ, तब से देश-देशांतरों के अनेक सागर तटों पर भटक चुकी हूँ—हैंग्यु से ग्रिल्लशर तक जाने में जब बाल्टिक सागर के खारे पानी की छींटें चेहरे पर पड़ीं तो मुझे एक बार फिर मद्रास की वह झुटपुटी शाम याद आ गयी।

हम गर्मियों में फिनलैंड आए हैं। उत्तरी यूरोप के इस बेहद ठंडे, सघन वनों और अनगिनत झीलों से भरे हुए इस देश में मेरे पति का परिवार अब भी रहता है। फिनलैंड के एक ओर समुन्नत समृद्ध स्वीडन है, दूसरी ओर शक्तिशाली रूस; फिनलैंड का इतिहास इस भौगोलिक स्थिति से बेहद प्रभावित रहा है। शताब्दियों से फिनलैंड स्वीडन और फिर रूस के अधीन रहा, स्वतंत्रता उसे रूसी क्रांति के बाद मिली। द्वितीय महायुद्ध में वह रूस से जूझकर अपनी कुछ भूमि गँवा चुका है। इसका कड़वा स्वाद अभी भी फिनिशि लोगों में है। यद्यपि देश तेजी से समृद्ध हो रहा है। फिनलैंड में अब भी सात या आठ प्रतिशत लोग स्वीडिश पृष्ठभूमि के हैं, चेहरा-मोहरा भी स्वीडिश है, और घर में भी स्वीडिश बोली जाती है।

मेरे पति का परिवार भी ऐसा ही है। वे स्वीडिश और फिनिश दोनों ही भाषाओं, साहित्य और कलात्मक उपलब्धियों में गर्वित होते हैं। उनकी विरासत प्रसिद्ध आर्किटेक्ट सारिनेन की बनायी इमारतें और इंगमार बर्गमैन की फिल्में दोनों ही हैं।

परिवार राजधानी हेलसिंकी में रहता है, पर चूँकि गर्मियाँ हैं, इसलिए कोई शहर

में नहीं है। सब ग्रिल्लशर गए हुए हैं। फिनलैंड के दक्षिण में, बाल्टिक सागर में जहाँ दूर तक सहस्रों छोटे-बड़े द्वीप बिखरे हुए हैं। फिनलैंड में भी, सामर्थ्यानुसार द्वीप खरीदकर लोग उस पर लकड़ी की कॉटेज बनवा लेते हैं, फूल उगाते हैं, सागर में स्नान करते हैं, और हर गर्मियों में कुछ सप्ताहों के लिए शहर की भीड़भाड़ छोड़ वहाँ की शरण लेते हैं। ग्रिल्लशर भी एक ऐसा ही द्वीप है।

चारों ओर सागर से घिरा और दूर-दूर तक कोई पड़ोसी नहीं, केवल बहुत दूर अन्य द्वीपों के वृक्षों की कतार दीख पड़ती है। ग्रिल्लशर काफी बड़ा है, ऊँची-नीची पथरीली धरती, कहीं बेहद उपजाऊ, कहीं चट्टानें। चारों ओर एल्डरबेरी की चौड़ी, चमकीली पत्तियोंवाली झाड़ियों की मेखला है और पार्श्व में चीड़ के वृक्षों की सघन हरियाली। पश्चिमी ओर रेत है, जहाँ एक नाव बँधी रहती है, और हर समय लहरें आ-आकर किनारों के पत्थरों पर पछाड़ खाया करती हैं।

शे-बूडा यानी सागरघर

हम शे-बूडा में ठहरे हैं। शे-बूडा यानी सागरघर। मुझे यह नाम पसंद है। बाहर की लकड़ी दो सौ साल पुरानी है। अंदर नया है, पलंग पर लेटने से तिकोनी छत दिखाई देती है। केवल एक दरवाजा, और समुद्र की ओर पूरी दीवार की लंबाई की एक काँच की खिड़की, उससे सटी उतनी ही लंबी मेज। शे-बूडा के बीचोबीच एक बड़ा-सा तख्त, जिस पर फिनलैंड की प्रसिद्ध मारीमेक्को चादरें। बुकशेल्फ में स्वीडिश और फ्रेंच भाषाओं की पुस्तकें।

शे-बूडा के अतिरिक्त ग्रिल्लशर में तीन काटेज और हैं। खुले में, ऊँची चट्टान पर टिपिकल फिनिश काटेज है, तीन सीढ़ियाँ चढ़कर जब दरवाजे से प्रवेश करें, तो पहला कमरा बैठक, डाइनिंग रूम, रसोई, सभी कुछ है, उसके बादवाला शयनकक्ष। तीसरी काटेज को मेरी सास बर्तिल गार्डेन कहती हैं। वह फार (स्वीडिश में पिता या श्वसुर) का स्टूडियो है। चौथी काटेज, रेत के बीच के पास है, उसमें भी दो ही कमरे हैं, एक स्नानघर, दूसरा ड्रेसिंग रूम।

ग्रिल्लशर में एकदम सन्नाटा रहता है, न वहाँ टेलीफोन की घंटियाँ हैं, न ट्रैफिक का शोर, न काम का प्रेशर, न स्नायुओं पर दबाव। गर्मी होने के कारण बारह बजे रात तक उजाला रहता है और सुबह ढाई बजे से धूप शे-बूडा की खिड़की से आती हुई आँखों पर चमकने लगती है। रात-भर सी गलें और चिक्का पक्षी की आवाजें कान में पड़ती रहती हैं। ग्रिल्लशर में वैसे फार और तुवे (सास) के अतिरिक्त कोई और नहीं रहता, पर मेरे आने के कारण आसपास के द्वीपों से या पुराने जाने-पहचाने लोगों में से उन दिनों कोई-न-कोई आता ही रहता है। मुझसे पहले ही दिन से दोनों ने नाम लेकर पुकारने का आग्रह किया था, पर सास को तुवे और श्वसुर को निल्स कहना बड़ा अभद्र-सा लगा। इसलिए मुँह पर उन्हें कुछ

नहीं कहती थी, एक दूसरे के लिए स्वीडिश में फार और मुर कह दिया, और पति से बात करते हुए तुम्हारे पिता, तुम्हारी माता। पूरी चीज बड़ी कृत्रिम-सी लगती, इसलिए कब सास को तुवे कहना शुरू कर दिया, स्वयं न जान पड़ा।

तुवे अब कारिन से मेरा परिचय कराती हैं, यह है उषा, किम की पत्नी, यह कारिन। कारिन ताजी पकड़ी मछली देने आयी है। वह कुछ शर्मीली, कुछ उत्सुक दृष्टि से मुझे देखती है। कारिन को स्वीडिश ही आती है, इसलिए हम दोनों गुडा-गुडा कहकर अभिवादन करते हैं जो कि स्वीडिश में गुड-डे का पर्याय है। कारिन पचास वर्ष की है, सीधी तनकर खड़ी होने पर भी एक मृदुता है। चेहरा हल्का-सा लज्जालु और सुंदर। ग्रिल्लशर के चारों ओर के पानी में मछली पकड़ने का अधिकार तुवे ने कारिन को बहुत दिनों से दे दिया था, इसलिए कारिन अक्सर मछली दे जाया करती है।

अपरिचित भाषा की नन्ही हिलोरें

तुवे और कारिन मेरे निकट बैठकर चाय पीने लगीं, मंद स्वर में स्वीडिश में बातें करती हुईं। अपरिचित भाषा की नन्ही हिलोरें मुझे छूने लगती हैं, कभी-कभी तुवे मुड़कर मुझे सारांश बता देती हैं।

ग्रिल्लशर में मैं, खुले आकाश के नीचे, एक समतल चट्टान पर बैठी रहती हूँ। लूकस, आठ वर्ष के करेलियन शिकारी कुत्ते को मीठे बिस्कुट बहुत पसंद हैं। जब से मैं आयी हूँ, लूकस ने मुझसे मैत्री कर ली है। क्योंकि जब वह मेरी ओर उन बड़ी-बड़ी, याचक आँखों से देखता है, तो मेरा मन उसे बिस्कुट दिए बिना नहीं मानता। अब वह मेरे आगे-पीछे ही रहता है। किम ने पहले ही मुझे जता दिया था कि लूकस तुवे को बेहद प्यारा है, और लूकस मूडी भी बहुत है, निल्सन परिवार में कौन अपनाया जाए, कौन नहीं, यह अक्सर लूकस का निर्णय होता है।

लूकस ने मेरा इस अपनेपन से स्वागत किया है, यह देख हम सबने ही स्वस्ति की साँस ली। उसका सौम्य व्यवहार देखकर यह लगा ही नहीं कि लूकस अभी भी जिंदा भेड़ों को चीर सकता है कि कई लोग अब तक उसके खून के प्यासे हैं, इसलिए लूकस को ग्रिल्लशर पर ही रखा जाता है, जब सर्दियाँ आती हैं तो कुछ महीने वह हैंग्यु में एक मछुवे लिंडहर्म के पास रहता है।

लूकस को पावर बोट के इंजन की फट-फट से बेहद चिढ़ है, इसीलिए वह आवाज सुनते ही कूदकर जेटी पर चढ़ जाता है, और भूँकने लगता है। वह श्यूस्तिन की नाव के इंजन को पहचानता है, क्योंकि श्यूस्तिन ही प्रति सप्ताह हैंग्यु से खाने-पीने का सामान ग्रिल्लशर लाता है। और साथ ही लूकस के लिए मीठे बिस्कुट भी।

मैं अक़्सर लूकस की पीठ थपथपाने लगती हूँ। सुबह का नाश्ता कई घंटे तक

चलता है। इसी समय फार बैठे-बैठे पाइप पीते रहते हैं। और प्याले के बाद प्याला कॉफी। वे बोलते कम हैं, पर उनकी भूरी आँखें बेहद मुखर हैं, ग्रिल्लशर में कोई पुरुष गर्मियों में शेव नहीं करता, इसलिए बढ़ी हुई दाढ़ी में वे थोड़े-थोड़े हेमिंग्वे की तरह दीखते हैं। अपने कार्य के दौरान, वे कांफ्रेंसों आदि में सम्मिलित होने के लिए काफी यात्राएँ करते रहते हैं, साहित्य-प्रेमी हैं, और कुछ विद्रोही भी। रूढ़ियाँ तोड़ना उन्हें भाता है, तुवे उनकी दूसरी पत्नी हैं, किम की विमाता। उनके पिता का हेलसिंकी के सांस्कृतिक समाज में काफी नाम है। और पुराने नक्शों, पुरानी अलभ्य पुस्तकों, चित्रों और प्रिंटों की हेलसिंकी में एक बड़ी नामी एंटीक्वेरियन दूकान है। तुवे अब उस दूकान की स्वामिनी हैं, पचीस वर्षों की लंबी ट्रेनिंग के बाद अब वे अपने को इस योग्य समझती हैं कि असली और नकली में भेद जान सकें। अनगिनत कॉफी के प्यालों के बाद फार धीरे-धीरे बर्तिल गार्डेन की ओर चले जाते हैं, जहाँ उनका एकांत मनन चिंतन कोई भंग नहीं करेगा। वे सारे दिन बागवानी करेंगे और थक जाने पर स्टुडियो के बरामदे में बैठ दूर समुद्र को देखते रहेंगे। मैं अक्सर उनके पास जाकर बैठ जाती हूँ। कभी-कभी वे कुछ बात कह देते हैं, नहीं तो हम दोनों चुप ही रहते हैं, एक बड़े ही शांतिप्रिय मौन से घिरे हुए।

किम को अक्सर कारिन रात को लगाए गए जालों को उठाने के लिए ले जाती है। गत वर्ष पति की मृत्यु के बाद वह अकेली ही है। संध्या को जाल डालने और सुबह उठाने के लिए किसी और की आवश्यकता होती है।

मैं तुवे के साथ ही बैठी रहती हूँ। तुवे बेहद बातूनी हैं, उन्हें यह अच्छा लगता है कि जब वे रसोई में खाना बनाएँ, तो मैं पास खाने की मेज के साथ की बेंच पर बैठी रहूँ। बेंचों पर सील की खाल बिछी है फिर भी देर तक बैठे रहने से कष्ट होने लगता है, तब मैं उठकर थोड़ा-सा घूम-फिर लेती हूँ। जब फार अपने बर्तिल गार्डेन चले जाते हैं, तो लूकस मीठे बिस्कुटों से ठँसा हुआ उठता है और उनके तख्त पर जाकर सो जाता है। आज क्या करने का इरादा है ? मैं प्रायः पूछती हूँ।

आज हम जंगली स्ट्राबेरियाँ बीनने जाएँगे। एक दिन मुझे उत्तर मिला।

अनाम पथरीले द्वीप में जंगली स्ट्राबेरियाँ

हमारी नाव के तट से टकराते ही उस अनाम, पथरीले द्वीप पर की सी गल्स चीखती हुई चक्कर काटने लगीं। कभी-कभी तो वे इतने नीचे आ जातीं कि मुझे डर-सा लगने लगता। इस सीजन में वे अंडे देती हैं, इसलिए बेहद एग्रेसिव थीं।

उस द्वीप पर कोई नहीं रहता, छोटा और बेहद पथरीला, लहरें क्या-क्या बहा लाती हैं, लकड़ियों के लट्ठे, जो कि आड़े-तिरछे पड़े हुए थे। खूबानियों का खाली डिब्बा, जानी वाकर की खाली बोतल, बाएँ पैर के दो भिन्न जूते, सभ्यता के अवशेष, जो सब वहाँ आकर इकट्ठे हो गए थे। मैंने जल्दी ही स्ट्राबेरी की लता

को पहचानना सीख लिया, और पत्ते हटाकर स्ट्राबेरी को तोड़ना भी, मगर मेरे हाथ के कटोरे में ज्यादा स्ट्राबेरियाँ इकट्ठी नहीं हुईं, क्योंकि तोड़ने के साथ ही उन्हें खाने का लोभ संवरण न कर सकी।

तुवे अभी बड़ी एकाग्रता से चुन ही रही थीं, कि मैं ऊब गयी और किनारे के बड़े-बड़े पत्थरों पर चलने लगी। और देर तक देखती रही वत्तखों के उन बच्चों को, जिन्होंने अभी-अभी तैरना सीखा था और जरा-सी आहट पर बेहद नर्वस हो जाते थे। बार-बार मुझे लगता कि अभी चट्टान की ओट से निकलकर बूढ़े डाक्टर ईसाक काँपती आवाज में अपने बचपन की प्रेयसी सैरा को पुकारने लगेंगे। बर्गमैन की जंगली स्ट्राबेरी नाम की फिल्म की तरह।

तरुणावस्था में अपने परिवार के बौद्धिक वातावरण के प्रति विद्रोह से भर किम एक वन-विद्यालय में चले गए थे। कुछ महीनों तक फारेस्ट्री की; तभी चीड़ के वृक्षों को काटकर गिराना भी सीखा था। ग्रिल्लशर में तुवे चीड़ की नयी पौध को बढ़ती रहने देती थीं। वैसे तो कारिन के गाँव से आकर कोई भी काट सकता था, पर उन्होंने वृक्ष छँटवाए नहीं, यह कहकर कि जब भी किम आएँगे, तभी उनकी इच्छानुसार ये वृक्ष छँटेंगे। इसलिए कुछ दिन चीड़ के वृक्ष कटने-छँटने में लगे। बड़ी सावधानी से चुनाव हुआ कि कौन-सा कटे, कौन-सा रहने दिया जाए, नीचे ब्लूबेरी की लताएँ फैली थीं, जिनमें कच्ची बेरियाँ लगी हुई थीं।

मैं आसपास मँडराती रही।

तुम यहाँ से जाओ, किम ने मुझसे कहा, यहाँ साँप बहुत हैं, वृक्ष गिरेगा तो निकलकर भागेंगे और तुम चीखें मारोगी। तब मैं जाकर लकड़ी की जेटी पर बैठ गयी, और बिल्कुल स्वच्छ पानी के नीचे धीरे-धीरे हिलती-डुलती सेवार को देखती रही। ग्रिल्लशर की नीरवता में, दूसरे छोर से आता कुल्हाड़ी का स्वर जुड़ गया है, पर बुरा नहीं लगता। कभी-कभी हँसी भी आ जाती है कि हम दोनों में कितना कुछ एक-दूसरे से अपरिचित छिपा हुआ है, जिंदगी जो अलग-अलग देशों की सभ्यता से जुड़ी हुई है। पति को इस लकड़हारे और मछुवारे के रूप में देखकर कभी वैसा ही अचरज होता है, जैसा कि उन्हें मेरी सिलाई की मशीन देखकर हुआ था, या मैडीसन में एक पश्चिम में काफी नामी भारतीय स्वामीजी के लिए मुझे रसोई तैयार करते देखकर। भक्तिन हूँ, ऐसी बात नहीं, मैंने किम को समझाया था, पर विदेश में शाकाहारी स्वामी आए हैं, और उनके एक चेले, मेरे एक अमरीकी परिचित ने मुझे उन्हें आमंत्रित करने की प्रार्थना की है, इसलिए कर रही हूँ।

विदेशिनी बूलाक्स की ओर

आज हम क्या करेंगे, के उत्तर में तुवे कहती हैं, आज संध्या को हम उषा को बूलाक्स में ले जाएँगे, हर वर्ष फार बूलाक्स में रहनेवालों से एक बार औपचारिक

रूप से मिलने जाते हैं। हर बार उन्हें उकसाने में तुवे को कई दिन लग जाते हैं, पर ग्रिल्लशर पर आयी हुई विदेशिनी के बारे में बूलाक्स निवासियों की उत्सुकता चरम सीमा पर पहुँच रही होगी, यह जानकर वे उस दिन बिना किसी विशेष कठिनाई के राजी हो गए।

पहले मैं थोड़ा-सा घबरायी, पर जब यह मालूम हुआ कि बूलाक्स में केवल तीन स्थायी निवासी हैं, तो थोड़ी परेशानी कम हुई। कारिन, एक वृद्ध नाविक ब्राग्गे और लिंडस्ट्रम। बाकी अस्थायी हैं, जो ग्रीष्म में आते हैं, और एक परिवार से तुवे की बिल्कुल नहीं पटती! बूलाक्स में टेलीफोन है, कारिन के यहाँ, डाक सप्ताह में तीन बार आती है नाव से, कारिन पोस्टमिस्ट्रेस है। वर्षों शराबी पति का साथ धैर्य से दिया, बच्चे बड़े किए, सारा व्यवसाय स्वयं सँभाला, अब एक वर्ष हुआ उसके मरने के बाद अकेली हो गयी है। तब चिरकुमार ब्राग्गे ने अपने घर टेलीविजन ले लिया है, कारिन जाड़ों की संध्याएँ वहीं बिताती है। ब्राग्गे भी एक कैरेक्टर है, सारा जीवन नाविक होकर बिता दिया, उसी की साहसिक कहानियाँ ये बच्चे बड़े चाव से सुनते थे, तुवे मुझे बताती हैं, बच्चे, यानी किम, उनकी बड़ी बहन जिल, व तुवे की छोटी बहन क्रिस। ब्राग्गे कई बार किम की पत्नी के बारे में कारिन से पूछ चुका है।

क्या पहना जाए, इस पर परिवार के तीनों लोग गंभीरता से विचार कर रहे हैं। शे-बूडा में तख्त के ऊपर मेरी साड़ियाँ तहाई हुई, एक पंक्ति में रखी हैं। मेरी रुचि उन दिनों हल्के बादामी से लेकर कॉफी के रंग के शेडों पर थी, पर बाकी लोगों को उजले, झिलमिलाते रंग पसंद हैं, तुवे बनारसी साड़ी को बार-बार छूती हैं, किम चुप हैं, फार शे-बूडा के द्वार पर खड़े दाढ़ी खुजा रहे हैं, अंत में सर्वसम्मति से कांजीवरम् सिल्क की एक भारी-सी साड़ी चुन ली गयी है, और मुझे वही पहननी पड़ेगी, क्योंकि बूलाक्स के लोगों ने कभी साड़ी पहने भारतीय स्त्री को नहीं देखा है।

ग्रिल्लशर से बूलाक्स रो-बोट में जाएँगे। किम नाविक हैं, फार और मैं यात्री। किम बहुत सँभालकर चप्पू पानी में छोड़ते हैं, जिससे कि छींटे साड़ी पर न पड़ें। मेरे पास प्लास्टिक की बाल्टी में पानी छलक रहा है, तुवे ने ढेर सारी लंबी टहनियों समेत फूल तोड़कर तीन जगह बाँध दिए हैं, वह फूल मैं लिंडस्ट्रम, ब्राग्गे और कारिन को दूँगी। पावरबोट के बिना यहाँ काम नहीं चलता, इसलिए हैंग्यु तट तक आने-जाने के लिए या वक्त-बेवक्त की जरूरत के लिए इन्हीं बूलाक्स वालों पर निल्सन परिवार निर्भर रहता है। लिंडस्ट्रम बूलाक्स में सबसे घनी है। ग्रिल्लशर, और थोड़ी दूर पर, तुवे की छोटी बहन क्रिस का द्वीप 'माल्लिन' भी उसी से खरीदा गया है। और अब, जब भी आसपास का कोई द्वीप बिकने के लिए आएगा, तो तुवे उसे हमारे लिए खरीदने की चेष्टा करेंगी।

सागर के मध्य एक अपना अलग द्वीप, यह कल्पना मुझे अच्छी लगती है। फिनलैंड की वे उजली दूधिया रातें। निकलने के वक्त माल्लिन से क्रिस्टीन तुवे की छोटी बहन आ गयीं। इसलिए तुवे रुक गयीं, क्रिस्टीन की बोट लेकर हम लोग बूलाक्स की ओर गए।

पर शायद दिन हमने ठीक नहीं चुना। लिंडस्ट्रम हैंग्यु गया हुआ है। कारिन पोस्टऑफिस में बैठी डाक आने का इंतजार कर रही है, सिर्फ ब्राग्गे घर पर है।

ब्राग्गे : एक स्कैंडिनेवियाई चेहरा और चटख रंग की साड़ी

ब्राग्गे के कसकर हाथ मिलाने पर लगा कि दाएँ पंजे की सारी हड्डियाँ ही चटक कर रह जाएँगी।

ब्राग्गे हमें बैठाता है। फार उसे नियमानुसार ब्रांडी की एक बोतल भेंट देते हैं, मुस्कराता हुआ वह कुछ ग्लास निकाल लाता है, बीच-बीच में मुझे देख लेता है। ब्राग्गे लंबा-चौड़ा दैत्य-सा है, वृद्धावस्था में भी तनकर खड़ा होता है, शरीर दुबला-पतला, चलने-फिरने में अभी भी युवा लोच। एक स्वीडिश फिल्म की चर्चा के दौरान एक बंधु यू. सी. स्काट ने कहा था, तुमने कभी स्कैंडिनेवियाई चेहरों पर ध्यान दिया है, अनीता एक बर्क जैसे नहीं, वह चेहरे जिन्होंने बहुत कुछ देखा और झेला है। उनकी बात मुझे फार को देखकर याद आयी थी, और अब ब्राग्गे को देखकर भी। ब्राग्गे की आँखें धूमिल नीली हैं, हम आमने-सामने बैठे हैं—नाविक ब्राग्गे, और चटक रंग की साड़ी में मैं—ब्राग्गे के इस घर में हम बहुत सालों तक गर्मियों में आ-आकर रहे, फार कहते हैं, बच्चों को नाव चलाना, तैरना यह सब ब्राग्गे ने ही सिखाया।

ब्राग्गे जैसे समझ रहा है कि क्या बात हो रही है। वह किम की ओर थोड़े अचरज से देखता हुआ कहता है, कितना बड़ा हो गया, प्रोफेसर बन गया, याद है नाविक बनना चाहता था। किम के चेहरे पर बड़ी-सी मुस्कान है, और सफेद लेस के पर्दोंवाली खिड़की के बाहर देखती हुई, पूरे अवसर की नवीनता मुझे फिर अभिभूत कर जाती है। किम का बचपन मुझसे कितना भिन्न बीता है। इस सागर, झीलों और चीड़ के वनों के बीच, द्वितीय महायुद्ध की छाया के नीचे, उसकी तुलना में मेरा बचपन कितना घटनाहीन लगता है। मैं कानपुर जैसे भीड़भरे नगर में मिल की चिमनियों के धुएँ से मटमैले आकाश के नीचे पली हूँ। पर कितने सहज भाव से सबने मुझे स्वीकार कर लिया है, जैसे मुझमें कुछ भी फर्क या नवीन नहीं है।

लौटते समय डाक का इंतजार करनेवाले, दूर-दूर के द्वीपों से आए हुए लोग मुझे देखकर अपना कौतूहल छिपा लेते हैं।

कुछ देर बाद पानी में नावों की छप्-छप् है, पिता और पुत्र दोनों की ही दाढ़ियाँ खूब घनी हो आयी हैं, केवल एक में सफेदी अधिक है, दूसरे में सुनहरापन।

फार कहते हैं, आज की घटना कोलंबस से कम महत्त्वपूर्ण नहीं है। बूलाक्स की धरती पर कदम रखनेवाली तुम पहली भारतीय हो। मैं हँसती हूँ। बूलाक्स की धरती अब नहीं दीखती। वृक्षों के पीछे छिप गयी है। फार कुछ गुनगुनाने लगते हैं। ग्रिल्लशर की जेटी पर खड़ा लूकस नाव को देखकर भूँकने लगता है।

साउना स्नान फिनिश सभ्यता का एक अभिन्न भाग है। फिनलैंड जाकर बिना साउना स्नान किए लौट आना कुछ ऐसा ही है कि कोई पर्यटक भारत आए और ताजमहल देखे बिना चला जाए। साउना का प्रचार अमरीका और यूरोप में दिनों दिन बढ़ रहा है। उसके बारे में तरह-तरह की बातें प्रचलित हैं, प्रति सप्ताह स्नान के कारण आयु से दस वर्ष कम दीखते हैं, जल्दी में पाँच से आठ पौंड तक वजन कम करने का एकमात्र उपाय, अधिक शराब पी जाने पर अगले दिन की खुमारी कम करने का तरीका। फिर जाड़े या गर्मी प्रति सप्ताह साउना स्नान में विश्वास करते हैं। मैं कब से साउना के बारे में सुनती आ रही थी, और साउना में बैठी तीन अनावृता युवतियों की स्लाइड भी देख रखी थी। यह तो हेलसिंकी आकर पता चला कि वह स्लाइड पर्यटकों में बड़ी 'पापुलर' है और आए दिन 'आउट आफ स्टाक' रहती है।

एक शनिवार को नाश्ते के बाद सुबह बाहर निकलकर तुवे ने कहा, "आज हवा का रुख ठीक है। आज तुम साउना के लिए आग जला लो।"

तीन सप्ताह से वर्षा की एक बूँद नहीं गिरी थी। ग्रिल्लशर में मीठे पानी का कुआँ धीरे-धीरे सूखने लगा, सारे वृक्ष एक चिनगारी पकड़कर सुलग उठेंगे, ऐसा भय तुवे को था।

आइए, साउना स्नान को चलें

साउना गृह अलग था, ग्रिल्लशर के पश्चिम में, सागर के एकदम किनारे। पीछे पतली-सी पगडंडी थी और फिर ऊँची-ऊँची चट्टानें। साउनावाली इमारत एकदम वर्गाकार थी। दरवाजे से घुसने पर मैंने अपने को छोटे से एक लंबे कमरे में पाया। बैठने के लिए लकड़ी का तख्त था, शृंगार मेज, जिस पर टेलकम पाउडर के कई डिब्बे, कंघे, क्रीम, ऐश ट्रे, खुली आलमारी में कई दर्जन तौलियों की गड्डी, और खूँटियों पर कई धुली हुई बाथरोबें। बायीं ओर का दरवाजा साउना में खुलता था, यह कमरा किसी भी तरह गुसलखाना नहीं कहा जा सकता था, यह ड्रेसिंग रूम से बड़ा भी था और चौड़ा भी। ग्रिल्लशर की कॉटेजों की तरह इस कमरे में भी एक लंबी खिड़की थी, पर काफी ऊँची, जिससे बाहर से अंदर झाँका न जा सके। मुझे लगा कि इस 'प्रिकाशन' की कोई जरूरत न थी, क्योंकि बाहर तो समुद्र था, और किसे यह पड़ी थी कि नाव पर सीढ़ी लगाकर नहानेवालों को झाँकता !

दायीं ओर दीवार से सटे लकड़ी के कई पट्टे थे, जैसे कि प्रायः खुले प्रदर्शन

गृहों में लगा दिए जाते हैं। कमरे के बीच में एक चौखूँटी भट्टी, जिसमें नीचे लकड़ियों की खूब धुँधकती हुई आग और लपटें, पर ऊपर एक के ऊपर एक, छोटे-छोटे पत्थरों का ढेर, जो कि भट्टी के मुँह को बिल्कुल ढँके हुए था। इन्हीं पत्थरों की तपन से पूरे कमरे में बेहद गर्मी थी पर सूखी। भट्टी के पास एक छोटी-सी हौदी थी, जिसमें पानी उबल रहा था। जब कमरे में घुसने का क्षण आया, तो मुझे लगा कि मैं इस नए अनुभव के लिए नितांत अनुद्यत हूँ। वैसे सम्मिलित साउना लेने का रिवाज है, सारे पुरुष एक बार, और सारी स्त्रियाँ दूसरी बार। ग्रिल्लशर में भी हम तीन थे। मैं, क्रिम और तुवे। उन दोनों के साथ, एकदम कैसे अनावस्त्र हो सकूँगी। कई घंटे से मुझे यही चिंता थी। मैं किम से पूछ न सकी, क्योंकि वे तीन बजे से ही भट्टी सुलगाने में व्यस्त थे, और मुझे तुवे ने एक बड़ा-सा मेजपोश कतरने को दे दिया था। पास के गाँव में एक स्त्री कतरनों कीं दरियाँ बुनती है और वह अगले दिन कतरनें लेने आनेवाली थी। पर मेरे संकोच को भाँपकर तुवे ने स्वयं ही किम से कहा, "उषा ने कभी साउना नहीं लिया है, तुम उसे पहले क्यों नहीं ले जाते। मैं और छोटी बहन क्रिस बाद में चले जाएँगे। तुम्हारे पिता तो सबसे अंत में, अकेले जाना पसंद करते हैं।"

ड्रेसिंग रूम में कपड़े उतारकर मैंने साउना कक्ष का दरवाजा खोला और गर्म हवा की भभक से घबराकर पीछे हट गयी।

किम सबसे ऊँचे पट्टे पर बैठे हुए थे। जहाँ गर्मी सबसे अधिक थी। शरीर से उनके बेतहाशा पसीना चू रहा था। कमरे में तापमान इतना था कि मुझे साँस लेने में भी कष्ट होने लगा। जून की गर्मी में जैसे लू के थपेड़ों से शरीर जलता है, कुछ वैसा ही मुझे लग रहा था।

आत्मपीड़न या शरीर में हल्केपन का एहसास

मैं सबसे नीचे के पट्टे पर बैठी थी, और पसीना आने का इंतजार कर रही थी।

हौदी में से पानी लेकर किम ने तपते हुए पत्थरों पर छिड़क दिया। एकदम भाप उड़ी और तब साँस लेना कुछ सहज हुआ।

"मेरी तो खाल ही झुलस जाएगी।" मैंने कहा।

"ज़ब ताप असह्य हो जाए तो बाहर निकल जाना।"

उनके हाथ में बर्च की टहनियाँ थीं, जो कि वे अपने अंगों पर पटक रहे थे। शरीर में खून का संचार तीव्र करने के लिए–

"हे भगवान ! यह कैसा आत्मपीड़न का तरीका है," मेरे मुँह से निकला। "अभी बेस्ट पार्ट तो बाकी है", उन्होंने कहा। वे मेरा हाथ पकड़कर बाहर खींच लाए और जेटी पर जाकर खड़े हो गए।

"कूद जाओ," सागर की ओर इशारा करते हुए उन्होंने कहा।

मेरा शरीर अब भी तप रहा था। सागर का पानी हमेशा बेहद ठंडा होता है। ''मुझसे नहीं होगा,'' मैंने थोड़ा हकलाते हुए कहा।

''यह कदम आत्महत्या करने की तरह है। लंबी साँस लो और कूदो,'' उन्होंने कहा और मुझे बिना एक क्षण का अवसर दिए हुए पानी में ढकेल दिया। ठंडे पानी के स्पर्श से मेरे मुँह से एक बड़ी-सी चीख निकली, फिर मैं पानी में डुबकियाँ लगाने लगी, ऊपर आयी तो देखा कि किम तैरते हुए दूर निकल गए थे।

काई लगे पत्थरों पर सावधानी से पैर रखती हुई मैं तट पर आ गयी। उस समय पूरे शरीर में एक बेहद हल्केपन, बेहद चुस्ती का अनुभव हो रहा था।

ड्रेसिंग गाउन में अपने को लपेटकर मैं जब बाल पोंछ रही थी, तब भी मेरा शरीर रह-रहकर काँप रहा था। ''क्यों चीं बोल गयीं ? दुबारा अंदर नहीं चलना ?'' दरवाजे पर खड़े होकर किम पूछ रहे थे।

''ना बाबा ना,'' मेरे मुँह से हिंदी में निकला। किम हँसने लगे।

बंद रंध्रों के खुल जाने से जो पसीना निकला था, उससे शरीर में डिहाइड्रेशन हो गया था।

हम रात में देर तक तारों के नीचे बैठे पेय पीते रहे।

अगली सुबह चाय की मेज पर फार ने कहा, ''उषा के चेहरे की रंगत देखो, कैसा निखर आया है।''

तुवे ने भी उस मूड में शामिल होते हुए कहा, ''आज मुझे पुलिस का इंतजार है। बूलाक्सवालों ने चीखें सुनकर सोचा होगा कि हम सब मिलकर विदेशिनी की हत्या कर रहे हैं।'' मैंने कुछ देर के बाद मुड़कर किम से पूछा, ''अब अगला साउना स्नान कब संभव होगा ?''

अमेरिका से पत्र

1

कभी-कभी मुझे यह सोचकर बहुत अचंभा-सा होता है कि मैंने इतने सारे साल कैसे इस देश में बिता दिए; आई थी एक विद्यार्थी के रूप में, एक वर्ष के लिए, पर आधी ज़िंदगी ही बीत गई। पीछे मुड़कर देखने से यह नहीं लगता, मगर अगर एक-एक दिन का हिसाब देखें तो गहराई से महसूस होता है कि अरे, जीवन का एक महत्वपूर्ण भाग मुझे भारत से कटकर बहुत दूर रहते हुए निकल गया और निकला जा रहा है। फिर भी भारत ने चाहे मुझे भुला दिया, पर भारतीय होना मेरी अस्मिता का एक अभिन्न अंश है। उसे भुलाया नहीं जा सकता क्योंकि यह तथ्य तो जीवन की एकमात्र सचाई है कि मैं भारतीय हूँ। मेरा रूप-रंग, आचार-विचार और मेरी भावनाएँ, सभी का उत्स मेरी भारतीयता ही है। इतने सालों बाद भी, हर सुबह अख़बार में अंतर्राष्ट्रीय मौसम में दिल्ली का तापमान पढ़ना मेरे लिए बहुत अनिवार्य है। कल दिल्ली में धूप थी या पानी बरस रहा था, यह पढ़कर मेरी आँखों के आगे वहाँ का आकाश, उजली धूप, यातायात की धूल से नहाए वृक्ष, पशु-पक्षी, सड़कों का कोलाहल एक क्षण में उजागर हो उठता है। यहाँ का यथार्थ है सफ़ेद चमकती हुई बर्फ़, पल्लवहीन नग्न वृक्ष, ठिठुरती हुई गौरेयाँ, जो मेरी खिड़की के नीचे दाना चुगने में व्यस्त रहती हैं और दो नटखट गिलहरियाँ जो हमेशा उन चिड़ियों को डराकर उड़ाने में तत्पर रहती हैं जिससे उनके हिस्से के बीज व दाने वे स्वयं हड़प लें। यहाँ तीन दिन से लगातार बर्फ़ गिर रही है पर दिल्ली में तापमान 20 डिग्री है। वहाँ आजकल होली जैसा मौसम होगा, टेसू और पलाश में फूल आ रहे होंगे, सड़कों के किनारे गुलमुहर के फूल झड़ रहे होंगे—और जल्दी ही कोयल की कूक भी सुनाई देगी। हो सकता है दिल्ली-निवासियों को अपनी व्यस्तता में यह सब देखने-सुनने का समय न हो या उनकी आँखें पुराने मक़बरों पर रंगीन बेगमबेलिया देखने की इतनी अभ्यस्त हो चुकी होंगी कि बस, स्कूटर,

मारुति-800 से निकलते हुए उस पर ध्यान नहीं जाता होगा।

यहाँ अमेरिका के जिस प्रदेश विस्कांसिन में मैं रहती हूँ, वहाँ बहार आने में अभी दो-तीन महीने हैं। यहाँ नवंबर के अंत से ही आकाश में बादल और मौसम में ठंड होने लगती है। तब तक सारे पेड़ों के पत्ते झड़ चुकते हैं, और जहाँ तक दृष्टि जाती है, वृक्षों की नग्न टहनियाँ और झुलसे हुए तने ही दिखाई देते हैं। जब पहली बर्फ़ पड़ती है तो हर बार नयी-सी लगती है, पर वह नयापन देर तक नहीं रहता, क्योंकि दिनचर्या में जगह-जगह बाधा पड़ने लगती है। घर से बाहर निकलकर अख़बार या डाक अंदर लाना एव्रेस्ट अभियान से कम नहीं लगता। मैं जिस जगह रहती हूँ, वह प्रारंभ में एक गाँव था, साठ-सत्तर साल पहले। राज्य की राजधानी मैडिसन की सीमा के बाहर, और अब चारों ओर से बस्ती और मैडिसन नगर से घिर जाने के बाद भी अभी उसे गाँव का ही दर्जा प्राप्त है। गाँव में डाकिया घर में आकर डाक नहीं डालता। घर के बाहर, सड़क के किनारे-किनारे हम लोगों ने डाक के डिब्बे लगा रखे हैं। डाकिया बंद जीप में आता है और जीप पर बैठे-बैठे ही हमारी डाक डिब्बे में डाल जाता है, यही हाल अखबारवाले का भी है, इसीलिए रोज़ सुबह अख़बार अंदर लाने के लिए ऊपर से नीचे तक टोपा, मफ़लर, दस्ताने, मोटा कोट—सभी से अपने को ढाँकना तोपना पड़ता है। इतने प्रयत्न के बाद अख़बार मिलता है। और उसे खोलने पर कोई सुखद समाचार शायद ही कभी मिले।

पिछले हफ्ते से जो बर्फ़ गिरना शुरू हुई तो कई दिन तक लगातार गिरती ही रही। कभी हलकी-हलकी, रुई के तैरते छोटे-छोटे टुकड़ों की तरह, कभी इतनी तेज़ कि सामने एक मीटर पर भी न दिखाई पड़े। जब बंद हुई तो आई तेज़ हवा, अंधड़ की तरह, ठंड और हवा, दोनों के मिश्रण ने तापमान को—19 तक पहुँचा दिया, और फिर बरसा पानी, जो कि बर्फ़ की तह को धोकर, शीशे की तरह चमका गया, और उतना ही ख़तरा पैदा कर गया, चलनेवालों के लिए, कि मालूम नहीं कब पैर फिसला और हाथ-पैर टूटे। बच्चों के स्कूलों ने छुट्टी मनाई, डाकघर बंद हो गए। जनता से बार-बार कहा जाने लगा कि केवल आपात्काल और संकट में ही घर से निकला जाए। पर हमारा विश्वविद्यालय खुला रहा। पढ़ाई चलती रही। जो आ सका, आया और उसने काम किया। मैं एक शाम घर पहुँची तो घर के आगे छः-सात इंच बर्फ़ थी। यही नहीं, सड़क की बर्फ़ को बार-बार हटाकर मशीन ने किनारे लगा दिया था, जिससे एक ऊँचा पहाड़-सा खड़ा हुआ था। (मैंने गाड़ी सड़क पर छोड़ दी और बर्फ़ को साफ़ करने में मुझे पूरा घंटा लगा) जिसे मैंने बर्फ़ साफ़ करने को रखा था, उसका न कहीं पता था, न आने के आसार ही दीख रहे थे। मुझे बर्फ़ साफ़ करने में पूरा एक घंटा लगा, और जब रास्ता बना और घर के अंदर पहुँची तो बरसते पानी से बाल तर और सड़क की बर्फ़ से

हाथ-पाँव ठंडे थे।

अमेरिका में रहने की, इस मौसम के अलावा, एक और भी विडंबना है। वह यह कि व्यक्ति कभी छोटे-मोटे रोग से बीमार न पड़े। खाँसी, जुक़ाम, बुख़ार या इन्फ्लुएंज़ा, या जैसा मुझे हुआ—दाहिने कंधे और बाँह में भयंकर दर्द। ऐसी दशा में दर्द दूर करने की दवाई खाइए और आशा कीजिए कि अपने आप रोग ठीक हो जाएगा। इन छोटी-मोटी बीमारियों के लिए डाक्टरों के पास समय नहीं होता। न वही हाल है, जैसा कि मेरे बचपन में था, और जहाँ तक मेरा विचार है, अधिकांश शहरों में अब भी होगा, कि आप बीमार हैं, घरवाले चिंतित हैं और डाक्टर साहब आए हैं, आपको देखा है, दवा लिखी है या इंजेक्शन दिया है। यहाँ कभी कोई डाक्टर किसी के घर नहीं जाता। आप स्वयं ही काँखते-कूँखते, समय लेकर डाक्टर के आफ़िस में जाइए। अगर भाग्यवान हैं तो घंटे भर के अंदर डाक्टर आपको देखेंगे, नहीं तो कुर्सी पर बैठे-बैठे आप पत्रिकाएँ पढ़िए और प्रयत्न कीजिए कि प्रतीक्षा करते दूसरे रोगियों का नया रोग आप और न बाँध लाएँ। अगर हालत ऐसी नहीं है या स्थिति गंभीर है तो या एम्बुलेंस बुलाइए और अस्पताल के संकटकालीन भाग में चले जाइए।

मेरे एक डाक्टर का कहना है, सिरदर्द या बाँह का दर्द, यह सब हम गंभीरतापूर्वक नहीं लेते, हमें तो चाहिए जीवन और मरण के प्रश्नवाला रोगी, तब हमारी विशेषता और ज्ञान का परिचय मिलता है। मरते हुए को मौत के मुँह से खींच लाने में हम माहिर हैं। शायद इसी कारण विस्कांसिन विश्वविद्यालय से संलग्न मेडिकल कालेज निकालकर आपको एक साफ़-सुथरे, पर बेगाने से कमरे में बैठा देगा। जब डाक्टर आएँगे तो उन्हें यह याद नहीं होगा कि आपका नाम क्या है या आपको बीमारी क्या है। चार्ट में आपका नाम पढ़कर वह एकदम बहुत आत्मीय भाव से बात करने लगेंगे, पर आपको एहसास बना रहेगा कि यह आत्मीयता एकदम ओढ़ी हुआ है। यदि आपको ऐसी बीमारी नहीं है जो कि डाक्टर की रिसर्च या ज्ञानवृद्धि में सहायता करे तो आप महज़ एक असुविधा हैं। पर अगर किसी को दिल का दौरा पड़ा है, या आँखों की ज्योति चली गई है, किसी दुर्घटना में हाथ-पाँव कट गया है या गुर्दा जवाब दे गया है, तब इन डाक्टरों की तत्परता और अस्पताल की नई से नई मशीनों, दवाइयों और रिसर्च का चमत्कार देखने में आता है।

विस्कांसिन विश्वविद्यालय में कुल मिलाकर एक लाख तीस हज़ार विद्यार्थी हैं और केवल मेडिसन कैम्पस में ही उनतालीस हज़ार। करीब दो-ढाई हज़ार प्रोफ़ेसर और विश्वविद्यालय से संलग्न कई हज़ार और व्यक्ति। इसलिए मैडिसन कैम्पस अपने में संपूर्ण दुनिया है, जिसमें हर विभाग श्रेष्ठ से श्रेष्ठतर होने के प्रयत्न में रत है, चाहे वह पशुओं की नस्ल सुधारना हो या बहुत ही दुरूह और नाजुक सर्जरी।

विश्वविद्यालय की सभी इमारतों में मेडिकल कालेज और अस्पताल अपनी आधुनिक पद्धति में अपूर्व है, जिसकी छतें संगीन रोगी को हेलीकॉप्टर से लाने के लिए बनी हैं। अस्पतालवाली सड़क ही मेरे विभाग जाने की सड़क है और मैं काम पर जाते समय सोचती हूँ कि यहाँ के डाक्टर, नर्सें, रिसर्च, प्रयोग मानवता के रोग और कष्ट दूर करने में कितना गंभीर, गहरा योगदान कर रहे हैं। और तब अपने कंधे का दर्द मुझे सहनीय लगने लगता है।

2

यहाँ आजकल शांति है; नए राष्ट्रपति अपना पद सम्हाल रहे हैं और सारे अख़बार, टेलिविज़न ख़बरें, पत्रकार उनकी बखिया उधेड़ने में जुटे हुए हैं; फिर भी जनता को आशा और विश्वास है कि समय बदलेगा। बेकारी और ग़रीबी दूर होगी। अमीर लोगों पर टैक्स बढ़ेंगे और डाक्टर व अस्पतालों की अस्वाभाविक रूप से बढ़ी-चढ़ी फ़ीसें कम होगीं। अख़बारवालों ने तो नए राष्ट्रपति की कुछ सप्ताह बाद ही छुट्टी कर दी। पर देश को प्रतीक्षा है कि राष्ट्रपति अपने वादे पूरे करने में सफल होंगे।

हमारे विस्कांसिन प्रदेश में भी कोई नयी घटना या हलचल नहीं है, हमारी चांसलर को राष्ट्रपति ने अपने मंत्रिमंडल में ले लिया है, यह तो अपेक्षित ही था। सभी लोग ठंड और बर्फ़ से ऊब चुके हैं और सर्दी का मौसम जाने की प्रतीक्षा में हैं।

विस्कांसिन अमेरिका के उत्तर मध्य का प्रदेश है—दूध, दही, मक्खन की बहुतायतवाला। इसीलिए वह अमेरिका के डेयरीलैंड के उपनाम से भी जाना जाता है। अधिकांश लोगों के मन में विस्कांसिन का नाम लेने से दूध व पनीर का ही चित्र आता है। हम लोग इसके आदी हो गए हैं और अगर बाहर किसी और प्रदेश में यात्रा करते हुए कोई विस्कांसिन लाइसेंस की गाड़ी 'अमेरिका का डेयरीलैंड' इबारत के साथ दिखाई दे जाती है तो हम भोंपू बजाकर एक-दूसरे के प्रति सौहार्द प्रदर्शित करते हैं। विस्कांसिन चीड़ और देवदार के जंगलों, बड़ी-बड़ी झीलों और उत्तरी योरप जैसी ठंडी और स्वच्छ जलवायु के लिए भी जाना जाता है। यहाँ आकर बसनेवालों में नार्वे, जर्मनी और स्विट्ज़रलैंड के लोग अधिक हैं। इसलिए यहाँ की बहुसंख्यक जनता एकसार है, लंबे स्वस्थ शरीर, सुनहले बाल और नीली आँखें। अब काफी कम्बोडियन और लाओशियन शरणार्थी लाकर बसाए गए हैं, इसलिए थोड़ा वैविध्य आया है, बाहरवाले यहाँ के लोगों को रूखा और ठंडा पाते हैं, अपने में समाहित विदेशियों को संदेह से देखनेवाले। शायद यही कारण है कि पचीस साल एक ही घर में रहने के बाद भी मुझे कभी किसी पड़ोसी ने कभी एक गिलास पानी

भी नहीं पिलाया। मैं ही हर नए पड़ोसी को स्वागतस्वरूप कुछ-न-कुछ भेंट अवश्य दिया करती थी। मेरी स्पेशल टमाटर की चटनी, या छोटा-सा केक, या बाग में से फूल और फल। मैं इन नए पड़ोसियों से किसी भी मधुर संबंध या मैत्री की अपेक्षा नहीं करती थी; फिर भी, कभी ज़रूरत पड़ने पर दरवाज़ा खटखटाने पर भी जब पड़ोसी अंदर बैठे रहते पर खोलते नहीं थे तब मैंने जान लिया कि मेरे गोरे अमेरिकन पड़ोसी मुझसे बोलना तक पसंद नहीं करते। अब मैं भी विमुख हो गई हूँ और भरसक प्रयत्न करती हूँ कि साक्षात्कार न हो तो अच्छा। मैं जानती हूँ कि मैं इस धनिक परिवेश में अपवाद हूँ, एक स्त्री, वह भी भारतीय; जो कि अकेले रहती है, योरोपीय गाड़ी चलाती है, काम करती है। छोटे बच्चे न होने के कारण बच्चों को गाड़ी में घुमाती-फिराती माँओं से न मेरा संपर्क है न बात करने का कोई तुक। मैं समझती हूँ कि मैं पड़ोसियों को अजीब-सी लगती होऊँगी, न ढेर सारे मित्र, न पार्टियाँ, न अधिक मिलना-जुलना। मैत्री के प्रयत्न करने के बाद मैंने भी हाथ-पैर छोड़ दिए हैं—कभीकभार किसी उत्सव में किसी नए दंपति से परिचय होने पर कहना पड़ जाता है कि मैं 'शोरवुड' में रहती हूँ। 'कब से ?' आश्चर्य से पूछा जाता है क्योंकि शोरवुड में घर ख़रीदना आम आदमी के लिए संभव नहीं है। मेरे लिए वह एक छोटी-सी विजय का क्षण होता है जब मैं कहती हूँ कि बीस साल सेऽऽ—ओऽ कहाँ ? किधर ?—लोग समझते हैं कि मैं उड़ा रही हूँ—प्रभावित करने के लिए। उन्हें तब भी विश्वास नहीं होता। पूरे शोरवुड में चार भारतीय परिवार हैं, एक पाकिस्तानी, जिसके प्रमुख सऊदी अरब में काम करते हैं। मेरे अलावा तीनों भारतीय परिवार डाक्टरों के हैं; जिनके घर भी मेरा आना-जाना नहीं है। मैं सचमुच विचित्र हूँ और कोई भी मुझे मित्र नहीं बनाना चाहता—यह ग्रहण करने में मुझे बहुत समय लगा। परंतु अब मैं जिस मनःस्थिति में हूँ, सुखी हूँ। किसी के लिए कुछ करने में। भले ही बगीचे की लौकी, करेले या तीखी मिर्च ही दरवाज़े पर छोड़ आना और धन्यवाद तक की अपेक्षा न करना, मेरी सद्भावना का प्रतीक मात्र ही है। विस्कांसिन के ठंडे मौसम में केवल नब्बे दिन गरम होते हैं। उसमें लौकी, करेले, टिंडे उगाना एक चुनौती-सी होता है। हर गर्मी में ढेरों सब्ज़ी उगती है। मैं उन लोगों में हूँ जिन्हें उगाने का शौक़ है खाने का नहीं। इसलिए विद्यार्थियों, सहयोगियों, भारतीय मित्रों और पड़ोसियों को भर-भरकर देती रहती हूँ। इसमें शायद सुमित्रानंदन पंतजी से प्रभावित हुई हूँ। छात्रावस्था में बहुत शामें पंतजी के घर बीती हैं, शांति जोशी मेरी फ़िलासफ़ी की प्राचार्या थीं और पंतजी के घर के हर अभ्यागत को पंतजी के हाथ की उगाई सब्जियाँ उपलब्ध रहती थीं। अब भी जब हनीसकल के गुलाबी फूल मेरे घर के पिछवाड़े को सुगंधित रखते हैं, तो अक्सर पंतजी को याद कर लेती हूँ, उन्होंने ही पहले-पहल फूलों, उनके रंगों और सुगंधों से परिचय कराया था—अपनी बगिया में फूल चुनते, मटर की ताज़ी फलियाँ खड़े-खड़े खाते

गा सेम तोड़ते हुए—'आः धरती कितना देती है' बार-बार स्मृति में उभरती रहती हैं।

शायद उस विशिष्ट विद्यार्थी जीवन ने ही मेरी जीवनधारा को गति दी। बच्चन जी का कविता पाठ, पंतजी के घर की शामें, फिराक़ साहब का अप्रत्याशित लाड़, श्रीपतजी का लेखन के लिए प्रोत्साहन—यह निर्मल वर्मा कौन हैं जिनकी कहानी आपने छापी है ? मुझे याद है अपना प्रश्न, जिसके उत्तर में उन्होंने कहा था, 'तुम भी दो—मैं छापूँगा—' मेरे जीवन का एक महत्वपूर्ण क्षण था। शायद तब 'सरिता' में कहानी छपाने और अपना नाम देखने का चाव समाप्त हो गया था, और 'कल्पना', 'कहानी', 'कृति' में उषा प्रियंवदा ने जन्म लिया था। कितना बचकाना और असंपूर्ण लगता था अपना लेखन, पर यदि परिवार और प्रसिद्ध लेखकों, कवियों का प्रोत्साहन न मिला होता तो शायद संकोच में कहानीकार दबा ही रह जाता या 'सरिता' के बाद 'कहानी' तक की दूरी और नया क्षितिज अनछुआ ही रह जाता। 'अँगरेजी पढ़ो, अँगरेजी'—फिराक कहते—'नहीं तो हिंदीवालों की तरह एकतरफ़ी होकर रह जाओगी—बिना विश्वसाहित्य पढ़े कोई अच्छी लेखिका नहीं बन सकती।'

सच बात तो यह है कि लिखना मेरे संकोचशील, एकाकी मैत्रीहीन जीवन में एक हौबी-सी थी। अपनी सफलता और प्रशंसा पर मुझे अटपटा-सा लगता था, अब भी लगता है, मेरे अपने लिए लेखन की जगह अध्यापन, कहानी-उपन्यासों की जगह आलेखों और कविताओं की जगह संवादों का अधिक महत्व रहा है। शायद यह मेरे अंदर की असुरक्षा है कि यदि मैं स्वीकार कर लूँगी कि कुछ प्रतिभा मेरे अंदर है, मुझ पर वाग्देवी की कृपा है कि मैं कुछ सार्थक लिख सकती हूँ—उसी क्षण एक वज्राघात होगा, और मैं फिर कभी एक शब्द भी नहीं लिख पाऊँगी। न जाने क्यों मेरे अंदर एक बच्चों-जैसा डर और अंधविश्वास बैठ गया है कि यदि मैं कुछ स्वीकार कर लूँगी तो ईर्ष्यालु नियति उसे छीन ही लेगी। इसीलिए मेरी आदत सबकुछ नकारने की बन गई है, न रूपरंग, न मेधा, न अपनी कोई भी उपलब्धि; शायद यह वैसा ही प्रयास है जैसे कि माएँ अपने बच्चों को काला टीका लगाकर नज़र को ठगने का प्रयत्न करती हैं। मुझमें यह क्यों और कब से है, यह तो गहरी और लंबी विश्लेषण प्रक्रिया से ही स्पष्ट होगा, परंतु आयुपर्यंत—अरे यह तो कुछ भी नहीं है, इत्तफ़ाक से चीज़ अच्छी बन गई। इसे विनम्रता भी कह सकते हैं या गुड मैनर्स जो मेरी पीढ़ी के लोगों में सहज ही रहता है। अमेरिका का चलन है, आत्मप्रशंसा, आत्मकेंद्रितता में मग्न और अपने में आत्मविभोर। विभाग में जो प्रार्थनापत्र आते हैं उन्हें पढ़कर मुझे अब भी आश्चर्य-सा होता है। चाहे वह संस्कृत के प्रोफ़ेसर का पद हो या ग्रीष्म में हिंदी-उर्दू पढ़ाने के लिए सहायक का; एक पैराग्राफ़ अपनी आत्मप्रशंसा में अवश्य होगा—'मैं इस पद के लिए सबसे योग्य इसलिए हूँ कि...' और जो अपनी पैरवी और अपने को आगे धकेलने में जितना ही पटु होता है, उतना ही उसे सफल माना जाता है। इस पलायन या आक्रमण

वाली सभ्यता में मैं घोर पलायनवादी हूँ--पर मूर्ख नहीं हूँ–मैं अपने चारों ओर की गतिविधियों को हमेशा एक लेखकीय दृष्टि से देखती हूँ। संबंधी, मित्र, सहयोगी, पड़ोसी सब एक विराट कामदी या त्रासदी, एक पेचीदा और दुरूह उपन्यास के पात्र हैं जो अपनी-अपनी भूमिका निभा रहे हैं। जाने या अनजाने में ही, लोगों का विश्लेषण करना, उनके आचरण और बातचीत पर अनुपात से अधिक ध्यान देना मेरी मामूली आदत है, और यही आलोचकीय सर्चलाइट अपने पर भी फोकस रखती हूँ–छोटी से छोटी बात, महीन से महीन मूड की तह में तुरंत पहुँचना। सोचती हूँ, क्या यह वर्षों, दिन-रात अकेले रहने का परिणाम नहीं है ? बाहर बर्फ़ गिर रही हो, तुम सात कमरों के घर में बैठी हो, पर्दे गिरे हैं, सामने किताबें हैं, संगीत है, अगले दिन पढ़ाने के लिए नोट्स हैं; उसमें हर बात को उधेड़ना, खोलना, बुनना बहुत प्राकृतिक क्रिया बन जाता है। हेनरी वाल्डेन थोरो का कहना है कि हर लेखक को अपने हर मूड हर प्रवृत्ति का वैसा ही लेखा-जोखा रखना चाहिए जैसे कि एक astronomer आकाश में नक्षत्रों की गति पर आँख रखता है। शायद यह प्रक्रिया तुमको बहुत समझदार, गंभीर और मानव दुर्बलताओं के प्रति उदार बना देती है, क्योंकि तुम भी उन सब प्रवृत्तियों और दुर्बलताओं के जाल में बुरी तरह उलझी हुई हो। पड़ोसी सद्भाव नहीं रखना चाहते, या भारतीय परिवार मित्रता नहीं रखते; इसमें 'तुलसी इस संसार में भाँति भाँति के लोग–' से बहुत आश्वासन और संतोष मिलता है क्योंकि ज़िंदगी एक 'पॉपुलेरिटी कन्टेस्ट' नहीं है और अगर होती भी तो शायद मुझे एकदम फ़ेल नहीं कहा जाता।

3

पिछले पत्र में बात शुरू हुई थी अपने परिवेश से और अंत हुई अपने पर। मेरे पति का कहना है कि इसमें कुछ नया नहीं है, हर बात आकर आद्यन्त 'उषा' पर ही टूटती है। उनकी प्राध्यापकीय और आलोचकीय दृष्टि को मैं हलके से उनके विषय 'मध्यकालीन फ्रांसीसी साहित्य' की ओर इंगित कर देती हूँ। शायद हम लोग अलग-अलग शहरों में, अलग-अलग विश्वविद्यालयों और विभागों में हैं इसलिए सर्वदा साथ रहनेवाले दंपतियों की तरह छोटी-छोटी झुँझलाहटें, दिन-रात की परेशानियाँ और एक-दूसरे से ऊब हमारे संबंधों में नहीं है। इसलिए हम एक-दूसरे की मनःस्थिति को पहचानते भी हैं और एक-दूसरे को 'स्पेस' या छूट भी देते रहते हैं, अपने-अपने व्यक्तित्व को पूरी तरह अभिव्यक्त करने को। कभी-कभी मुझे पति से ईर्ष्या होती है, यद्यपि वह भी मेरी तरह अमेरिका में विदेशी ही हैं, परंतु योरपीय और पुरुष होने के कारण उन्हें इस परिवेश में रसने-बसने में बिल्कुल कठिनाई नहीं

हुई। वह खूब सर्दी बर्फ़ के आदी हैं। विस्कांसिन के लोगों में एकदम खप जाते हैं। एक मैं हूँ कि हमेशा अलग दीखती हूँ—आम अमरीकी स्त्रियों से भिन्न कपड़े पहनती हूँ, यद्यपि लोगों के प्रश्नों से तंग आकर मैंने बिंदी लगाना छोड़ दिया है। किसी के घर भोज के निमंत्रण पर, या यात्रा करते हुए मुझे शाकाहारी होने के कारण काफ़ी कष्ट झेलना पड़ता है। इस समाज में भी, अकेली स्त्री आतिथेयों के लिए परेशानी बन जाती है, जबकि अकेले पुरुष का हमेशा स्वागत होता है। मेरे पति, अकेले रहने पर भी, निरंतर भोज, पार्टियों या दूसरे तरह के निमंत्रण पाते रहते हैं; जबकि मैं तभी बुलाई जाती हूँ जब पति दौरे पर गया हुआ हो और घर में सादा-सा खाना बना हुआ हो। जब बड़ी-बड़ी पार्टियाँ या विशेष अवसरों पर उत्सव होते हैं तो उस अतिथि सूची में मेरा नाम नहीं होता या फिर काफ़ी क्रूड तरीक़े से कहा जाता है कि जब आपके पति शहर में हों तब बताएँ—आपको खाने पर बुलाना है। कभी-कभी मैं हँसकर कह दिया करती थी—वह तो नहीं हैं, मुझे ही दो बार बुला लें—पर इसमें आतिथेयों को कोई मज़ाक नहीं समझ में आता था। यह तो हुई अमेरिकन जीवन में अकेली स्त्री होने की विडंबना। दूसरी विडंबना अल्पसंख्यक होने की है, वह भी भारतीय। भारत का नाम सुनते ही, आम जनता के आगे, ग़रीबी, सतीप्रथा और अशिक्षितता का चित्र आता है और प्रायः मुझसे वैसा ही व्यवहार किया जाता है। सुपर मार्केट या बाज़ार में लोग बोलेंगे तो धीरे-धीरे—समझा-समझाकर, यह मानते हुए कि मुझे अंग्रेज़ी नहीं ही आती होगी, ऐसे लोगों से बोलने का मेरा मन ही नहीं होता। अलग-अलग रंग के लोगों के लिए अलग-अलग व्यवहार यहाँ की आचरण पद्धति में अनायास ही आ जाता है। इसीलिए जब हम साथ भी होते हैं, योरपीय पुरुष होने के नाते मेरे पति को हमेशा सद्भावना और शिष्ट शब्द ही मिलते हैं और मुझे मिलती हैं अवहेलना या अवज्ञा। अब तो इस पर क्रोध करना भी अपनी ही शक्ति का व्यय करना होता है, निःशब्द हट जाना ही अच्छा। विश्वविद्यालय के परिवेश में फिर भी वैविध्य है, क्योंकि सारे केंद्रों को मिलाकर एक लाख तीस हज़ार विद्यार्थी हैं और मैडिसन केंद्र में विदेशियों की बहुतायत है। इस छोटे शहर के व्यापारी और दूसरे वर्ग के लोगों की आय विश्वविद्यालय उसके प्राध्यापकों और विद्यार्थियों पर निर्भर करती है। इसलिए न चाहते हुए भी उन्हें शिष्ट व्यवहार करना पड़ता है, क्योंकि यहाँ की आर्थिक फ़िलासफ़ी है 'सबसे बड़ा रुपैया' और दूसरे शब्दों में 'ग्राहक हमेशा सर्वोपरि' है। कुछ विदेशी यहाँ बिल्कुल रम नहीं पाते, वे छोटे-छोटे समूहों में ही रहते हैं और उन्हें इस देश की कोई बात नहीं भाती। मैं विश्वविद्यालय और उसमें भी दक्षिणेशियाई विभाग में होने के कारण भारत से जुड़ी रहती हूँ। अध्ययन-अध्यापन, रिसर्च, यात्राएँ सभी भारत पर केंद्रित रहती हैं और रोज़ हिंदी बोलने और पढ़ने का अवसर मिलता रहता है।

है। भारत से बाहर बसे बहुत कम परिवार ऐसे हैं जिनके बच्चे भारतीयता और भारतीय आचार-विचारों के उतने निकट हैं जितना कि उनके माता-पिता। मेरी पीढ़ी की महिलाएँ अभी भी साड़ी पहनना पसंद करती हैं। लंबे बाल रखती हैं, बिंदी लगाती हैं। पर अगली पीढ़ी की कोई भी लड़की शायद कभी ही साड़ी पहनती हो। औत्सविक अवसरों पर शलवार-कमीज़ भले ही पहन लें, पर अधिकतर उन्हें विदेशी ही पहनावा अच्छा लगता है, और उसमें भी यहाँ जो भी फ़ैशन चालू हो, धुली जीन या फटी जीन, बेतुके नारों से भरी टी शर्टें, महँगे जूते जिनको रेज़र से काट लिया जाता है जिससे अँगूठा बाहर झाँकने लगे। यह एक अमीर देश है जिसमें ग़रीब दीखना ऊँचा फ़ैशन है। कभी-कभी मुझे लगता है कि यह उन देशों को मुँह चिढ़ाना या उपहास करना नहीं हुआ जहाँ लोगों को सचमुच साबित जूता उपलब्ध नहीं है ? या फिर इसी देश के उन ग़रीबों का, जो कि सचमुच पुराना-धुराना, फटा कपड़ा पहनते हैं। इस समृद्ध देश में भी ग़रीबों की कमी नहीं है। पूरे देश में कई लाख बेघर लोग हैं जो फुटपाथों पर, कूड़े के ढेरों के पीछे, पुरानी ढही इमारतों में दिन काटते हैं। हमारे शहर में ही कुछ भारतीय परिवार हैं जो कि अमरीका द्वारा नियत की गई, ग़रीबी की सीमा में आते हैं, और उन्हें सस्ता घर, खाने की चीज़ें सस्ती खरीदने के कूपन, उनके बच्चों को स्कूल में मुफ्त नाश्ता और भोजन उपलब्ध है। यह वे परिवार हैं जो कि भारत में अच्छे खाते-पीते घरों के थे, अपने भाई-बहनों का पल्ला पकड़कर अमरीका आ गए पर सफल नहीं हो पाए। या इतनी योग्यता नहीं थी कि यहाँ के मध्यवर्गीय जीवन में घुल-मिल सकें। ऐसे लोग रात की चौकीदारी, अस्पतालों में अर्दली या होटलों में बर्तन धोने का काम करते हैं, एक लज्जाग्रस्त भाव से। उनके बच्चे भी जो भी काम मिले वही प्रसन्न मुख से करते हैं। क्योंकि वे नई पीढ़ी के भारतीय अमरीकन हैं, और उस वातावरण में पल रहे हैं, जहाँ हर काम की अपनी गरिमा है। अमीर से अमीर बच्चा भी हाथ ख़र्च कमाने के लिए कुछ न कुछ काम अवश्य करता है। और ऐसे बच्चे जब मेरी क्लास में पढ़ने आते हैं तो मुझे अच्छा-अच्छा सा लगता है। क्योंकि उनकी आँखों की चमक और जीवन में सफल होने का अदम्य उत्साह मुझे भी नूतन आशा से भर देता है।

मेरा हर भारतीय या पाकिस्तानी विद्यार्थी डाक्टर और इंजीनियर, वकील या बिज़नेसमैन बनने की बात करता है, और कितने ही डाक्टरी पढ़ रहे हैं। कभी युनिवर्सिटी अस्पताल जाने पर लाउडस्पीकरों पर डाक्टरों को बुलाने के लिए जो घोषणाएँ होती रहती हैं, उनमें परिचित छात्रों का नाम सुनकर गर्व-सा होता है 'शीला पटेल—शीला पटेल—' मेडिकल कालेज के लिए यहाँ भी स्पर्धा कम नहीं है, यद्यपि अल्पसंख्यक और स्त्री होने के कारण थोड़ी विशिष्टता अवश्य दी जाती है। शायद इस पीढ़ी को पश्चिम में बसने और सफल होने में उतनी कठिनाई का सामना नहीं करना पड़ेगा, क्योंकि प्रारंभ से ही यह बच्चे इस तंत्र के आदी हैं।

उन्हें मालूम है कि उन्हें आगे बढ़ने के लिए किस प्रकार अपने को पैकेज करना होगा। वे चेहरे और रंग के अतिरिक्त भारतीय न होकर अमरीकन हैं—पूर्णतया और भविष्य उन्हीं का है, भले ही उनके माता-पिता स्वदेश छोड़कर ज़िल्लत और अपमान की ज़िन्दगी बिता रहे हों।

4

मैडिसन में अप्रैल तक बर्फ़ और ठंड बरक़रार है, इसीलिए एक सप्ताह के वसंत अवकाश में लोग, विशेषकर प्राध्यापक और विद्यार्थी बाहर निकलने का मौक़ा नहीं छोड़ते। मैं भी उत्तर पूर्वी तट पर, जो अमेरिका में 'न्यू इंगलैंड' के नाम से जाना जाता है, एक सप्ताह बिताने आ गई हूँ, और केम्ब्रिज में हूँ। यह इंग्लैंडवाला केम्ब्रिज नहीं है, बल्कि मैसाचुसेट्स राज्य में, बौस्टन की सीमा-रेखा को छूता हुआ स्थित है और अमेरिका के दो महत्त्वपूर्ण विश्वविद्यालयों का केंद्र है—हार्वर्ड और 'मैसेचूसेट्स इंस्टीट्यूट ऑफ़ टेकनौलोजी'। अमेरिका में मैडिसन नाम के शहर कई राज्यों में हैं, पर बौस्टन केवल एक है, अद्भुत और अपूर्व। अमेरिका के आधुनिक इतिहास की नींव, संस्कृति और राजनीति के संदर्भ में बहुत विशिष्ट है क्योंकि सबसे पहले 'पिलग्रिम फ़ादर्स' जो कि सही मायनों में आधुनिक राष्ट्र के पूर्वज थे, इसी प्रदेश में आकर उतरे थे और अंग्रेज़ी सरकार की उपनिवेशी सत्ता से मुक्ति पाने की क्रांति यहीं से शुरू हुई थी। वह एक छोटी-सी घटना थी, जिसे बौस्टन टीपार्टी का नाम दिया गया। 1773 में जब भारतीय चाय से भरा, ईस्ट इंडिया कंपनी का जहाज़ बौस्टन पहुँचा तो कुछ देशभक्तों ने चाय पर लगे तीन पैसों के अतिरिक्त कर को देने से मना करते हुए सारी चाय खाड़ी में फेंक दी। यही चिनगारी थी जो कि धीरे-धीरे एक आग की तरह फैल गई और परिणामस्वरूप अमेरिका ने 1776 में अपने को अंग्रेज़ी सरकार से मुक्त कर लिया। अंग्रेज़ों ने तब भारत में अपने पाँव जमाने में सारी शक्ति केंद्रित की। कभी-कभी छोटी-छोटी घटनाएँ ही इतिहास को कितना बड़ा मोड़ दे देती हैं।

सबसे पहले अंग्रेज़ यात्रियों के तीन जहाज़ 1607 ई. में अमेरिका पहुँचे, और जेम्स टाउन नाम के छोटे से शहर की स्थापना की। परंतु एक नये और समृद्ध, स्वतंत्र जीवन का जो सपना लेकर उन्होंने तीन हज़ार मील की यात्रा की थी, वह पहले वर्ष में ही बहुत महँगी पड़ी। बीमारी और अमरीकी इंडियनों की शत्रुता ने क़रीब दोतिहाई लोगों का सफ़ाया कर दिया। 1609-10 ई. में खाने की इतनी कमी थी कि बचे हुए लोग भूखों मरने लगे। धीरे-धीरे दशा सुधरी, नए लोगों ने, नए जहाज़ों में आना प्रारंभ किया और 1619 में एक जहाज़ उन स्त्रियों का आया जो

कि नयी दुनिया में रहना चाहती थीं। उनके आने से विवाह हुए और घर बसे। 1620 में 102 यात्रियों का एक नया समूह जो इंगलैंड में चर्च से अलग हो गया था, प्लिमथ से एक छोटे से जहाज़ 'मेफ्लावर' में रवाना हुआ। उनके मन में भी वह सपना था जो कि बाद में सदियों से अमेरिका आनेवाले यात्रियों के मन में रहता है—एक नए और समृद्ध देश में रहने का, सरकार और धर्म से हस्तक्षेप के बगैर। 1630 में ग्यारह जहाज़ इंग्लैंड से रवाना हुए और अमेरिका पहुँचने पर इनमें आनेवाले लोग जहाँ रहने लगे, उसी जगह को बौस्टन नाम से जाना जाता है। धीरे-धीरे आनेवालों की संख्या बढ़ने लगी और 1636 में उस शिक्षा-संस्था की नींव रखी गई जिसे हार्वर्ड विश्वविद्यालय के नाम से जाना जाता है।

बौस्टन की सड़कें, कब्रगाहें ऐतिहासिक घटनाओं और महत्वपूर्ण व्यक्तियों की यादगार हैं। बौस्टन टीपार्टी की खाड़ी अब केवल एक बँधे हुए गँदले पानी का तालाब मात्र है, पर यात्री अब भी उसे देखने जाते हैं; उसी तरह जैसे अनेक अमरीकी परिवार 'फ्रीडम ट्रेल' नामक रास्ते पर अपने देश के स्वतंत्रता संग्राम की मुख्य घटनाओं को एक बार फिर जीते हुए देखे जा सकते हैं। हम स्वतंत्र देश के नागरिक हैं, और इस देश का नारा, 'सरकार जनता के लिए, जनता द्वारा' हर बच्चे को स्कूल से ही सिखाया जाता है। आम अमरीकी अपने देश को लेकर महागर्वित अनुभव करता है, चाहे वह वोट किसी भी पार्टी के सदस्य को दे। आधुनिक काल में भी बौस्टन का कम महत्व नहीं है। जान एफ़ कैनेडी मैसेच्यूसेट्स से ही निर्वाचित हुए थे, और चार साल पहले यहाँ के गवर्नर ड्यूकाकिस ने राष्ट्रपति के चुनाव में जार्ज बुश को चुनौती दी थी, पर वे सफल नहीं हुए। उस चुनाव में उन पर और उदारवादी नीतियों पर बहुत कीचड़ उछाला गया था। अमेरिका की रूढ़िवादी जनता ने बहुमत में बुश को वोट देकर यह साबित कर दिया कि उसे रेगन बुश की आर्थिक नीति पर कोई आपत्ति नहीं है। इस प्रशासन के अंतर्गत अमेरिका का बजट इतने घाटे में आ गया जिसकी गिनती अरबों-खरबों में होगी। ट्रिलियन हिंदी में कितना होता है यह मुझे मालूम नहीं। इस घाटे का परिणाम यह हुआ है कि यह देश जापान और जर्मनी जैसे देशों के हाथ बंधक रखा हुआ है।

राजनीति के अतिरिक्त बौद्धिक और सृजनशील व्यक्तियों की भी यहाँ कमी नहीं रही है। थोरौ और रौबर्ट फ़ास्ट जैसे लेखक और कवि यहीं की उपज हैं, पुराने, कुलीन, धनी और बुद्धिजीवी परिवार 'बौस्टन ब्राह्मण' कहलाते हैं। इस प्रकार हमारी हिंदी और संस्कृति का शब्द बौस्टन की संस्कृति का अभिन्न भाग बन गया है।

पिलग्रिम फ़ादर्स 1620 में, 'मेफ्लावर' नाम के एक छोटे से जहाज़ के यात्री थे। उनकी आँखों में वही सपना था जो कि अब तक अमेरिका की ओर उन्मुख हर व्यक्ति के मन में होता है। एक नए, समृद्ध देश में, एक नए सुखी जीवन का प्रारंभ। स्वतंत्र जीवन; राज्य और धर्म के हस्तक्षेप से परे। 102 यात्रियों का यह

समूह अपने को इंगलैंड के चर्च से अलग करता हुआ नए देश में अपने को स्थापित करने के लिए जिस जगह आकर उतरा वह अब भी 'प्लिमथ कौक' के नाम से मौजूद है। 1630 में ग्यारह जहाज़ और आए और अतलांतिक सागर के जिस तट पर उन्होंने लंगर डाला, वही बौस्टन शहर बना। 1636 में एक सुनसान और खाली पड़े स्थान पर एक शिक्षा संस्था की स्थापना हुई जो कि अब विश्वविख्यात हार्वर्ड युनिवर्सिटी है। अमेरिका में बसे हर भारतीय दंपति का सपना है कि उनका बच्चा हार्वर्ड में पढ़े। क्योंकि यहाँ से पढ़कर निकलने का मतलब है कि सफलता के दरवाज़े एक के बाद एक खुलते जाएँगे। यहाँ विश्व के बड़े से बड़े नेता और राजाओं के बच्चे पढ़ते हुए पाए जाएँगे। डेनमार्क के राजकुमार, जर्मनी के राष्ट्रपति और राजीव गांधी के पुत्र। यहाँ के बारे में यह बात भी प्रचलित है कि अगर आप हार्वर्ड के प्रांगण में दस मिनट खड़े रहें तो आपकी एक न एक नोबेल पुरस्कार विजेता से अवश्य मुलाक़ात हो जाएगी। हार्वर्ड में दाख़िले का मतलब है कि आप संसार के अग्रणी विद्यार्थियों में से हैं। साथ ही यह भी कि आपका परिवार इतना धनी है कि वह कई लाख रुपए सालाना आपकी पढ़ाई का ख़र्च उठा सकता है।

इस हल्के धूप-भरे दिन में मैं हार्वर्ड की जिस इमारत में बैठी हूँ उसकी खिड़की हार्वर्ड प्रांगण में खुलती है और प्रत्याशी विद्यार्थियों का एक समूह विश्वविद्यालय का टूर ले रहा है। देखने में यह युवा समूह बहुत साधारण-सा लगता है। न तेज़, न समृद्ध, हरेक के मुँह में चुइंगगम है और सबके मुँह अलग-अलग लयों में गायों की तरह जुगाली कर रहे हैं। बाल लंबे या मुच्च हैं और नीली जीन्स में इतने छेद हैं कि सबकी खड़िया-सी सफेद टाँगें अंदर से झाँक रही हैं। हार्वर्ड स्क्वायर में, जहाँ हमेशा विद्यार्थियों, टूरिस्ट और आम जनता की रेलपेल रही है, ऐसा ही अनौपचारिक और फटाफटाया-सा पहनावा फ़ैशन में दीखता है। यहाँ काले, सफेद एशियाई सभी चेहरे मिले-जुले और एकसार लगते हैं। कभी-कभी मुझे यह सोचकर अजीब-सा लगता है कि यही युवा व्यक्ति कल विश्व के देशों की राजनीति गढ़ेंगे, करोड़ों की मुद्रा का वारा-न्यारा करेंगे। युद्ध और शांति का निर्णय करेंगे। पर अभी तो वे बैठे-बैठे काफ़ी पिएँगे, शतरंज खेलेंगे, अख़बार पढ़ेंगे; पर एक बार क्लास में पहुँचकर जिस परिश्रम और लगन से पढ़ते हैं उससे मालूम होता है कि ऊपरी पहनावा सही मायनों में एक आवरण है—बँधे-बँधाए नियमों और संरक्षण के प्रति एक विरोध का स्वर। अपने माता-पिता की पीढ़ी के प्रतिवाद में अपने व्यक्तित्व की अलग पहचान बनाने का प्रयास।

हार्वर्ड की ऊँची-ऊँची, पुरानी इमारतों और वहाँ के बौद्धिक वातावरण को देखकर मुझे अनायास ही इलाहाबाद में अपने विश्वविद्यालय की याद आ जाती है। वहाँ बीता छात्र जीवन, बंधुबांधव, सखी-सहेलियाँ, कटरे के चौराहे पर रिक्शे की प्रतीक्षा, बैंकरोड के घर की फुलवारी, सब आँखों के आगे कल की तरह ताज़ी

हो जाती है। मुझे बैठे-बैठे तब लगता है कि मेरा आधे से अधिक जीवन विदेश के तटों पर भटकते हुए बीत गया है। मुझे किसकी खोज है, मुझे यह नहीं मालूम। मेरी कहानियों के पात्र भी एक जहाज़ से दूसरे जहाज़, एक सागर तट से दूसरे सागर तट, एक देश से दूसरे देश तक भटकते रहते हैं—सभी यायावर, कहीं जमकर न टिकनेवाले। बौस्टन में भी अपने घर और पति के होने पर भी मेरे स्वप्नों में भारत और वहाँ का परिवार, मैडिसन के अपने उत्तरदायित्व कभी भी जड़ें नहीं जमाने देते। हमेशा कहीं और की पुकार, कहीं और के आह्वान मुझे एक स्थान से दूसरे स्थान तक जाने के लिए प्रेरित करते रहते हैं। कहीं भी मेरा मन अधिक दिन नहीं लगता। सूटकेस पैक करो और कहीं और चलो—बौस्टन में पाँच दिन रहने के बाद मैं न्यूयार्क जाने का निश्चय कर लेती हूँ। पति भी एक मीटिंग में चीन जा रहे हैं। मैं सामान बटोरती हूँ—अभ्यस्त हाथों से; और यात्रा के विचार से उत्साहित हो जाती हूँ। मैं रेल से जाऊँगी, मैसेच्युसेट्स से कनेक्टिक्ट फिर न्यूयार्क, अधिक दूर नहीं है, केवल चार-पाँच घंटे ही।

न्यूयार्क; हडसन नदी के पूर्वी छोर पर बसा अमेरिका का सबसे प्रसिद्ध, चकाचौंधवाला शहर, अमेरिका का मुख्य द्वार, जहाँ पिछले दो-ढाई सौ सालों से लाखों यात्री आते रहे, अतीत को काटकर सुंदर भविष्य गढ़ने की खोज में। चाहे वह 'मेफ्लावर' के, इंगलैंड चर्च को छोड़कर, या उत्तरी योरप में पड़ते अकाल या महामारी के कारण, या बाद में नाज़ी जर्मनी के अत्याचारों से बचने के लिए, या फिर एशियाई डाक्टर, साइंटिस्ट, प्रोफ़ेसर या मज़दूर, ग़रीबी से छूटने या महत्वाकांक्षा को पूर्ण करने के लिए। न्यूयार्क में एलिस आइलैंड नामक जगह, जो अब प्रदर्शन क्षेत्र है, ऐसे ही यात्रियों का पहले पहल स्वागत करता था। यहीं अमेरिका की भूमि पर पहली बार उनके क़दम पड़ते थे और हरेक कोई अपने आपमें स्वतंत्र, राजनीतिक प्रभुत्व से परे, अपना जीवन स्वयं गढ़ने को उद्यत रहता था। 'चिथड़ों से लखपती' अमेरिकन स्वप्न और लोककथाओं की रूढ़ि रहा है।

न्यूयार्क में सभी कुछ है। महँगी से महँगी हर चीज़ के साथ, ग़रीब से ग़रीब को भी बाँहों में समेट लेने की क्षमता। जिन लंबी भव्य अट्टालिकाओं से सजी सड़कों पर 'टिफ़ेनी' और 'कार्टिए' नामक आभूषणों की दूकानें हैं जिनमें जापानी टूरिस्टों की भीड़ रहती है, उसी के कोने पर, कुछ हटकर एक एशियाई पुरुष अख़बार बेच रहा है। उसे बँधी दिहाड़ी मिलती है, चाहे अख़बार बिके या नहीं। उसे रुपयों में बदलने में अच्छी ख़ासी रकम बन जाती है। मगर फिर भी न्यूयार्क में खाने के लिए भले ही पर्याप्त हो मगर रहने के लिए शायद खुली सड़क का कोना ही मिल पाए। मैं ऐसे ही कोने पर अख़बार ख़रीदने रुक जाती हूँ—क्योंकि साफ़े में एक सिख हैं—पकी दाढ़ी-मूँछवाले, सादे, सरल। वे मुझसे बात करने लगते हैं। वे बताते हैं कि वे छोटे भाई की संरक्षकता में आए थे। बाल-बच्चे अभी भी पंजाब में हैं,

बुला नहीं पाए हैं। भाभी के साथ रहते हैं। अंग्रेज़ी नहीं आती, मगर इस काम में भाषा ज्ञान की ज़रूरत नहीं है। घर की बहुत याद आती है। पैसे जुटें तो परिवार को बुलाएँ; पर बचें कैसे, सारी कमाई भारत टेलीफ़ोन करने में फुँक जाती है। एक बार फ़ोन करो तो फिर रखने का मन ही नहीं होता। भाई खिलाता-पिलाता है पर भावज टेलीफ़ोन के पैसे रखवा लेती है। क्या करे, वह भी तो आठ घंटे रोज़ 'कैशियर' का काम करती हैं। बात करते-करते सरदारजी की आँखें गीली हो आती हैं। न्यूयार्क में इतने हिंदुस्तानी हैं, मगर खड़े होकर बात करने का फ़ालतू समय किसके पास है ?

यह कोई नई गाथा नहीं है, गली-गली यही कहानी है। अपने हरे-भरे खेतों, धरती, देश को छोड़कर एक किसान अमेरिका की एक सड़क के कोने पर अख़बार बेचता है—बर्फ़, पानी, धूप, हर मौसम में। किसलिए ? एक सुखी जीवन के स्वप्नों के लिए, जिसमें हर कमरे में रंगीन टी.वी. और वीडियो और हर सदस्य की अपनी गाड़ी होगी। पर उसका मन तरसता रहता है, अपनी मिट्टी की गंध के लिए, गन्ने के ताज़े रस और आग पर भुनते हरे चनों के स्वाद के लिए। यह तो स्वप्नों के साकार होने पर ही पता चलेगा कि उसने क्या खोया और क्या पाया।

न्यूयार्क में मैं डेढ़ दिन एक भारतीय दंपति के साथ बिताती हूँ। पति भारत सरकार से संलग्न हैं, पत्नी अपने को बहुत सुंदर समझती हैं और उससे स्वयं अभिभूत रहती हैं। यह फ्लैट एक ऊँची इमारत की दसवीं मंज़िल पर है। चारों ओर काँच की खिड़कियाँ, जिनसे धूप और प्रकाश कमरों को उजागर रखता है। चमाचम फ़र्नीचर, ग़लीचे और दीवारों पर चीतों और तेंदुओं की खालें। उस सुरुचिपूर्ण वातावरण में हिंसा का यह पुट मुझे चौंकाता है। यह पति के स्वयं शिकार किए हुए हैं, पत्नी गर्व से मुझे बताती हैं। मैं तब शांत स्वभाव के, प्रायः मौन रहनेवाले पति को नई दृष्टि से देखती हूँ। सच है, कभी-कभी सतह कितनी धोखा देनेवाली होती है। गोली-बंदूक लेकर जंगल में चीतों और तेंदुओं की हत्या करनेवाले व्यक्तियों के सिर पर शैतान की तरह सींग नहीं होते। मैं कौन होती हूँ किसी की कुछ भी हौबी पर निर्णय देनेवाली। फिर भी, गांधीवादी और अहिंसा बरतनेवाले परिवार में पली होने के नाते मुझे उस वातावरण में आस्वस्ति-सी लगती है और दंपति की सौजन्यता और स्वागत के बावजूद भी मैं वहाँ से चलने का निश्चय कर लेती हूँ। इसका एक कारण और भी है। आतिथेया का रेफ्रिजरेटर एकदम ख़ाली है। उन्होंने रात का खाना मुझे बाहर खिलाया था—महँगा और स्वादिष्ट। मैं ठीक तरीक़े से प्रभावित भी हुई थी। फिर भी बौस्टन से चलते समय मैं अपनी कॉफ़ी और दो दिन के लायक ब्रेकफ़ास्ट सीरियल हैन्डबैग में रख लाई थी। यह मेरे साथ कई बार हो चुका है; किसी के घर गई हूँ और वहाँ खाने की छुट्टी है कि हम तो सुबह सिर्फ़ चाय पीते हैं, और लंच नहीं खाते। बस शाम को बाहर खा लेंगे, क्योंकि

घर में खाना बनाने से रसोई गंदी हो जाएगी। शायद यह अमरीकी जीवन की अनौपचारिकता है जो भारतीयों ने भी अपना ली है। हमारा दिन का लंच बाहर है, इसलिए सुबह मैं अपने आप कॉफ़ी बनाकर अपने कॉर्नफ्लेक्स खा लेती हूँ और न्यूयार्क में पूरे दिन की कॉन्फ्रेंस के लिए तैयार हो जाती हूँ। कुछ देर में आतिथेया उठकर आती हैं, वे बहुत खूबसूरत नाइटी पहने हुए हैं और वे मुझसे चाय के लिए पूछती हैं। उनकी रसोई में मेरे गोपनीय नाश्ते का कोई चिह्न नहीं है। मैंने प्याला, तश्तरी, कटोरी सब धोकर रख दी है। मैं उनके साथ चाय पीती हूँ—वे पूछती हैं कि क्या मैं कढ़ी-चावल खाना पसंद करूँगी। कढ़ी-चावल मेरी दुर्बलता है, इसलिए मैं हाँ कह देती हूँ। जब वे ग़रम करके मेरे सामने लाती हैं तो मुझे याद आता है कि यह कई दिन की बासी होगी। क्योंकि जब मैंने उन्हें बौस्टन से फ़ोन किया था तो उन्होंने कहा था कि वे कढ़ी बना रही हैं। फिर भी, मैं उनके प्रति आभार प्रदर्शित करती हुई दो-एक चम्मच खा ही लेती हूँ। वैसे भी ताज़े और बासी का विचार यहाँ भारत से अलग है। कितने ही लोग शनिवार, रविवार को सारे सप्ताह के लिए खाना बनाकर रख लेते हैं। एक बार आटा सानते हैं और आठ-दस दिन गुज़र कर लेते हैं। चार दिन की बासी कढ़ी बहुत लोगों को बासी नहीं मालूम होगी। परंतु मुझे परिवार और माँ के संस्कार विरासत में मिले हैं। नए-नए व्यंजन और अनुपात से अधिक सत्कार अतिथि सेवा का अभिन्न अंग माना जाता है।

तैयार होने के बाद हम पैदल विश्वविद्यालय की ओर चल देते हैं—दिन सुंदर है, धूप-भरा परंतु ठंडा। विश्वविद्यालय के मुख्य द्वार पर पुलिस का पहरा रहता है। और अंदर जाने के लिए नाम दर्ज कराना पड़ता है। न्यूयार्क में कुछ इलाके ऐसे हैं जहाँ दिन-दहाड़े भी लोग जाने की हिम्मत नहीं कर पाते, पैदल चलना तो दूर रहा। वे इलाके भी जो आबादी के बीच हैं, जैसे सेंट्रल पार्क, वे भी पूर्णतया सुरक्षित नहीं हैं। यह अमेरिका का दूसरा चेहरा है, कुरूप और विकृत। चोरी, छीना-झपटी यहाँ आम बात है। मेरा भी पूरा का पूरा पर्स चोरी हो चुका है। दिन-दहाड़े हत्याएँ और मादक पदार्थों का सेवन बहुत बढ़ा-चढ़ा है। पूरे वर्ष में दो हज़ार से ऊपर हत्याएँ होती हैं। अगर किसी दिन न्यूयार्क में कोई हत्या नहीं होती तो वह अपवाद माना जाता है और अख़बार में सुर्खियाँ आ जाती हैं। अब तो छः-सात साल के बच्चे भी मादक पदार्थों का उपयोग ही नहीं करते, बल्कि विक्रेता भी बने हुए हैं। और ज़रा से वाद-विवाद में बच्चों में गोली या छुरा चल जाना आम बात हो गई है। यही नहीं, तीन-तीन पीढ़ियाँ ड्रग सेवी हैं। प्रौढ़, तरुण, बच्चे। नशाख़ोर माँओं के बच्चे भी जन्म से ही ड्रग के आदी हो चुके होते हैं। अक्सर सरकार ऐसी माँओं से बच्चे लेकर दूसरे परिवार में पलने दे देती है। परंतु यह तो एक हल्की-सी पट्टी बाँधने जैसा उपचार होता है। इससे कोई समस्या हल नहीं होती। हथियार से लैस रहना अमरीकी जनता का अधिकार माना जाता है और विधानसम्मत भी है। यह

कानून तब बना था जबकि कई सौ साल पहले अमेरिका बसाया जा रहा था और अपने बचाव के लिए नागरिकों को बंदूक की अक्सर ज़रूरत पड़ती थी। पर अब बड़े-बड़े नगरों को, शहरी जंगल कहा जाने लगा है। असली जंगलों में शिकार होता था हिंसक पशुओं का; पर शहरी जंगल में स्त्रियाँ, पुरुष, बच्चे कोई भी सुरक्षित नहीं हैं। शायद इसीलिए दीवारों पर चीते और तेंदुए न्यूयार्क के परिवेश में तर्कसम्मत लग सकते हैं।

5

अगर बाहर न देखा जाए तो इस रविवार की सुबह यही लगेगा कि हम भारत में हैं। टेलिविजन पर भारतीय कार्यक्रम चल रहा है, रसोई में गरम-गरम आलू के पराँठे बन रहे हैं। मौसम बिलकुल वैसा ही हो गया है जैसा फागुन में होता है। उजली-उजली धूप और हल्की-सी गर्मी। बाहर अज़ेलिया गहरे गुलाबी गुच्छों में झाड़ियों में लटके हुए हैं।

मैं अब मैनहैटन के आतिथेयों से विदा लेकर बहुत पुराने मित्र परिवार के साथ हूँ। ये लोग आइलैंड में रहते हैं। घर छोटा और पुराना है, पर हर जगह पत्नी की सुरुचि और परिश्रम के चिह्न हैं। उन्होंने दुकानों से सेकेंड-हैंड फ़र्नीचर ख़रीदा है, पुरानी पद्धति का, भारी-भारी लकड़ी से बना हुआ, मज़बूत। उसे नया रिफ़िनिश किया है अपने आप। नए रंग और नई वार्निश से। पति और बेटे ने मिलकर घर के पिछवाड़े एक नया कमरा बनाया है और संलग्न गुसलख़ाना। रसोई का दरवाज़ा इधर से उधर करने से काफ़ी जगह बन गई है। पति प्रोफ़ेसर हैं, बेटा आर्टिस्ट, लड़की प्रिमेड कर रही है। डाक्टर बनने की तैयारी में पत्नी काम भी करती हैं, मनोविज्ञान में एम.ए. कर रही हैं और बाक़ी समय में घर की देखभाल करती हैं। मुझे यहाँ आकर एकदम अपनापन-सा लग रहा है। अपना शयनकक्ष मुझे देकर पति-पत्नी रात को सोफ़े पर सोए हैं। यह बात मुझे बहुत खली है परंतु मैं विवश हो गई हूँ।

न्यूयार्क में रविवार को दो घंटे भारतीय प्रोग्राम आता है, पहले आपकी फ़रमायश, फिर कुछ लोकनृत्य और बाद में किरण वैराले द्वारा पंकज उधास का साक्षात्कार। रविवार को पंकज उधास की संगीत संध्या है और उसी दिन हैदराबाद सोसाइटी द्वारा तलत अज़ीज़ का कंसर्ट। जानेवालों को पंकज और तलत के बीच चुनना पड़ेगा। पर मैं कल ही वापस जा रही हूँ, इस संतोष के साथ कि दोनों ही शिकागो में जल्दी ही पहुँचेंगे। अधिकतर कलाकार, न्यूयार्क, शिकागो, ह्यूस्टन और लॉस एंजेल्स के त्रिकोण का टूर करते हैं। मैडिसन से शिकागो का रास्ता सिर्फ़ दो-

ढाई घंटे का है इसलिए हम लोगों को सुविधा रहती है।

टेलिविज़न के भारतीय प्रोग्राम में बीच-बीच में विज्ञापन भी हैं, साड़ियों, आभूषणों, मसालों और रेस्तराओं के। कहीं चाट-पकौड़ी खाने का आग्रह है, कहीं इडली-दोसा। मुग़लई भोजन भी उपलब्ध है पर ढाबा कहीं नहीं। शायद न्यूयार्क का स्वास्थ्य विभाग खुली जगह में पकाने-खाने का परमिट नहीं देता।

प्रोग्राम के अंत में, खा-पीकर हम बाज़ार के लिए निकलते हैं। बाज़ार, यानी जैकसन हाइट्स। छोटा भारत; जहाँ की दो-तीन सड़कों पर भारतीय दूकानें ठसाठस भरी हैं, और सब्ज़ी मंडी और करौलबाग का मिला-जुला दृश्य। वैसा ही यातायात, वैसी ही भीड़, और वही भारतीय चेहरे। साड़ियों की दूकानों में सेल चल रहा है। 'इंडिया साड़ी पैलेस' में एक साड़ी ख़रीदने से दूसरी मुफ्त। 'ताज साड़ी' में चार लेने पर पाँचवीं मुफ्त और 'शारदा साड़ी' में साठ प्रतिशत की छूट। पहले इन दूकानों पर कृत्रिम रेशम, नाइलौन, पौलिएस्टर की ही साड़ियाँ मिलती थीं। पर अब एक ऐसा वर्ग तेज़ी से उभरा है जिसके पास पैसा है, जिसका कोई संबंध भारत से नहीं रहा है। जो भारत जाना समय और धन का अपव्यय समझता है, ऐसे लोगों के लिए छोटा-सा भारत ही उठकर अमेरिका आ गया है। असली रेशम की साड़ियाँ, शलवार-सूट, टिशू के बनारसी दुपट्टे अब आसानी से उपलब्ध हो गए हैं। इसीलिए हर तीसरी दूकान सोने-चाँदी की है, जिनमें खचाखच मूँगा, मोती और सोने के आभूषण भरे हैं। कई-कई हज़ार डालर के भव्य चाँदी के मंदिर भी बिक रहे हैं। दूकानों पर इतनी भीड़ है कि सेल्स गर्ल्स सीधे मुँह बात नहीं करतीं। यह बात भी सीधे भारत से आई है। ग्राहक से उपेक्षा या अवहेलना से व्यवहार करना हमारी राष्ट्रीय विशेषता है। कहीं भी जाओ, लगता है कि ख़रीददारी करके आप सेल्स गर्ल को कितना कष्ट दे रहे हैं। न्यूयार्क में हम खड़े रहते हैं, उस भीड़भाड़, रेलपेल के बीच। बाद में लगता है कि दूकानों में ख़रीददार कम हैं, तमाशबीन अधिक। पर हम पर ख़रीददारी का मूड आ गया है और हम एक-एक साड़ी के दाम देकर एक मुफ्त साड़ी ले लेते हैं। मुफ्त साड़ियाँ सस्ती और छटनी की हैं। उनमें से पहनने लायक़, कम-से-कम हमारे, एक भी नहीं है। हम बेवकूफ़ बन गए हैं, इस भावना को लिए, पर एक-दूसरे से न कहते हुए बाहर आ जाते हैं, बाहर आतिथेय बहुत उकताए और सज़ा भुगतनेवाली मुद्रा में खड़े हैं। हम खुद तमाशबीन बने सड़क के एक सिरे से दूसरे सिरे तक टहलने लगते हैं—खिड़कियों के अंदर साड़ियों, भारी-भारी सोने की चूड़ियों, मोती की लड़ियों, तंदूरी चिकन, प्याज़ की ढेरी को देखते हुए। 'भिंडी ब्रदर्स' में सब्ज़ी नहीं, सोना बिकता है, इस बात पर हमें हँसी आती है।

मैं सहसा ही थक जाती हूँ—और कहीं रुककर चाट खाने के निमंत्रण को नकार कर, बस घर लौटना चाहती हूँ। पर जो भीड़ सड़कों पर लगी हुई है वह न्यूयार्क

के ही लोग हैं जो हर सप्ताह बाज़ार आते हैं। तरकारी-भाजी लेकर, खाना खाकर रात को घर लौटते हैं। जगह-जगह परिचित एक-दूसरे को आवाज़ देते हैं, मिलकर खड़े होते हैं, स्त्रियाँ एक-दूसरे के थैलों में झाँकती हैं। हरियालीरहित ईंट, लोहे और कंकरीट के जंगल में, हर समय भाग-दौड़ और स्पर्धा में बिताकर भारत के टुकड़े में कुछ समय बिताना एक भावनात्मक आवश्यकता बन जाती है।

अमेरिका में खाना-पीना सस्ता है और दाल-चावल, रोटी तो और भी सस्ती पड़ती है। इसलिए प्रायः आम भारतीय पैसा बचा लेता है। सबसे पहले वह एक बढ़िया मोटरगाड़ी ख़रीदता है। फिर आय के अनुसार घर ख़रीदता और बनवाता है और अगर डाक्टर या व्यवसायी होता है तो सोने की ईंटें और हीरे ख़रीदता है। अमेरिका में बच्चों को कालेज और युनिवर्सिटी में पढ़ाने का ख़र्च लाखों में आता है। नौकरीपेशा परिवार बच्चों को अच्छी शिक्षा देने के लिए लुटे-पिटे से रहते हैं। मेरे आतिथेय केवल मेरे लिए ही इस बाज़ार में आए हैं। अचानक मुझे दो साड़ियाँ भी भार लगने लगी हैं। परंतु, आसपास खूब ख़रीदारी हो रही है—काफ़ी कुछ भारत ले जाने के लिए भी। सुबह से शाम खटकर, रेस्तराँ में बर्तन धोनेवाला जब घर जाता है तो उसके बड़े-बड़े सूटकेसों में तरह-तरह का सामान ठुँसा रहता है। मैं भी इसकी दोषी हूँ, मेरे सूटकेसों में दर्जनों इत्र, पचासों लिपस्टिकें, साड़ियाँ, न टूटनेवाले बर्तन, बच्चों के लिए 'लीवाइ जीन्स,' तरह-तरह की इबारतोंवाली बनियाइनें, गुड़ियें, रेडियो से चलनेवाली मोटरें रहती हैं। बहनें हैं, भानजियाँ, भतीजियाँ, उनके पति, बच्चे, मेरी अपनी सहेलियाँ, उनके परिवार। ममेरी-फुफेरी बहनें और भाभियाँ, सभी के लिए एक छोटी-सी प्रतीकात्मक भेंट ले जाना मुझे अच्छा रहता है। सिर चढ़ी भानजी मुझे डाँटती रहती है, परंतु सूटकेस खुलने पर जब उसे पसंद का इत्र मिलता है तो वह सहर्ष रख लेती है। और इसीलिए सालोंसाल ख़रीदारी चलती रहती है, मेरी ही नहीं, भारत जानेवाले सभी लोगों की। मुझे उन लोगों से ईर्ष्या होती है जो केवल अपना सामान लेकर भारत जाते हैं और केवल अपने लिए ख़रीदारी करते हैं। मेरे लिए, एक छोटी-सी लिपस्टिक या बच्चे के लिए खिलौना देना, चाहे लेनेवाले के लिए कोई मायने न रखे, इस बात का प्रतीक है कि तुम हो, मैं जुड़ी हुई हूँ कुनबे क़बीले से, और मुझे तुम्हारी याद रहती है।

घर लौटते हुए हम जिस सड़क से गुज़रते हैं वहाँ से लोग, रंगीन टी.वी., वीडियो, कैमरे लेकर बाहर निकल रहे हैं। यह लोग जब स्वदेश जाते हैं तो इनके गले में सोने की जंजीर होती है और पत्नियों के हाथों में कई-कई तोले की चूड़ियाँ। यह न्यूयार्क के जीवन का ऐसा सुनहरा दृश्य खींचते हैं कि सुननेवालों को वह सचमुच झिलमिल रंगों का शहर लगने लगता है। जो न्यूयार्क सचमुच है। जहाँ की वॉल स्ट्रीट और स्टॉक एक्सचेंज में करोड़ों का वारान्यारा होता है, जहाँ सबकुछ

है, नौ-दस करोड़ का एक-एक फ्लैट और कूड़े की ढेरी के पीछे, अख़बार से मुँह ढँके सोया एक बेघर ग़रीब भी, जिसे लोग देखकर अनदेखा कर देते हैं।

6

अभी कुछ दिन पहले एक बड़ा समारोह हुआ था, 'अमेरिका में भारतीयों की संस्था' का वार्षिक उत्सव। इस संस्था का मुख्य उद्देश्य सांस्कृतिक उत्सवों का आयोजन और यहाँ की जनता में भारत के बारे में ज्ञान-वृद्धि ही है। पहले यह संस्था होली-दीवाली भी मनाया करती थी परंतु अब पूर्ण रूप से धर्मनिरपेक्ष हो जाने के कारण ये उत्सव बंद हो गए हैं। उसके साथ गरबा, डाँडियों या बैसाखी पर भाँगड़ा भी बंद हो गया है। अब हम अगस्त में स्वतंत्रता दिवस मनाते हैं, जिसमें इन सभी प्रदेशों का भोजन, पोशाकें और नृत्य सम्मिलित रहते हैं।

न्यूयार्क और आसपास क़रीब 2,50,000 भारतीय रहते हैं जिनमें से काफ़ी कुछ राजनीति, व्यवसाय और अन्य क्षेत्रों में अपनी पहचान बना रहे हैं। अमरीकी विधायक, मेयर और महापालिका के लोगों का ध्यान इस बड़ी जनता के मतदान की ओर गया है। विधायक स्टीवेन सोलार्ज़ जो आजकल भारत के राजदूत हैं, भारतीयों के वोटों के प्रति विशिष्ट रूप से सजग थे और उनके दफ्तर से हम लोगों को नियमित रूप से पत्र एवं न्यूज़ लैटर आते रहते थे। न्यूयार्क में संगीत संध्याओं, ख़रीदफ़रोख्त और खाने-पीने के अतिरिक्त दूसरे भी कार्यक्रम होते हैं। जैसे कि 15 अगस्त को स्वतंत्रता दिवस की परेड, जिसमें मेयर डिन्किन भी कुर्ता पहनकर सम्मिलित हुए और विनोद खन्ना, मीनाक्षी शेषाद्रि, अनुराधा पौदवाल और संत मोरारी बापू के साथ-साथ मंच पर से भाषण दिया, जिसका जनता ने बड़े जोश के साथ स्वागत किया।

न्यूयार्क में हर वर्ष सौंदर्य प्रतियोगिता भी होती है, यद्यपि उसकी उपयोगिता क्या है, इसके बारे में मैं अंधकार में हूँ। महानगर में सौ से अधिक प्रादेशिक और धार्मिक संस्थाएँ भी हैं जिनमें नियमित रूप से भजन-कीर्तन और सत्संग होता रहता है। भारत में जो लोग कभी भी मंदिर न जाते होंगे, यहाँ आकर धार्मिक हो जाते हैं। सत्यनारायण-कथा केवल एक अनुष्ठान ही नहीं बल्कि एक सामाजिक मिलन का अवसर-सा बन जाता है जिसमें रेणु ने क्या भोज दिया और सुनीता ने कड़ाह भरकर खीर बनाई, इसकी चर्चा महीनों होती रहती है। कथा के लिए बाक़ायदा मंदिर से पंडित आते हैं और क्योंकि बच्चों की मातृभाषा अंग्रेज़ी बन गई है इसलिए कथावाचन पंडितजी की ग़लत-सलत अंग्रेज़ी में ही होता है। भारत से कुछ दिनों के लिए आई मेरी भानजी अलका को यह सब विचित्र-सा लगता है।

भारत में जीवन गतिशील है, परंतु विदेश आकर हमारा जीवन जैसे स्थिर हो गया है। अधिकांश लोगों की यादें आने के समय के रीति-रिवाज़ों पर ही रुक गई हैं। पिछले तीस वर्षों में भारत में परिवर्तन आया है, इसे लोग स्वीकारना नहीं चाहते क्योंकि अपने विचारों और मान्यताओं को बदलना काफ़ी परिश्रम और जोखिम का काम होता है। उसी समय और परिवेश से जुड़े रहने में कुछ मेहनत नहीं करनी पड़ती। उससे मन में सुरक्षा भी रहती है, क्योंकि वही पुरानी छवि मन में टँगी रहती है। स्वतंत्रता दिवस के समारोह में सभी अतिथि बार-बार यही दोहराते हैं कि जनता का स्वदेश-प्रेम और इस दिन के प्रति उत्साह देखकर उन्हें बहुत हर्ष और अचंभा होता है।

इस परेड का अंत एकदम न्यूयार्कीय ही है। परेड के अंत में थोड़ी-सी कहा-सुनी होने के कारण एक दर्शक दूसरे को बंदूक निकालकर गोली मार देता है। भगदड़ मच जाती है। पुलिस तत्काल आक्रमणकारी को गिरफ्तार कर लेती है। वह पाकिस्तान का नागरिक है। घायल को एम्बुलेंस अस्पताल लेकर दौड़ती है। हज़ारों दर्शक घर लौटते हैं। अगले दिन के अख़बार में घायल के मरने या जीने की कोई ख़बर नहीं है। गोली बंदूक तो न्यूयार्क में आम बात-सी है, शायद इस कारण, या एक भारतीय युवक का जीवन-मरण इतना महत्वपूर्ण नहीं है, या पाकिस्तान-भारत का कोण आ जाने के कारण ख़बर दबा दी जाती है। असली विवरण न्यूयार्क से 'इंडिया अब्रौड' या 'न्यूज़ इंडिया' में मिलेगा जो साप्ताहिक विशेष तौर से भारतीयों के लिए ही निकलते हैं, और जिनमें बंबई में सोने के भाव से लेकर अमेरिका में बसे भारतीयों के लिए विवाह-विज्ञापन भी होते हैं।

साठोत्तर दशक में आए हुए परिवारों के बच्चे अब कालेज में प्रवेश कर रहे हैं। हाई स्कूल से निकलना अमरीका में एक बहुत बड़ी बात समझा जाता है क्योंकि शिक्षा बहुत महँगी होने के कारण एक बहुत बड़ा वर्ग कालेज में पढ़ने से वंचित रह जाता है। हाई स्कूल से इस बार हमारे शहर में सत्रह भारतीय अमरीकन बच्चे निकल रहे हैं। हर बच्चा हर मायने में अमरीकी है। उसका जन्म यहीं हुआ है। वह यहीं बड़ा हुआ है। सत्रह बच्चों में एक भी बच्चा भारतीय भाषा नहीं जानता। समझ भले ही ले, उसे बोलने में शर्म आती है। जवाहरलाल नेहरू कहने में उसकी ज़बान वैसे ही लड़खड़ाती है जैसे एक अमरीकी की। गांधी का नाम उसने फ़िल्म के संदर्भ में ही जाना है। समारोह के अंत में जब हम 'जन गण मन' गाते हैं तो वह दायाँ हाथ सीने पर रखकर गाता है 'अरे, क्या तुम देख सकते हो, भोर के उजाले में, अपना सितारों-मंडित, धारीदार झंडा।' उसके लिए यही यथार्थ है। वह अतीत से कट चुका है। उसके लिए अब केवल वर्तमान है और शानदार भविष्य। पर एक यथार्थ सदा उसके साथ जुड़ा रहेगा—वह है भारतीय चेहरा। ऐसे बच्चे, हँसी में अपने को नारियल कहते हैं। ऊपर से भूरे, अंदर से सफ़ेद। हम, यानी

एशियाई भारतीय गोरी, काली, या पीली संज्ञा में नहीं आते। अमेरिका में किपलिंग का अब भी बोलबाला है, इसलिए पीठ पीछे हम भूरे कहाते हैं। बच्चों को छोटी आयु में ही अपने मुख्यधारा से अलग होने का बोध हो जाता है और तभी माता-पिता और उनकी संस्कृति से अपने को काट लेने का प्रयत्न प्रारंभ हो जाता है। पाँच साल की बच्ची जो स्कूल जाने से पहले हिंदी बोलती है, स्कूल में जाते ही बदलने लगती है। वह माँ से कहती है, तुम साड़ी पहनकर मुझे लेने मत आया करो। तुम हाथ से खाना क्यों खाती हो ? उसका उठना-बैठना, बातचीत साल-भर में बदल जाती है। कुछ माता-पिताओं को, विशेषकर जिनकी अपनी शिक्षा में कमी है, बच्ची का अमरीकी व्यवहार, लहजा बहुत गर्वोन्नत करता है। कुछ के लिए यह स्थिति बहुत दुखद होती है। वे चाहते हैं कि उनके बच्चे दोनों संस्कृतियों के साझेदार बनें। अपना देश भले ही उन्होंने परिस्थितियों या महत्वाकांक्षावश छोड़ दिया हो, पर हज़ारों साल पुरानी अपनी सभ्यता को ढाई सौ वर्षों के नए देश के लिए छोड़ना उन्हें मान्य नहीं होता। वे चाहते हैं कि बच्चे दोनों को उत्तम और श्रेष्ठ ही ग्रहण करें। परंतु यह आशा प्रायः निष्फल हुई है। प्रायः भारतीय बच्चे माँ-बाप की स्थिति का लाभ ही उठाते हैं। अमीर से अमीर अमरीकन बच्चा दस साल की उम्र से आत्मनिर्भर बनने का प्रयत्न करता है। वह जाड़ों में बर्फ़ साफ़ करता है और गर्मी में घर-घर घास काटता है भले ही उसका पिता अपनी कैडिलैक पर घास काटने की मशीन रखकर लाए। वह मुझसे जब एक सप्ताह की छुट्टी माँगता है तो कहता है, हम एक सप्ताह को लंदन जा रहे हैं या बड़े दिन पर अपने 'विला' जो कैरीबियन में है, वहाँ। वह एवज़ी लगाकर जाता है। पर मेरी पहचान में शायद ही कोई भारतीय बच्चा ऐसा काम करता हो, दूसरे के घर काम करने की बात दूर, अपने घर की ही घास काटने या बर्फ़ साफ़ करने में आनाकानी करता है। अमरीकन बच्चा दसवाँ पास करने के बाद घर से अलग हो जाता है। अगर माँ-बाप उसे आगे पढ़ने में मदद करते हैं तो बहुत ही अच्छा, पर उसे अपेक्षा नहीं रहती कि वे उसे पढ़ाएँ ही। वह आगे पढ़ता है तो अपने बलबूते पर—कर्ज़ लेकर, नौकरी करके। भारतीय बच्चा माँ-बाप के पैसे पर आगे पढ़ता है। माँ-बाप भी उसको काम न करने देकर गौरवान्वित अनुभव करते हैं क्योंकि बिरादरी में यह सिद्ध हो जाता है कि वह कितने समृद्ध हैं। इन बच्चों में अच्छाइयाँ भी होती हैं। वे शराब और मादक पदार्थों से दूर रहते हैं, जमकर पढ़ाई करते हैं क्योंकि उनके पास समय और महत्वाकांक्षा दोनों होती हैं। साथ में परिवार भी एड़ लगाता रहता है। तुम्हें डाक्टर बनना है, तुम्हें कंप्यूटर साइंटिस्ट—परंतु कुछ बच्चों को भारत के प्रति जिज्ञासा हो जाती है कि हम कौन हैं, हमारी जड़ें क्या हैं। इनकी खोज करते हुए वह हमारे विभाग में आते हैं और भगवद्‌गीता और रवींद्रनाथ ठाकुर पढ़ते हैं, या 'भारत की प्राचीन संस्कृति' नामक क्लास में नाम लिखाते हैं। बी.ए. की पढ़ाई

में हर विद्यार्थी को ज्ञान के विस्तार के लिए कई वैकल्पिक क्लास लेने पड़ते हैं। कुछ वर्षों से विभाग में भारतीय, पाकिस्तानी, मलेशियन, चीनी, जापानी विद्यार्थी आने लगे हैं। जब आम अमरीकी नई पीढ़ी से भारत के बारे में पूछता है तब उन्हें लगता है कि अरे, हम तो अपने पूर्वजों के बारे में कुछ नहीं जानते। इसी का समाधान करने के लिए वे भारत संबंधी विषय पढ़ने लगते हैं। मुझे ऐसे जिज्ञासु विद्यार्थी अच्छे लगते हैं। मेरा भरसक प्रयत्न रहता है कि मैं तटस्थ और निरपेक्ष भाव से उन्हें पढ़ाऊँ। फुलब्राइट स्कालरशिप पर आते समय कुमारी औलिव रेडिक ने हमसे कहा था : "याद रखें कि आप सब भारत का प्रतिनिधित्व कर रहे हैं।" बड़े भाई भी, जब कभी-कभार पत्र लिखते तो यही लिखते—अपने परिवेश और परिवार के आदर्श याद रखना। भारतीय होने की गरिमा निभाना। कभी भी अपने आचरण से अपनी संस्कृति को धब्बा न लगने देना। कभी-कभी मुझे लगता है कि मैं एक अजूबा हूँ। आधी ज़िंदगी भारत से बाहर काटकर भी हर मायने में उससे अनन्य हूँ। मैं प्रयत्न करती हूँ कि मेरे भारतीय-अमेरिकन विद्यार्थी थोड़ा-सा गर्व अनुभव करें कि वे कितनी समृद्ध और प्राचीन सभ्यता की कड़ी हैं कि वे अमरीकी अख़बारी प्रचार, भारत की ग़रीबी, पिछड़ापन, स्त्रियों पर अत्याचार, पुरुषप्रधान समाज के परे भी देखें कि इस सबके बावजूद भी एशियाई सभ्यताओं में एक गरिमा, एक खुलापन और एक जीवंतता है। जिस क्लास में भारतीय भी हों और पाकिस्तानी भी; जिसमें कबीर, ग़ालिब के साथ-साथ रामायण भी पढ़ाई जाती हो, वहाँ हर समय सावधानी बरतनी पड़ती है। एक बार एक अफ़गान विद्यार्थी-संस्था ने मुझ पर ज़ोर डालने का प्रयत्न किया था कि मैं काबुलीवाला न पढ़ाया करूँ, क्योंकि उसमें क़ाबुलीवाले को चोर-उचक्का दिखाया गया है। ज़ाहिर था कि यह बात मैंने स्वीकार नहीं की, बल्कि उन्हें सुझाव दिया कि वे कहानी आद्योपांत ज़रा ध्यान से पढ़ें।

विस्कांसिन के राज्यपाल ने अमेरिका में भारतीय संस्था में बच्चों को प्रशस्ति पत्र देते हुए उनकी सराहना की और उन्हें राष्ट्र की निधि कहा। उन्होंने शेखर बेलु के साथ तस्वीर खिंचाई जो कि शब्दों के हिज्जे करने की प्रतियोगिता में विस्कांसिन में सफल हुआ था। सारे समय राज्यपाल वह चमकदार हार पहने रहे थे जो बच्चों ने उनके गले में डाला था और चूँकि हार विवाह के सामान की दूकान से ख़रीदा गया था, वह दूल्हे जैसे लग रहे थे। इस बात पर हम चुपचुप हँसे थे। जो बच्चे हाई स्कूल पास करके आगे पढ़ने जा रहे थे उनके भविष्य की शुभकामनाओं के साथ समारोह समाप्त हुआ। यह बच्चे सचमुच विशिष्ट हैं। जहाँ उनके माता-पिता अभी भी भारत से अपने को काट नहीं पाए, और अपने जीवन में क्या खोया, क्या पाया, नापते-तोलते रहते हैं, इन बच्चों में ऐसा कोई द्वंद्व या कशमकश नहीं है। वे पूरे-पूरे अमरीकी हैं। हर अवसर का लाभ उठाकर आगे बढ़ने को तत्पर।

अगर उन्हें कोई खेद है तो वह यह कि वह रंगरूप से हमेशा एशियाई ही रहेंगे और यहाँ की आम जनता से हमेशा अलग दीखेंगे।

7

पिछली शताब्दी में अक्सर ऐसा होता था कि योरप से आनेवाले आवासी अपने नाम प्रायः संक्षिप्त या संशोधित कर देते थे जिससे वह उच्चारण में सरल रहें और इस नए समाज में घुलमिल जाएँ। इसी कारण पीकेल्कोविय अपने को पाइक, मेलकौव्स्की को मेलनिक बना देते थे। हमारी पीढ़ी के भारतीय नाम, जो हमने एक भावनात्मक विवशता से वैसे के वैसे ही रखे, अमरीकनों को उच्चारण करने में बहुत दुरूह लगे। अंग्रेज़ी में कामिनी को कमीनी, शरद को शराड और मुझे आम तौर से यूषा कहा जाता है। पर जब नई पौध के बच्चे हुए तब माँ-बाप बहुत सतर्क रहे और रहते हैं कि उनका नवअमरीकन बच्चा समाज में एकदम घुलमिल जाए कि उसका नाम सीधा-सपाट हो जैसे सोना, रूपा, तुलसी या शंकर। काफ़ी परिवार स्वयं यहाँ के समाज में घुल-मिल गए हैं। वे भारतीय या धर्म संबंधी नाम छोड़कर अमेरिकन नाम ही चुनते हैं, क्रिस्टी, लीसा, एंजेला और जैसिका नाम की बच्चियाँ अक्सर दिखाई देती हैं। दूसरे परिवार भारतीयता को इतनी जल्दी अलग नहीं कर पाते इसलिए बच्चों को दो नाम देते हैं, जेनी उत्तरा, सैम शरद, पॉल कबीर, सचिन डेव आदि। एक और विकल्प है जिसमें सिद्धार्थ 'सिड', धीरेंद्र 'डेव', हरिहर 'हैरी' और सुचित्रा 'सू' बन जाती हैं। कुछ परिवार इस तथ्य से बेख़बर हैं और उनके कुंती, हार्दिक, अनल, रेचस् नाम के बच्चे स्कूल में अक्सर उपहास और विद्रूप के कारण बन जाते हैं। क्योंकि अमेरिकन अंग्रेज़ी और स्लैंग में इनका अर्थ कुछ और ही बनता है। कुछ लोग अभी भी बच्चों को मौलिक नाम देते हैं, बिना यह विचार किए कि कितनी जीभें इन नामों पर लड़खड़ाएँगी। प्रस्तावना, निर्णय, शिवगामिनी, जलचारी, शाश्वत और कुशाग्र। वैसे कुछ दिन पहले लड़कियों में प्रिया और लड़कों में राजीव बहुत प्रचलित था। आजकल ओजस्वी, तेजस्वी आदि नामों का बहुत चलन है और 'महाभारत' के वीडियो कैसेट पर उपलब्ध होने के बाद अर्जुन और विदुर दुबारा उभर रहे हैं। नामों से मैं विशेष तौर से आकर्षित होती हूँ। वैसे भी उपन्यास, कहानियों का एक पूरा संसार बसाने के लिए लंबी नामावली की ज़रूरत होती है। परिवार की परिपाटी भी रही है कि नाम कवित्वपूर्ण और ध्वनिरंजक और छोटा हो। मेरी माँ का नाम प्रियंवदा इसका अपवाद था। पर मेरी और बाद की पीढ़ी के नाम ऐसे ही रहे, छोटे-छोटे, सुरुचिपूर्ण, छाया, छवि, निधि, मित्रस, नेहा। अक्सर उपन्यास या कहानी में मुझे नाम बार-बार बदलने पड़ते हैं। बिट्टो या गुड्डो

में मुझे कोई भी मौलिकता नहीं दिखाई पड़ती। 'रुकोगी नहीं—राधिका' जब मानस में उमड़-घुमड़ रहा था, तब तमाम नामों का चयन किया परंतु कोई जमा नहीं। मैं काफ़ी उद्विग्न थी क्योंकि भारतीजी ने 'धर्मयुग' में छापने की अंतिम तिथि दे दी थी, और मेरी नायिका का नामकरण ही नहीं हो रहा था। बंबई से दिल्ली लौटते हुए एयरपोर्ट पर जब मैं बैठी हुई थी, एक छोटी-सी बच्ची पास आकर बैठ गई। जहाज़ पर चढ़ने से पहले उसकी माँ ने उसे पुकारा "राऽऽधिकाऽऽ" और वह स्वर उतने प्यार, दुलार और माधुर्य से गूँजा कि दिल्ली आकर मैंने तुरंत उस नाम को हथिया लिया। 'शेष यात्रा' की अनु में कई संभावनाएँ थीं, अनुराधा, अनन्य, अनुप्रिया, पर अंत में वह अनुका बनकर रह गई। नए उपन्यास की नायिका भी अंकित, अहल्या आदि नामकरणों के बीच में अनिश्चित है, जबकि कुछ कहानियों में पात्र जैसे नाम सहित ही जन्म लेते हैं। संदीपनी, चिरंतन, सैली, इन सब नामों को सोचने की कोई आवश्यकता नहीं पड़ी। मैं इस बात में विश्वास करती हूँ कि हमारा नाम हमारी अस्मिता और व्यक्तित्व को प्रभावित करता है। कभी-कभी मैं सोचती हूँ कि यदि मेरा नाम शन्नो या पार्वती होता तब क्या मेरा स्वभाव और जीवन भिन्न नहीं होता। शायद लोग बच्चों को जो पारंपरिक नाम देते हैं वह उनकी अभिरुचि और आचार-विचार का प्रतीक होता है। शायद शन्नो या पार्वती नाम पाकर मुझे आगे पढ़ने-लिखने और अपना जीवन आप गढ़ने की इतनी स्वतंत्रता न मिली होती। पर यह सब परिकल्पनाएँ ठाले बैठे मस्तिष्क की उपज हैं। फिर भी, बच्चों के नाम उनके माता-पिता के विचारों का प्रतिबिंब होते हैं, यह मैं मानती हूँ। जब मेरी क्लास में पाल श्रीवास्तव, जयदेव लूथर, जोडी (ज्योति), विवेका टैन्डी (टंडन) आती हैं तो मेरे मन में एक छवि बनती है, और जब लक्ष्मी, तुलसी क्रिस्टी और एंजेला तब दूसरी। मेरे यह विचार एकदम अपने हैं, बिना किसी वैज्ञानिक तथ्य के। कभी-कभी कोई अपने नवजात शिशु के नामकरण के लिए मुझसे पूछता है तो मैं असमंजस में पड़ जाती हूँ। कभी-कभी प्रश्न आसान होते हैं, गौरब के हिज्जे क्या होते हैं, गौरब नहीं गौरव, 'मौलिक' के अर्थ क्या होते हैं, भगवद्गीता में 'ऐशना' कहाँ आया है ? कभी-कभी मैं फ़ोन पर ही बता देती हूँ। कभी मुझे अपनी लाइब्रेरी में जाकर शब्दकोश देखना पड़ता है। पर शायद ही कभी किसी ने मेरा सुझाया नाम रखा हो। मेरे उपन्यासों से 'नील' या 'राधिका' भले ही प्रेरक रहे हों। वैसे मेरे शहर में 'नील' भी है और 'राधिका' भी। मगर मैं दावे से नहीं कह सकती कि उनके माता-पिता ने मेरे उपन्यास पढ़े हैं। यह केवल एक संयोग मात्र ही कहा जाएगा। नील भी आधा ही नाम है, नीलकंठ, नीलमणि, नीलकांत—इस सब पचड़े में न पड़कर मैंने आधे ही नाम को चुन लिया जो अपने में संपूर्ण है।

कभी-कभी मैं सोचती हूँ कि एंजेला, क्रिस्टी, लीसा राजकुमार, चार्ल्स के बड़े होने और अपनी ज़िंदगी गढ़ने तक अगर मैं रहूँ तो वह क्या बनते हैं यह देखना

रोचक होगा। कभी इस विषय पर समाजशास्त्रीय और वैज्ञानिक रूप से शोध की जा सकती है। जैसे मुस्लिम नामों और उनके अर्थ पर। हाल में मैंने कई पुस्तकें देखी हैं। परदेस में बच्चे के नाम के चयन में क्या-क्या कठिनाइयाँ होती हैं, यह अपने आपमें रोचक विषय है, क्योंकि बच्चा अस्पताल में होता है और तुरंत उसका नाम पूछा जाता है रजिस्ट्री कराने के लिए। इसलिए दो नाम, एक लड़के और एक लड़की का तुरंत प्रस्तुत करने के लिए ध्यान में होना ज़रूरी होता है।

नाम कुछ भी हो, यहाँ जन्मा और बड़ा हुआ बच्चा अलग ही दीखता है। उसका चेहरा भले ही भारतीय हो, उनकी चाल, उठना-बैठना, भावभंगिमा सब अमरीकी होती है—सतर, सपाट। लचक न उनके व्यक्तित्व में होती है न शरीर में। बचपन से ही अमरीकी स्कूल में पढ़ने और समाचार प्रसारण के कारण उनके मन में भारत की भी वही छवि रहती है जो आम अमरीकी रखता है। एक बहुत गर्म धूल गर्द-मंडित, उजाड़-सा, भूखे लोगों से ठसाठस भरा एक बहुत ग़रीब देश। ये बच्चे शुरू से ही भारत जाने से कतराते हैं, और बचपन से ही उनकी पसंद या नापसंदगी को बहुत अहमियत दी जाती है। ये बच्चे जब भारत जाते भी हैं तो सूटकेसों में उनके पसंद के खाद्य पदार्थ, यहाँ तक कि फलों के रस के डिब्बे भी होते हैं। बच्चा नानी-दादी आदि लाड़ करनेवाली वृद्धाओं से बात करने में असमर्थ रहता है, क्योंकि उसे सिर्फ़ अंग्रेज़ी आती है। भारत में सारे रिश्तेदार ऐसे बच्चे से प्रभावित और अभिभूत रहते हैं, वह भारत की रोज़मर्रा की ज़िंदगी में भाग नहीं ले पाता। वह अपने सूटकेस से निकला अपना खाना खाता है और उसके पीने के लिए बाज़ार से विशेष तौर से कैम्पा कोला या पेप्सी की बोतलें आती हैं। अमेरिका में रहने के कारण ऊँची आवाज़ में मूर्खतापूर्ण प्रश्न पूछने या संपादकीय टिप्पणी देने में उसे ज़रा भी शर्म नहीं आती और थोड़ा बड़ा होने पर वह भारत जाने से पूरी तरह इनकार कर देता है।

ऐसे भारतीय परिवार में जन्म लेने की एक विडंबना भी होती है, जबकि अधिकतर अमरीकी बच्चे तेरह-चौदह साल की उम्र से भरपूर डेटिंग शुरू कर देते हैं, भारतीय बच्चों को अक्सर माता-पिता का विरोध मिलता है, विशेष तौर से लड़कियों को, 'क्योंकि हम भारतीय हैं और यह हमारी कल्चर नहीं है' ऐसा उत्तर उन्हें बार-बार मिलता है। जो बच्चे डेटिंग करते भी हैं, उनके परिवार इस विषय में ख़ामोश ही रहते हैं। ज्यादातर लड़के अपने को इन नियमों से मुक्त कर लेते हैं, पर लड़कियों को कॉलेज में प्रवेश करने तक इसकी स्वतंत्रता नहीं मिलती। लड़कों को लेकर भी परिवार को धुकधुकी लगी रहती है कि अगर वह अमरीकी पुत्रवधू ले आया तो बुढ़ापे में उनका क्या होगा। वह तो दूसरे अनाथ वृद्धों की तरह उन्हें 'सीनियर सिटिज़न आवास' में पहुँचा देगी। यद्यपि आजकल की भारतीय उत्पत्ति की लड़कियों से बुढ़ापे में सास-ससुर को निभाने की उम्मीद कम लोगों को

रहती है, इसलिए परिवार की इच्छा होती है कि भारत में बड़ी हुई, पढ़ी-लिखी लड़की से विवाह करके उसे ले आया जाए और बहुत हद तक यह होता भी है। भारतीय लड़के अक्सर डेटिंग अमरीकन लड़कियों से ही करते हैं पर विवाह का समय आने पर आज्ञाकारी पुत्र बन जाते हैं। अमेरिका में जो लड़कियाँ बड़ी होती हैं उनके बारे में वही घिसे-पिटे विचार रहते हैं—स्वतंत्रमना, अंकुशहीन, शील और चरित्ररहित। मेरे पास जो लड़कियाँ पढ़ने आती हैं अक्सर अपनी दोहरी ज़िंदगी को झींकती रहती हैं। उन्हें तय किए हुए विवाह स्वीकार नहीं होते, और यहाँ के परिवेश में भारतीय लड़के उनसे डेटिंग या विवाह नहीं करते। अगर वे अमेरिकन लड़के के साथ घूमती हैं तो माता-पिता आपत्ति करते हैं। यदि लड़का अमेरिकन लड़की से शादी करता है तो मन में चाहे जैसा लगे, ऊपर से सास-ससुर बहुत प्रसन्न दीखने का अभिनय करते हैं और कुछ गर्वित भी होते हैं कि गोरी बहू घर में आ रही है। पर यदि अगर लड़की ऐसा करती है तो सदियों के पुराने संस्कार मन में उभरते हैं। यह परिवार के लिए नाक कटने की-सी बात होती है, और अक्सर ऐसे विवाह-अवसरों पर माता-पिता लंबा मुँह लटकाए दिखाई देते हैं। वे अपनी भावनाएँ ढँकने का भी प्रयत्न नहीं करते। साथ ही उन्हें यह भी लगता है कि अगर अमरीकी पुत्रवधू से बेटे का तलाक़ हो भी गया तो ऐसी लज्जा की बात नहीं है; क्योंकि वह पुरुष है। पर अगर इस त्वरित गति से भागते परिवेश में बेटी की दामाद से न पटी और विच्छेद हो गया, तो लड़की का क्या होगा। स्वतंत्र, स्वाभिमानी, स्वयं धन अर्जित करती लड़की मतभेद होने पर अलग हो जाना ही पसंद करती है। उसका विवाह भारत में करना भी खतरे से खाली नहीं। क्योंकि बहुत से लड़के केवल अमरीका आने के लिए ही विवाह करते हैं। एक बार पैर जमने पर बीवी को छोड़ देना आम बात हो गई है। ऐसी नई समस्याओं के सम्मुख दो ही प्रकार के बच्चे जयी होते हैं। एक तो वे जो भले ही अमेरिका में रहते हों, संस्कारों, आचरणों, विचारों से पूरे रूढ़िवादी और आज्ञाकारी बने रहते हैं। वे परिवार द्वारा ढूँढ़ा हुआ साथी, चाहे जयपुर से हो या बुंदेलशहर से, मंगलौर से हो या कोचीन से, सहर्ष ग्रहण कर लेते हैं, बिना किसी चूँचपड़ या वादविवाद के। या फिर वे बच्चे जो पूरी तरह अपने भारतीय संस्कारों से मुक्त हो चुके हैं और जो खुले आम दूसरे अमरीकी युवाओं की तरह आचरण करते हैं। ऐसे लड़के अमरीकी, काली, चीनी, जापानी, मैक्सिकन या अपनी ही तरह की भारतीय लड़कियों के साथ डेटिंग करते देखे जाते हैं। वह किसी अन्य भारतीय से मिलने पर इधर-उधर आँखें नहीं चुराते, बल्कि अपने साथी से परिचय कराते हैं। फिर भी उनकी माँएँ मन-ही-मन आशंकित रहती हैं और अक्सर मुझसे अकेले में कहती हैं 'रेखा पर आँख रखिएगा', या 'नीरज किसी ऐसी-वैसी लड़की के साथ दीखे तो बताइएगा।' परंतु मैं ऐसा करने से साफ़ इनकार कर देती हूँ जब कि मुझे मालूम है कि अन्य भारतीय और पाकिस्तानी बच्चों

की चुगली लगाने से बाज़ नहीं आते। तब माँओं के आगे दो ही विकल्प रह जाते हैं—या तो उन्हें आड़े हाथों लेना—आप अपने काम से काम रखें—हमें मालूम है कि हमारा बच्चा कितना शरीफ़ है या फिर फुसुर-फुसुर रोना कि 'हाय अब क्या करें—बच्ची नासमझी कर रही है, उसे कैसे रोकें—समझाएँ, वह सुनती भी तो नहीं—अब तो यही रास्ता बचा है कि 1630 में जब मेफ्लावर के यात्रियों ने प्लिमथ में जिस चट्टान पर पहले क़दम रखे थे, उसी चट्टान से अपना सिर फोड़ लें।'

8

आजकल भारत जाने का सीज़न निकट आ रहा है, आजकल सभी की यादें उभर रही हैं। हमारे लिए, विशेषकर नौकरीपेशा और बाल-बच्चोंवाले परिवारों के लिए एक गंभीर अभियान होता है। लोग काफ़ी पहले से पैसा बचाने और ख़रीदारी करने लगते हैं। प्रायः वाक्यों का प्रारंभ होता है 'जब इंडिया जाएँगे तो—' यहाँ जब लोग यात्रा करते हैं तो अधिकतर टूरिस्टी जगहें ही जाते हैं—लास बेगास, जुआ खेलने और वहाँ की शान-शौक़त देखने, या फ्लोरिडा, डिस्नीवर्ल्ड, एपकौट सेंटर। काफ़ी व्यवसाय वाले लोग जब दफ्तर के काम से कहीं जाते हैं तो परिवार को साथ ले जाते हैं, जैसे हवाई, या बहामा, या कानकून। मुझे जो बात अजीब लगती है कि अधिकतर स्त्रियों पर कोई भी प्रभाव नहीं दीखता; वह कभी अपनी यात्रा के बारे में बात नहीं करतीं। पूछने पर 'बहुत मज़ा आया' या 'जुए में सौ डालर जीते' के अतिरिक्त शहर, दर्शनीय स्थान वहाँ का अपना वातावरण—जैसे सबसे अनछुई ही लौट आती हैं। पति जब बात करते हैं तो किस होटल में ठहरे, कहाँ खाना खाया, कौन-सी एयरलाइन कैसी निकली; बस इतना ही। दूसरे लोग जब निकलते हैं तो अधिकतर संबंधियों और मित्रों से मिलने और ठहरने। तब सुनने में आता है, क्लीवलैंड गए थे, वहाँ से हरे कृष्ण मंदिर गए और पिट्सबर्ग में श्री वेंकटेश के दर्शन किए। भारत जाने से पहले भी हर भोज, हर उत्सव पर ऐसी ही बातें होती हैं। हम केवल लुफ्ट हंसा से यात्रा करते हैं, एयर इंडिया के बाथरूम बहुत गंदे होते हैं। मेरे यह कहने पर कि एयर इंडिया चलने के पहले ही मैं जब भारतीय संगीत हेडफ़ोन पर सुनने लगती हूँ—तभी से भारत निकट आ जाता है। भोजन में पूरी, पापड़, अचार और शाही पनीर और गुलाबजामुन—रही बाथरूम की बात, तो वही यात्री जो जर्मन परिचारिकाओं की घुड़की से दबकर बैठे रहते हैं, एयर इंडिया में शेर हो जाते हैं, हल्ला-गुल्ला करते हैं, बदतमीज़ी से पेश आते हैं। ख़ैर, यह ऐसा विषय है जिस पर कभी लोग मुझसे सहमत नहीं होते, क्योंकि भारत उनके लिए घर न होकर, एक विराट ख़रीदारी का अवसर और पर्यटनस्थल बन गया है।

'इस बार हम दक्षिण होकर आएँगे, या हम जयपुर गए थे', ऐसी बातें अक्सर सुन पड़ती हैं।

भारत बारह-तेरह एयरलाइनें जाती हैं। मगर फिर भी उन पर बुकिंग कम-से-कम आठ-दस महीने पहले से करवानी पड़ती है। छुट्टियों में तो विशेषकर। दिसंबर में जाने के लिए अगर सितंबर-अक्टूबर में फ़ोन करेंगे तो हर एयरलाइन बुक मिलेगी और गल्फ़, सिंगापुर जैसे सस्ते टिकटोंवाली तो और भी जल्दी। ऐसी दशा में, जो पूर्वयोजित कार्यक्रम नहीं बनाते हैं, उन्हें उन भारतीय ट्रैवल एजेंसियों का दरवाज़ा खटखटाना पड़ता है जिन्होंने कि इसी अवसर का लाभ उठाने के लिए ब्लाक के ब्लाक सुरक्षित करवा लिए होते हैं। इस दशा में अगर जाना ज़रूरी है तो मुँहमाँगे दाम देने पड़ते हैं। यह सारे काम टेलिफ़ोन से होते हैं, अख़बारों में विज्ञापन के भरोसे। इसमें ठगविद्या भी काफ़ी चलती है। टिकट पर ओ.के. है पर एयरलाइन की सूची में आपका नाम ही नहीं है। अब वेटिंग लिस्ट पर नाम आने का इंतज़ार कीजिए। मेरे साथ ऐसा एक बार हो चुका है, और मैंने उस एजेंसी की रिपोर्ट भी की; पर वह चल रही है और परिचित लोग उससे टिकट भी ख़रीदते हैं। जैसे भारत से विज्ञापन के भरोसे दूल्हा ले आना ख़तरे से ख़ाली नहीं है उसी प्रकार भारतीय ट्रैवल एजेंसी का भी कोई ठिकाना नहीं। कुछ साल पहले एक एजेंसी चालक लाखों रुपए खाकर ग़ायब हो गया था। फ़ोन पर सारी बुकिंग पक्की, एयरलाइन के कंप्यूटर पर नाम दर्ज, पर या तो उसने टिकटों के पैसे ही दबा लिए, या जिन्हें टिकट भेजे वे चोरी के थे। नतीजा यह हुआ कि कितने ही लोगों को जहाज़ पर चढ़ने से रोक दिया गया, और जो पहले ही निकल गए थे उन्हें भारत से लौटने के लिए नए टिकट ख़रीदने पड़े। वह भी रियायती नहीं, और विदेशी मुद्रा में। काफ़ी दिनों तक यह क़िस्सा भारतीय साप्ताहिकों और शहरों में चलता रहा।

चलिए, टिकट मिल भी गया तो पैकिंग शुरू कीजिए। अपनी बेतरह ख़रीदारी की लत के बारे में पहले ही उल्लेख कर चुकी हूँ। हाल यह होता है कि सूचियाँ बनने लगती हैं। ले जानेवाली चीज़ों का अंबार कमरे में लगने लगता है। जब केवल बीस किलो सामान ले जाने की आज्ञा थी तब बहुत चैन था। बीस किलो में अपने कपड़े और कुछ कागज़-पत्र ही अट पाते थे; पर जब से दो बड़े सूटकेस ले जा सकते हैं, तो उसके अनुपात से सामान भी बढ़ गया है। और हमेशा वही-वही सामान, मेकअप, साड़ियाँ, जूते-चप्पल, खिलौने, गरम स्वेटर, घुटनों के दर्द के उपचारवाले मोज़े, कमीज़ें, कैमरे—घड़ियाँ। जो मित्र पहले कहती हैं—कुछ मत ले जाओ, भारत में सब मिलता है, स्वयं चलने से पहले बनियाइन, और भारी-भारी काँच का सामान पकड़ा देती हैं ले जाने के लिए। ऊपर से हिदायत, बंबई में मेरी बहन घर के बनाए पापड़ देंगी, ज़रूर ले आना। पिछली बार मैं भी अपने लिए एक पूरे कटहल का अचार डलवाकर लाई थी। खाती तो हूँ नहीं, अचारों के मर्तबान

सजे रहते हैं तो देखकर अच्छा लगता है। मैं हर बार यह कहकर आती हूँ कि अगली बार सिर्फ़ हाथ हिलाती हुई आऊँगी तो सब हँसने लगते हैं। 'तुम कम्पल्सिव औबसेसिव' हो, तुमसे होगा ही नहीं', और होता भी नहीं है। पर मुझे संतोष इस बात का है कि यह मनोदशा अधिकांश लोगों की है। ईर्ष्या का विषय तो वे लोग हैं जिन्होंने भागने-दौड़ने और ख़रीदारी करने पर कंट्रोल कर लिया है और भारत जाकर एक-एक डिब्बा मिठाई पकड़ाकर छुट्टी पा लेते हैं। पर ये वही लोग हैं जो भारत जाकर अपने लिए ख़रीदारी करते हैं, भ्रमण करते हैं, गोआ और लद्दाख घूम आते हैं, मुझ-सरीखे नहीं, जिसे मित्रों और परिवार के बीच रमकर रहने में ही भारत आने की सार्थकता लगती है।

मेरे दुःस्वप्नों में भारत आना और लौटना एक स्थायी विषय बन गया है। सामान की चोरी, जहाज़ का छूट जाना, लौटकर पाना कि रास्ते बदल गए हैं; जहाँ घर जाने की सड़क थी, वहाँ विशाल झील है—यह सब सिनेमा की रील की तरह हर रात दिखाई देता है, लौट आने के महीनों बाद तक। पिछले वर्षों में हर वर्ष भारत जाना हुआ है इसलिए यह दुःस्वप्न स्थायी से बन गए हैं।

सामान ठूँस-ठाँसकर सूटकेस बंद हो गए। अब आतंकवादियों से बचने का चक्कर शुरू हुआ। यात्रा के हर पड़ाव पर सामान का एक्सरे और अपनी तलाशी। फिर सूटकेस खुलवाकर हाथ से तलाशी। आगे-पीछे के सारे यात्री तुम्हारी साड़ियों, तुम्हारे अल्लमगल्ल सामान पर आँख गड़ाए देखते रहेंगे और तुम्हें शर्म आने लगेगी और लगेगा कि वाक़ई यह कैसी बेवकूफ़ी की है। अगली बार से बिल्कुल नहीं, पर लौटते वक्त फिर इसी की पुनरावृत्ति होगी। सूटकेस में होंगे हल्दीराम बीकानेर वाले की मिठाई और नमकीन, रूपक स्टोर के मसाले, मखाने, खरबूज़े के बीज। मैसूर के सन्दल सोप की पूरे साल की सप्लाई। दस साल तक काम आएँ इतनी अगरबत्तियाँ। शुद्ध देसी घी की दालमोठ और कचौरियाँ। कोल्हापुरी चप्पलें। हनुमान मंदिर से ख़रीदी चूड़ियाँ। चाय, मल्लिकार्जुन मंसूर का संगीत, नवीनतम ग़ज़लें। और फिर नई किताबें, अपूर्ण कहानियाँ, उपन्यास के अंश। और फिर न जाने मेरी सूरत में ऐसे चोर-उचक्कों जैसा कुछ है कि कहीं से भी आऊँ, कस्टमवाले हमेशा रोक देते हैं, सूटकेस खुलवाते हैं। पिछली बार अमरीकी कस्टमवाले के हाथ कचौड़ियों का डिब्बा आ गया था—'यह क्या हैं' ?—उसने पूछा था। उसकी भौंहें एक बहुत छोटे क्षण कौतुक से ऊपर चढ़ गई थीं। 'नमकीन', मैंने उत्तर दिया। उसने मेरी आँखों के सामने पूरा एक किलो का डिब्बा कूड़े की टोकरी में फेंक दिया था और मैं चुप रही थी। कुछ बोलने से पूरी नंगाझोरी की नौबत आ सकती थी, और दूसरे सूटकेस में मिठाई थी जिस पर मैं उसकी नज़र नहीं पड़ने देना चाहती थी। पर फिर भी अमरीकन कस्टमवालों की आँखें खाने-पीने और फल-फूलों पर ही रहती हैं क्योंकि यह देश में लाना ग़ैरकानूनी है। पर भारत के कस्टमवाले—उनको

यदि पता चले कि उनकी याद मात्र से ही निर्दोष यात्री भी मन-ही-मन कितना काँपता है तो अपनी महत्ता पर उन्हें कितना अभिमान होगा। फिर भी ले जानेवाले सोने की चूड़ियों से लेकर कंप्यूटर तक निकाल ले जाते हैं और लौटकर शेखी बघारते हैं कि वह कितना कुछ निकाल ले गए। मैं इस मामले में बहुत कुछ ईमानदार और डरपोक दोनों ही हूँ—जितनी भी ड्यूटी लगती है चुपचाप दे देती हूँ क्योंकि रिश्वत पहले तो मैं दूँगी नहीं और अगर देना भी चाहूँ तो भी उसके तौरतरीक़े से अनभिज्ञ हूँ। इतने सब पहाड़ ठेलकर, समुद्र लाँघकर जब बाहर निकलते हैं तो आत्मीय खड़े मिलते हैं—तब हरेक यात्री के चेहरे पर जो हँसी उमड़ आती है, मन में जो तरंगें उठती हैं वह विलक्षण होती हैं, क्योंकि वे आखिर घर पहुँच गए होते हैं।

9

एक मित्र का आग्रह है कि मैं अमेरिका में जो दर्शनीय है, जो कि एक पर्यटक को आकर्षित करता है, उसके बारे में कुछ कहूँ। मैं सोच में पड़ गई हूँ। यह सच है कि इतिहास और राजनीति में यह दुनिया का सबसे युवा देश है। जापान, चीन, भारत, मिश्र, मेसोपोटैमिया और योरप के कुछ देशों की तरह यहाँ प्राचीन सभ्यताएँ या उनके अवशेष नहीं मिलते। यहाँ कोई भी शहर दिल्ली की तरह नहीं है, जिसमें हर दो किलोमीटर पर एक नए राज्य और उसके खँडहर मिलेंगे, जो कश्मीरी गेट से धौला कुआँ तक बिखरे हुए हैं। लाल क़िला, पुराना क़िला, लोदी, सफ़दरजंग और निज़ामुद्दीन के मकबरे, या फिर आज का इतिहास—बिड़ला हाउस, राजघाट, तीन मूर्ति भवन। यहाँ के ऐतिहासिक स्थल हैं 'प्लिमथ' जहाँ 1630 में सर्वप्रथम 102 यात्री एक नया तंत्र स्थापित करने का स्वप्न लिए उतरे थे। वह चट्टान अभी भी एक मंदिर की तरह बाड़ में सुरक्षित है जहाँ ब्रेडफ़र्ड और विनस्लो उतरे थे, या फिर पहले राष्ट्रपति जार्ज वाशिंगटन का घर, या दक्षिण में अमरीकी गृहयुद्ध की यादगारें।

परंतु जहाँ तक प्राकृतिक सौंदर्य, और मानव-निर्माण के नमूनों का प्रश्न है वहाँ इस देश में इतना सबकुछ है देखने के लिए कि एक साधारण पर्यटक के लिए संभव नहीं है। उसे प्राकृतिक सुंदरता का वैविध्य, वैज्ञानिक उन्नति और व्यावसायिक सफलता का सही स्वरूप ग्राह्य नहीं हो पाएगा।

सबसे पहली बात जो बहुत से लोगों के ध्यान से उतर जाती है वह है इस देश का विस्तार। यह एक विस्तृत, विशाल देश है—भारत से ढाई गुना बड़ा। पूर्व में अतलांतिक महासागर और पश्चिम में प्रशांत; उत्तर में कैनेडा और दक्षिण में मेक्सिको। अड़तालीस राज्य इस प्रदेश में भौगोलिक रूप से संलग्न हैं। पूरे देश

में सुंदर सड़कों का जाल बिछा हुआ है, जिस पर अनगिनत कारें और ट्रकें हर वक्त तेज़ रफ्तार से भागती रहती हैं। जगह-जगह रुकने के लिए स्थान हैं जहाँ साफ़-सुथरे गुसलख़ाने, रेस्तराँ, टेलिफ़ोन, पेट्रोल पंप, हरेक सुविधा उपलब्ध रहती है। इन सड़कों की सफ़ाई और देखभाल पर केंद्रीय और राज्य सरकारें करोड़ों डालर ख़र्च करती है। बड़े-वड़े शहरों के पास, जहाँ ट्रैफ़िक जाम होने की संभावना होती है, यातायाती हेलीकॉप्टर रेडियो पर स्थिति प्रसारित करता रहता है, जिसे अपनी मोटर के रेडियो पर सुनकर यात्री सावधान हो सकते हैं। इसके बावजूद भी दुर्घटनाएँ होती रहती हैं, और यहाँ दुर्घटना होने का मतलब हमेशा जान का ख़तरा रहता है, फिर भी 'हाइवे' पर यात्रा करना एक बहुत रोमांचकारी अनुभव होता है। क्योंकि तभी पूरे देश के निवासियों के रहन-सहन और वैविध्य का पता चलता है। सड़कों पर एक से एक महँगी और सुंदर कार दिखाई देती है। भिन्न-भिन्न राज्यों के लाइसेंस और उसी प्रकार के यात्री—गोरे, काले, स्पैनिश, चीनी, जापानी, अमरीकन भारतीय, जिन्हें हम रेड इंडियन कहते हैं और हम एशियाई तो अब स्थायी रूप से अमेरिका के अल्पसंख्यकों की श्रेणी में आ ही गए हैं। इन अड़तालीस राज्यों के अलावा, उत्तर में अलास्का बेयरिंग सागर में और पश्चिम में, पचासवाँ राज्य हवाई, सैन फ्रांसिस्को से ढाई हज़ार मील एक अपूर्व सौंदर्यपूर्ण द्वीप-समूह, जो कि आजकल जापान का एक उपप्रदेश-सा बन गया है।

संयुक्त राष्ट्र अमेरिका में बड़े-बड़े शहर हैं, जो कि गगनचुंबी अट्टालिकाओं—स्काई स्क्रेपर और सड़कों पर हर वक्त ट्रैफ़िक जैम के लिए प्रसिद्ध हैं। मारपीट, चोरी-चकारी, जहाँ दिन को भी घर से निकलना जोखिम का काम है, सघन वन, जहाँ सैकड़ों साल पुराने वृक्ष मौन खड़े हुए हैं, बड़े-बड़े फार्म, पुल और हैरतअंगेज़ डैम, फैक्टरियाँ, विस्तृत रेगिस्तान, हिममंडित पर्वत शिखर, झीलें जो विस्तृत सागरों से कम नहीं हैं, मिसूरी मिसीसिपी नाम की सबसे लंबी नदी, तरह-तरह के पशु-पक्षी, जेगुआर नाम के चीते, कोबरा की भाँति ही ज़हरीला रैटल स्नेक, जो क्रोधित होने और काटने से पहले एक विशेष नाद करता है, तरह-तरह के फल और फूल—कहने का अर्थ यह है कि यह प्रदेश हर पग पर पर्यटक को नए अनुभवों से चौंका देनेवाला है बशर्ते उसमें अनुभूति और जिज्ञासा हो तो। पर संवेदनशील व्यक्ति भी एकबारगी ही सारे प्रभाव को आत्मसात नहीं कर पाता। अगर हवाई की मीठी-मीठी धूप और फेनिल लहरों के स्वर को मन में सँजोने का प्रयत्न करो तो दूसरी ओर न्याग्रा प्रपात का उत्ताल और घोर नाद एक विपरीत परंतु उतना ही कशिश चित्र प्रस्तुत करता है। यदि फ्लोरिडा की वर्षा, उत्तर पूर्व के मेन, वरमौन्ट और मैसेच्युसेट्स प्रदेशों की ठंडी, स्फूर्तिदायक, जलवायु से दृष्टि हटाओ तो पश्चिम में कैलीफ़ोर्निया है, जहाँ की वाइनें, कंप्यूटर फैक्टरियों, विश्वविदित सिलीकोन वैली, लॉस एंजेल्स में हॉलीवुड और प्रशांत महासागर का विस्तार। हर मौसम एक-सा, स्थिर तापमान, क़रीब-क़रीब

हर भारतीय पर्यटक हॉलीवुड देखने अवश्य जाता है, जहाँ हर तरह के स्टूडियो टूर लिए जा सकते हैं। प्रसिद्ध फ़िल्मों से सेट, 'गौन विद द बिन्ड' का अतलान्ता, हिचकौक की 'साइको' का मोटेल, और 'जौज़' की भयानक शार्क। इसके अतिरिक्त फ़िल्म अभिनेताओं के घर का टूर भी है, जहाँ प्रसिद्ध अभिनेता अपने-अपने लॉन या घर में आते-जाते दिखाई पड़ जाते हैं, यदि वह लकी हो तो। पर कैलिफ़ोर्निया में मेरा सबसे प्रिय स्थान सैन फ्रांसिस्को है, ऊपर-नीचे की पहाड़ी सड़कें—दर्शनीय चाइना टाउन, सागर के किनारे सीगल का शोर, निकट ही बर्कले विश्वविद्यालय है, जहाँ के पुस्तकालय में बैठो, कॉन्फ्रेंस केंद्र से नीचे फैला शहर और दूर-दूर तक फैले सागर का नज़ारा लो, या 'बंबई बाज़ार' में मिठाई-नमकीन ख़रीदो या 'श्रीमती' में साड़ियाँ या नए से नए भारतीय संगीत के टेप ख़रीदो। न जाने यह कैसा अभाव है, कैसी क्षुधा है कि 'अपना ही खाना और अपना ही गाना' की अनवरत माँग करती रहती है। सैन फ्रांसिस्को से लॉस एंजेल्स जानेवाली सड़क भी अमेरिका का एक दर्शनीय स्थान है, जिसमें एक ओर पहाड़ हैं और दूसरी ओर नीचे प्रशांत महासागर। सैन फ्रांसिस्को में ही, समुद्र से चारों ओर से घिरा, 'एल्काट्राज़' जेल है, जिसमें से कभी कोई भी क़ैदी निकलकर भाग नहीं पाया। पर सभी पर्यटक पहाड़, सागर और प्राकृतिक सौंदर्य के प्रेमी नहीं होते। उनके लिए वाशिंगटन डी.सी., अमेरिका की राजधानी ही देश का धड़कता दिल है, जहाँ राष्ट्रपति निवास 'व्हाइट हाउस' है जो हमारे देश के महाराजाओं के पैलेस या राष्ट्रपति भवन के मुक़ाबले में कुछ भी नहीं जमता। यह शहर कांग्रेस, सुप्रीम कोर्ट, दूतावासों से खचाखच भरा है। यहीं अमेरिका की खुफ़िया पुलिस एफ.बी.आई. का हेडक्वार्टर है जहाँ की फ़ाइलों में करोड़ों लोगों का इतिहास सुरक्षित है। और लाइब्रेरी ऑफ़ कांग्रेस पुस्तकालय जहाँ भारत में पिछले तीस वर्ष में प्रकाशित हर पुस्तक की प्रति या माइक्रो फ़िल्म उपलब्ध है। पोटोमैक नदी पर लिंकन और जेफ़रसन मेमोरिल भी है जहाँ हर समय पर्यटकों की भीड़ लगी रहती है, परंतु अमेरिका के दर्शनीय स्थानों में पिछले कुछ वर्षों में एक नवीन आकर्षण की वृद्धि हुई है। यह हैं फैक्ट्री आउटलेट मॉल, यानी सात-आठ मील की परिधि में अपने आपमें संपूर्ण एक शापिंग सेंटर, जिसमें रेस्तराँ भी हैं, सिनेमाघर भी; और हर प्रकार की उपभोक्ता वस्तुओं की दूकानें, जहाँ हर वस्तु बाज़ार से आधे या तिहाई दामों की छूट पर बिकती है। अमेरिका के प्रसिद्ध डिज़ाइनर कपड़े, राल्फ़ लॉरिन डोना करन, कैलविन क्लाइन, उसके साथ लीवाई जीनें, सैमसनाइट सूटकेस, नाइकी और रीबॉक जूते, स्टेनलेस स्टील के फ़ाबरवेयर और रिवेयर, काँच के बर्तन, लेनोक्स, मिकासा और कौर्निंग; चाहे स्वेटर या कोट हो या अंतर्वस्त्र, इत्र हो या मेकअप, हरेक चीज़ रियायत पर उपलब्ध है। यहाँ शटल बसें भी चलती हैं जहाँ आप एक दूकान से दूसरी दूकान आसानी से जा सकते हैं। शिकागो के पास अभी दो साल पहले ऐसा ही शॉपिंग

माल बना है जहाँ कि योरप से चार्टर जहाज़ों पर विशेष तौर से यात्री शॉपिंग करने आते हैं। जहाँ कैमरे, रज़ाई और चादरों, जीन्स और जूतों की दूकान पर नार्विजियन से स्पैनिश भाषा तक सुनाई देती है। भारतीयों का समूह अधिकतर जीन्स या बर्तनों की दूकान के आसपास ही दिखाई देता है, या फिर बड़े-बड़े खाली सूटकेस ठेलता हुआ। जापानी पर्यटक डिज़ाइनर कपड़ों और इत्र आदि की दूकान पर जमकर रह जाता है। सप्ताहांत पर यहाँ अमेरिका के हर प्रदेश के कार लाइसेंस दिखाई देते हैं और कार खड़ी करने की जगह ढूँढ़ने में घंटों लग जाते हैं।

शॉपिंग माल की सफलता एक बार फिर इस तथ्य की याद दिलाती है कि पर्यटन केवल प्रसिद्ध स्थानों का देखना ही नहीं होता, जिस देश में हर चीज़ जम्बो और सुपर है, वहाँ केवल दूकानों का ही शहर भी कोई आश्चर्य की बात नहीं होनी चाहिए।

10

अमेरिका में सिगरेट का एक प्रसिद्ध विज्ञापन है, आधुनिक साजसज्जा में सिगरेट पीती हुई एक सुंदर, दुबली-पतली युवती, इबारत है "यू हैव कम आ लौंग वे, बेबी" यानी तुमने कितनी प्रगति कर ली है। खुल्लमखुल्ला सिगरेट पीने की स्वतंत्रता ज़ाहिर है, अमरीकी स्त्रियों को पहले नहीं मिली थी। अब वे हर मायने में स्वतंत्र हैं। यह सोचने की ज़रूरत है कि क्या अमेरिकन स्त्री सचमुच स्वतंत्र है ? यह जानी-मानी बात है कि विकासशील देशों में या पश्चिम में जिसे तीसरी दुनिया कहते हैं, स्त्रियाँ जितने ऊँचे और ज़िम्मेदार पदों पर हैं, उस स्तर तक कम ही स्त्रियाँ पहुँच पाई हैं। अमेरिका में स्त्री राष्ट्रपति हो, यह तो दूर की बात है, यदि वह स्वतंत्र और स्पष्टवादी है, तो राष्ट्रपति की पत्नी के रूप में भी आम जनता को ग्राह्य नहीं है। राष्ट्रपति क्लिंटन की पत्नी हिलेरी रौडहैम क्लिंटन, जो अपने में ही सुरक्षित, स्वतंत्र और पति की पूरी-पूरी सहयोगिनी हैं, चुनाव के दौरान बहुत आलोचना के केन्द्र में रहीं। बाद में पब्लिसिस्ट ने उन्हें अपने बालों का, कपड़ों का, बोलने-चालने का स्टाइल मृदुल बनाने की राय दी जिससे अमेरिका की आम जनता को वह चुभे न। और यही किया गया। हिलैरी को अपने को पार्श्वभूमि में करना पड़ा, जिससे पूरा का पूरा आलोक मनोनीत बिल क्लिंटन पर रहे। चुनाव के बाद भी आज की सत्ता को कुछ आलोचक 'बिलैरी' कहते हैं, यह मानते हुए कि हिलैरी की राय का उनके पति पूरा-पूरा सम्मान करते हैं। तीस-चालीस वर्षों पहले का प्रचलन था कि स्त्री का स्थान घर में है। यदि वह मेधावी भी है तो उसे यह बात छुपाकर रखनी पड़ेगी, नहीं तो उसके आसपास के पुरुषों को आस्वस्ति होगी, और दूसरी स्त्रियों

में वह अप्रिय रहेगी। बहरहाल, खूब सरगर्मी और प्रचार के बाद भी स्त्रियों की प्रगति के नाम पर यही कहावत लागू होती है कि नौ दिन चले अढ़ाई कोस। वकालत और बिज़नेस के क्षेत्र में स्त्रियों ने प्रगति अवश्य की है मगर इंजीनियरिंग, साइंस और दूसरे पुरुष-प्रधान क्षेत्रों में उनकी प्रगति नगण्य ही रही है। स्त्रियों का वेतन, एक ही काम करने पर भी, पुरुषों से तीस प्रतिशत कम रहता है। मेरे ही विश्वविद्यालय में यह बात लागू होती है। यह तो मुझे हाल में ही पता चला कि मेरे सारे पुरुष सहयोगियों का वेतन मुझसे अधिक है, भले ही योग्यता और सर्विस में वे कम हों। इस वर्ष से पहले सरकारी और प्राइवेट सेक्टर में कहीं भी मैटर्निटी लीव वेतन सहित का विधान नहीं था। छोटे बच्चों की देखभाल का भी सरकार या कंपनी किसी की ओर से प्रबंध नहीं है, सम्मिलित परिवार, या नौकर रखने की परंपरा न होने से घर में भी बच्चे की देखभाल का कोई साधन नहीं। बाबा-दादी, नाना-नानी की अपनी दुनिया होती है जहाँ अवकाश के बाद भ्रमण और आराम की ज़िंदगी बिताना ही मुख्य ध्येय होता है। मौखिक रूप से बेतरह स्नेह दिखाने के बाद भी कभी ही कोई दादी पौत्र, पौत्री की देखभाल करने को राज़ी हो। अगर माँ काम पर लौटना चाहती है तो उसकी अनुपस्थिति में उसका बच्चा कोई और स्त्री पालती है जिसे सिर्फ़ पैसा कमाने से मतलब रहता है। बच्चे को माँ-सा स्नेह देना या उसके मानसिक विकास में योगदान देने में उसकी कोई रुचि नहीं होती। यदि वह घर पर रहकर अपना बच्चा स्वयं पालती है तो उसे लगता है कि नौकरी में उन्नति की होड़ में वह पीछे रही जा रही है और अपनी सहयोगिनियों की दृष्टि में वह हेय है क्योंकि वह गृहिणी बनकर रह गई है।

सवाल यह है कि शताब्दी के इस दशक में स्त्री की क्या और कितनी प्रगति हुई। मेरा अपना विचार है कि अमेरिका में स्त्री भले ही घर छोड़कर बाहर आ गई हो उसके विचारों की स्थिति में अधिक परिवर्तन नहीं हुआ है। सफलता और नौकरी के लिए यह ज़रूरी है कि वह दुबली-पतली, सजी-सँवरी और युवती हो। अगर वह मोटी और अधेड़ है तो उसे अच्छी नौकरी पाने में बहुत मुश्किल होगी। क्योंकि यह देश जवानी और सतही खूबसूरती का दीवाना है। हज़ारों डालरों की प्लास्टिक सर्जरी करवाकर स्त्री और पुरुष दोनों ही अपने को जवान रखना चाहते हैं। प्रौढ़ होने पर पहली पत्नी को एक कम उम्र की लड़की के लिए छोड़ देना यहाँ आम फैशन है। इसलिए असुरक्षा स्त्री के मन में हमेशा बनी रहती है और इसी के कारण हर दूसरी स्त्री जो उससे उम्र में कम या शक्ल-सूरत में अच्छी है उसे अपनी प्रतिद्वंद्वी मालूम पड़ती है। दूसरी स्त्रियों से स्पर्धा बचपन से ही उसकी रगों में समा जाती है। इसलिए स्त्रियों में मैत्री यहाँ की सभ्यता में नहीं पनप पाती। जिसे हम सहानुभूति या बहनापा कहते हैं वह यहाँ नहीं मिलता। क्योंकि जब हर दूसरी स्त्री, या पति के प्यार के रास्ते में आ सकती है तो आपस में बहनापे की जगह ही

कहाँ बची ? इसी का परिणाम है स्त्रियों का आपस में घटिया व्यवहार, जिसे अंग्रेज़ी में 'बिल्लीपन' या 'कुतियापन' कहा जाता है। यह एक ऐसा सूक्ष्म तरीका है जिसका केवल स्त्रियाँ ही प्रयोग करती हैं और समझ सकती हैं। यह व्यवहार स्त्रियों के आचरण का ऐसा अंग बन गया है जो बहुत-सी स्त्रियों को स्वयं पता ही नहीं चलता कि उनमें है। भारतीय स्त्रियों ने भी, कुछ और अपनाया हो या नहीं, यह आचरण ज़रूर अपना लिया है। ऐसी स्त्रियों से मैं दूर ही रहती हूँ। क्योंकि नौकरीपेशा होने के कारण ही मैं सहज निशाना बन जाती हूँ।

विभाग की हर नई सेक्रेटरी को, जो अमेरिकन होती है, मुझे जतलाना पड़ता है कि मैं भी प्रोफ़ेसर हूँ और मेरा काम भी उतना महत्वपूर्ण है जितना कि पुरुष सहयोगियों का। वरना मेरा काम सबसे बाद में होता है। महत्वपूर्ण मीटिंगों की सूचना मुझे ऐन मौक़े पर मिलती है या वह ऐसे समय संपन्न हो जाती है जबकि मैं क्लास में होती हूँ। व्यवहार में भी एक अवहेलना-सी रहेगी क्योंकि एक तो विदेशी, दूसरे स्त्री। उसकी दृष्टि में मेरा स्थान बहुत नीचा होता है। हर बार मुझे नई सेक्रेटरी को बताना पड़ता है कि उसे व्यवहार बदलना पड़ेगा। मेरी स्त्री सहयोगिनें भी पुरुषों का मुँह ही ताकती हैं और प्रशंसा एवं चाटुकारिता में लगी रहती हैं। मेरी ओर उनका ध्यान तब जाता है जब उन्हें पता लगता है कि उनके स्थायी होने की कमिटी में एक वोट मेरा भी है या उन्हें प्रोमोशन देनेवाली तीन लोगों की उपकमिटी में मैं हूँ, या फ़ेलोशिप कमिटी की अध्यक्ष हूँ। तब सहयोगिनी और छात्राओं का व्यवहार एकदम बदल जाता है। चेहरे पर मुस्कराहट आ जाती है और स्वर मृदुल हो आता है। कभीकभार छिटपुट बातचीत करने का भी प्रयास होता है, जैसे कि मैं इतनी सहजता से उनके वश में हो जाऊँगी। शायद पुरुष एक मुस्कराहट पर ढुल जाते होंगे, मुझे मालूम नहीं।

कभी-कभी मैं सोचती हूँ कि स्त्रियाँ एक-दूसरे के प्रति उदार क्यों नहीं हो पातीं। एक-दूसरे के सुख-दुख में, बहनापे से सम्मिलित क्यों नहीं होतीं। यह अमैत्री पुरुषप्रधान समाज ने उन पर नहीं थोपी है। एक असुरक्षा की भावना से स्त्रियों ने स्वयं अपनायी है। जब तक एक स्त्री दूसरे पर विश्वास नहीं करेगी, जब तक उनमें खुलापन और उदारता नहीं आएगी, तब तक प्रगति कैसी ? भले ही पब्लिक में उसे सिगरेट पीने की स्वतंत्रता मिल चुकी हो।

11

न्यूयार्क में मेरे एक परिचित समाजशास्त्री हैं, परमात्मा शरण, जिन्होंने अमेरिका में भारतीयों पर विशेष काम किया है। हाल में उनसे भेंट होने पर जब मैंने उनसे

पूछा कि वह आजकल किस विषय पर काम कर रहे हैं, उत्तर मिला, अमेरिका में भेदभाव पर।

मुझे आश्चर्य नहीं हुआ। वैसे जाति-पाँति, ऊँचे-नीचे का भेदभाव भारत में सदियों से चला आ रहा है, पर यदि व्यक्ति ठीक-ठाक, दुरुस्त कपड़ों में हो तो भारत में केवल रूप-रंग से अंतर मालूम करना कठिन होता है। बड़े भाई, शिब्बन लाल सक्सेना जब लोकसभा के सदस्य थे तो आसपास का कौन-सा सांसद वर्णव्यवस्था में कहाँ है ? बताना मुश्किल होता था। हम लोगों को विशेष खोज करके ही पता लगाना पड़ता था, क्योंकि घर की बड़ी-बूढ़ियाँ तब भी उसके हाथ का 'कच्चा खाना' खाने में झिझकती थीं, जब कि हम लोगों को कोई भी बंदिश नहीं थी।

अमेरिका में भेदभाव गोरे और काले में, और अब काले और स्पेनिश भाषी, चीनी जापानी और भारतीयों, हिंदुस्तानी और पाकिस्तानी में है। और यह दृष्टि डालने से ही पता चलता है कि कौन क्या है। गोरे अपने को दूसरों से उच्च मानते हैं, चीनी जापानी अपने को कोरियन और भारतीयों से। एक और धार्मिक स्तर पर ईसाई और यहूदी, मुसलमान और हिंदू एक-दूसरे के प्रति काफ़ी असहिष्णुता का प्रदर्शन करते हैं। यद्यपि रंग, देश धर्म की बिना पर भेदभाव अवैधानिक है, फिर भी दैनिक जीवन में यह हर जगह सूक्ष्म रूप से वर्तमान है क्योंकि देखने से मैं विदेशी और कपड़ों से भारतीय दिखाई देती हूँ, मैंने पाया है कि मैं दिन-प्रतिदिन इसका शिकार बनती जा रही हूँ। पहली छवि जो दूसरे के मन में बनती है वह यह है कि मैं निर्धन हूँ, क्योंकि मेरा स्वदेश ग़रीब माना जाता है कि मुझे अंग्रेज़ी तो नहीं ही आती होगी (जो कि बहुत स्त्रियों को नहीं आती) और अगर मैं बड़ी दूकान में हूँ तो शायद कोई चीज़ चुराकर भी ले जा सकती हूँ। गरचे प्रायः यह लोग स्वयं निम्न श्रेणी की नौकरी में होते हैं, विडियो स्टोर में चीनी लड़की, या लाइब्रेरी में जापानी स्त्री, या एयरलाइन काउंटर पर ब्लैक लड़की। एक बार हमारे शोरवुड विलेज के एडमिनिस्ट्रेटर ने मेरी बात को बिलकुल सुनने से इनकार कर दिया था। उसने बात मानी थी अपने गोरे पुरुष कामगर की, जिसने विलेज का ट्रक की मेरी मोटर से टक्कर मार दी थी। मेरा बहुत मोह भंग हुआ था जबकि पुलिस चीफ़ और इंश्योरेंस कंपनी ने भी टक्कर में मेरी ही ग़लती मानी थी। मुझे तब पहली बार पूरी तरह एहसास हुआ था कि बड़े-बड़े सिद्धांतों की बात और है, पर जब रोज़ी रोटी का प्रश्न आता है तो आम अमरीकी अपने उसी खूँखारपन पर उतर आता है जिससे उसने रेड इंडियन लोगों को अपने हथियारों से जीता था और अपने को इस प्रदेश में स्थापित किया था। मेरे नए पड़ोसी ने, जो दक्षिण से आए थे, जहाँ यह भेदभाव अधिक ही है, मेरे मुँह पर ही भारतीयों को एक गाली दी थी, यानी मुझे ही। और मेरा मन हुआ था कि मैं भी कुछ वैसा ही उत्तर दूँ—परंतु

यह मेरे स्वभाव के विपरीत होता और मुझे मालूम था कि अगर मैंने ऐसी बात कह भी दी तो फिर कई दिन मैं स्वयं ही उद्विग्न रहूँगी। शायद यह मेरे साथ ही नहीं हुआ होगा; शायद मैं अधिक संवेदनशील हूँ क्योंकि हमारा विश्वविद्यालय हमें विशेष प्रशिक्षण देता है, जिससे कि हम एकदम निरपेक्ष रूप से पढ़ा सकें, जिससे हम अपने ही संस्कारों, विचारों और भावनाओं का विश्लेषण कर सकें और जब भी असहिष्णुता की दहलीज़ तक पहुँचें, अपने को सँभाल लें। विस्कांसिन विश्वविद्यालय में यह सतत चर्चा का विषय है, क्योंकि अमरीकन नीग्रो, जो अब अपने को 'ब्लैक अमरीकन' और रेड इंडियन तो अपने को 'आदि अमेरिकन' कहता है, सत्ता से अधिक अधिकारों के लिए जूझता ही रहता है। सरकार ने भी अल्पसंख्यकों और स्त्रियों को विशेष सुविधाएँ देने की व्यवस्था की है। विश्वविद्यालयों में अब स्त्रियों और अल्पसंख्यकों को अधिक से अधिक संख्या में नौकरी देने की होड़ लगी हुई है, क्योंकि केंद्र से कोई भी आर्थिक सहायता पाने के लिए एक अनुपात दिखाना पड़ता है, और इस कारण गोरे पुरुषों में वैसा ही असंतोष है जैसा कि भारत में आरक्षण के प्रति। फिर भी एक विशेष वर्ग के लोगों की बहुत माँग है, जैसे ब्लैक अमेरिकन स्त्रियों की, जिनमें गोरों की अपेक्षा उच्च शिक्षा प्राप्त लोग कम हैं। कुछ समय पहले विस्कांसिन विश्वविद्यालय के अंग्रेज़ी विभाग ने एक ब्लैक अमरीकन कवयित्री को अभूतपूर्व वेतन देकर रखने का प्रयत्न किया था, परंतु उसे कैलीफ़ोर्निया विश्वविद्यालय ने उससे भी अधिक वेतन दिया जिससे उन्होंने वहाँ जाना स्वीकार किया। इसका लाभ अल्पसंख्यकों में सम्मिलित सब वर्गों को हुआ है, एशियाई अमरीकन, हिस्पैनिक आदि। भारतीय लेखिका भारती मुकर्जी भी एक विश्वविद्यालय में बहुत ऊँचे वेतन पर नियुक्त हैं, और हमारे विभाग में भी भारतीय, फ़िलिपीनो, थाइ महिलाओं की नियुक्ति हो रही है जिससे कि विद्यार्थी बहुत कुलबुलाते हैं क्योंकि भविष्य में इन सब नौकरियों पर उनका हक़ बनता था।

जब अख़बार में ऐसी ख़बर छपती है कि विश्वविद्यालय ने जून जौर्डन नाम की कवयित्री को इतना ऊँचा वेतन ऑफ़र किया तो आम जनता में बहुत खलबली मचती है। विशेषकर किसान, मज़दूर और नौकरीपेशा लोगों में जो कि हाड़-तोड़ परिश्रम के बाद भी ग़रीब के ग़रीब बने रहते हैं। कभी सूखा, कभी बाढ़, कभी फसल की बहुतायत और दूध बहुत सस्ता होने के कारण विस्कांसिन के किसान क्रोधित और क्षुब्ध रहते हैं। क्योंकि जनता में यह आम धारणा है कि प्रोफ़ेसरों का वेतन बहुत अधिक है और काम बहुत कम। विस्कांसिन विश्वविद्यालय प्रदेश द्वारा आर्थिक सहायता पाता है इसलिए उसकी हर गतिविधि खुली हुई है। हमारे दोनों अख़बार प्रतिवर्ष ऊँचे वेतनवाले प्रोफ़ेसरों का नाम और आय खुल्लमखुल्ला छापते हैं जिससे जनता, विद्यार्थियों और स्वयं प्रोफ़ेसरों में खलबली मच जाती है,

क्योंकि अमरीका में नियत वेतन की पद्धति नहीं है और प्रोफ़ेसर अपनी योग्यता के अनुसार वेतन पाता है, कम-से-कम सिद्धांत तो यही है।

परमात्मा शरण के अनुसार अल्पसंख्यकों के लिए विशेष सुविधाओं से भारतीय और पाकिस्तानी बच्चों को लाभ हो रहा है, क्योंकि हर बच्चा डाक्टर, इंजीनियर या एम.बी.ए. करना चाहता है, और आरक्षण के कारण उसे इन क्षेत्रों में आगे बढ़ने का अवसर मिलता है। पर रोचक बात यह है कि इन सुविधाओं के बावजूद अल्पसंख्यकों और स्त्रियों ने अधिक प्रगति नहीं की है। बेघरबार, मादक पदार्थों के सेवन और चोरीचकारी में अल्पसंख्यकों के ही अनुपात से अधिक नाम होते हैं, इसके कारणों में हैं—उच्च शिक्षा का अभाव, परिवार की अव्यवस्था और कम उम्र से ही बच्चे और वे भी अधिक संख्या में।

इस भेदभाव का एक दूसरा रूप भी है। अब मैं बात भारतीयों की कर रही हूँ, वह यह कि प्रारंभिक और मध्यम स्तर तक हर नौकरी में भारतीय उन्नति करता है; परंतु एकदम तक ऊपर पहुँचने में बहुत बाधाएँ आती हैं और किसी अमरीकन कंपनी का प्रमुख कोई भारतीय हो यह बात कम दिखाई देती है। इसे 'ग्लास सीलिंग' या 'काँच की दीवार' कहा जाता है जो कि दृष्टिगोचर नहीं होती है परंतु जिसका अस्तित्व ऊपर उठने से रोकता है, अधिकतर लोग वाइस प्रेसीडेंट होने के बाद वहीं रोक दिए जाते हैं। कंपनी में अल्पसंख्यकों का होना बहुत लाभकारी होता है क्योंकि सरकारी ठेकों और अनुदानों का एक भाग अल्पसंख्यकों के लिए आरक्षित रहता है। यह बात भारतीय अच्छी तरह जान गए हैं, शायद इसीलिए यहाँ तक पहुँचते-पहुँचते वह स्वयं अपनी कंपनी खोल लेते हैं। या जो विद्यार्थी अब भारत से आगे पढ़ने आते हैं यह बात समझ गए हैं। पढ़ने और अनुभव अर्जित करने के बाद स्वदेश लौटने का विकल्प वह अपने लिए रखते हैं जिससे उन्हें जीवनपर्यंत अमरीकी भेदभाव का सामना न करना पड़े।

इस सूक्ष्मरूपी और क़रीब-क़रीब अदृश्य भेदभाव के बावजूद भी, यद्यपि पूरे परिप्रेक्ष्य में देखा जाए तो यहाँ प्रत्येक व्यक्ति को अपनी पूरी क्षमता अभिव्यक्त करने का अवसर है। 'दरिद्री से लखपती बयान करनेवाली कहानियों' की कमी नहीं है। बहुत-सी नामी कंपनियाँ, एशियाई लोगों के अधिकार में हैं, और यह वर्ग दिन पर दिन उन्नति करता जा रहा है। अमरीका में अभी भी यह बात सच है कि मेधावी होने और परिश्रम करने से हर प्रकार की सफलता मिल सकती है। बिना रिश्वत लिए और दिए, बिना चाटुकारी और जीहजूरी किए। शायद यही इस देश के चरमोत्कर्ष पर होने का रहस्य है।

12

मैंने इधर गर्मी में कई महीने कैम्ब्रिज में बिताए और बहुत कुछ पढ़ा। घर के पास ही कैम्ब्रिज पुस्तकालय की छोटी-सी शाखा है। उसमें ऐसे ही, जो उपन्यास और लेखिका रोचक-सी लगी, उसका संपूर्ण साहित्य पढ़ डाला। इनमें तीन लेखिकाओं ने काफ़ी प्रभावित किया, ऐन टाइलर, ऐलीसन ल्यूरी और लौरी कौलविन। तीनों ही जानी-मानी लेखिकाएँ हैं। ऐन टाइलर ने सबसे अधिक उपन्यास प्रकाशित किए हैं। किसी भी लेखिका को पढ़ते समय यह महसूस नहीं होता कि हम विशिष्टतः स्त्री-लेखन को पढ़ रहे हैं, यद्यपि स्त्रियों की विविध परिस्थितियों, उनकी सामाजिक स्थिति और मनोविज्ञान पर हरेक का फ़ोकस रहा है। ऐन टाइलर की शैली साहित्यिक और मँजी हुई है। ऐलीसन ल्यूरी स्वयं अंग्रेज़ी की प्राचार्या हैं। इसलिए उनका लेखन अधिक साहित्यिक, और कथानक भौगोलिक रूप से अधिक विस्तृत है। लौरी कौल्विन के जो दो उपन्यास मैंने पढ़े, वे बौस्टन, न्यूयार्क के समृद्ध, पढ़े-लिखे लोगों पर आधारित हैं। उनके पात्र देखने में सुंदर, नीरोग और सफल हैं। कथानक उनकी रोमांटिक मनोदशा और प्रेम में कठिनाइयों पर आधारित है। उसमें निर्धनता, बेरोज़गारी, बेघरपन या जीवन-मृत्यु के बीच की कोई दुरूह या जटिल समस्या नहीं मिलती। उनकी 'फैमिली हैपीनेस' नामक उपन्यास की नायिका पौली है, जो न्यूयार्क के एक धनिक परिवार में जन्मी है। वह दो भाइयों की अकेली बहन है और आदर्श बहन, आदर्श पुत्री होने के साथ-साथ आदर्श गृहिणी, पत्नी और माँ भी है। उसके बच्चे भी सुशील हैं। उसकी नौकरानी कौन्चिटा भी साफ़-सुथरी, मेहनती और ईमानदार है। पौली का पति हेनरी बहुत सफल और मेहनती वकील है और पति-पत्नी एक-दूसरे को बहुत चाहते हैं और सुखी हैं। समस्या है, पौली एक प्रदर्शनी में एक चित्रकार से मिलती है। दोनों एक-दूसरे की ओर आकृष्ट होते हैं और प्रेमी बन जाते हैं। पौली अपने प्रेमी के साथ बहुत प्रसन्न है पर साथ ही साथ इस संबंध की अनैतिकता की लज्जा हर समय उसे उद्विग्न रखती है। जब वह प्रेमी के साथ उसके स्टुडियो में होती है उसे अपने बच्चों और परिवार के पास जाने की जल्दी रहती है और साथ-साथ प्रेमी से एक क्षण भी दूर रहना उसे असह्य जान पड़ता है। इस सबके दौरान बेचारा पति रात देर-देर तक अपने मुक़दमों की फाइलों में उलझा रहता है। लंबे-लंबे समय तक शहर के बाहर रहता है जिससे पौली को प्रेमी के साथ सुखद दोपहरें और शामें बिताने का अवसर मिलता है। पर लज्जा और शर्म उसका कलेजा चुनती रहती हैं। अंततः वह और उसका प्रेमी संबंध तोड़ लेते हैं, यद्यपि वे एक-दूसरे से अथाह प्रेम करते हैं। प्रेमी चित्रकार फ्रांस चला जाता है और पौली अपने वैवाहिक जीवन में लौट जाती है। वह चैन से है क्योंकि अब वह व्यभिचारिणी या कुलटा की तरह आचरण नहीं कर

रही है। कई महीने बाद उसका प्रेमी लौटता है। उसे देखते ही पौली को जान पड़ता है कि कुछ नहीं बदला। वह अभी भी अपने प्रेमी को उतना ही चाहती है। अंतर इतना है कि वह अपने असली सही रूप को पहचान लेती है, और अब प्रेम संबंध में उसे कोई अपराध भावना या लज्जा नहीं लगती। यही उपन्यास का अंत है। लौरी कौल्विन में पाठक को अंत तक उलझाए रखने की अद्‌भुत क्षमता है, भले ही उसे पौली की जीवन समस्या और उसके समाधान से कोई सहानुभूति ऩ हो। लौरी कौल्विन का कथा संसार साफ़-सुथरा है। उसमें किसी प्रकार का विकार या कुरूपता नहीं है। उनके पात्र अपने जीवन में संतुलन और सुख की तलाश में स्वयं अपने आपको चीन्हने में सफल होते हैं। ऐन टाइलर के उपन्यास अधिकतर मैरीलैंड और आसपास ही घटित होते हैं। यद्यपि ऐन टाइलर और ऐलीसन ल्यूरी के बहुचर्चित उपन्यासों की कथाभूमि लंदन की है। ल्यूरी के पात्र विश्वविद्यालय के विद्यार्थी और प्राध्यापक हैं, और एक प्रकार से वे भी किसी खोज में हैं। 'फ़ौरेन अफ़ेयर्स' के दो मुख्य पात्र, एक प्रौढ़ प्राचार्या और एक युवा प्राचार्य हैं जो लंदन में ब्रिटिश म्यूज़ियम में रिसर्च कर रहे हैं। दोनों को एक तलाश है–स्थायी सुख या विवाह की नहीं, केवल यौन संबंधों की। और दोनों ही अपने से बिलकुल बेमेल व्यक्तियों से उलझ जाते हैं। विनी, प्राचार्या एक अपढ़, अनुपयुक्त सेल्समैन से, और फ्रेड एक बहुत सुंदर, अपने से बहुत बड़ी अंग्रेज़ टेलिविज़न तारिका से। टाइलर के उपन्यासों में आम मानवता की उलझनें, जीवन संग्राम, संदेह, चोरीचकारी, हत्याएँ, यौन संबंध और संतोषदायी सुख, सभी का समावेश है। उनके पात्र अधिकतर साधारण स्तर के हैं। रोज़ी-रोटी के लिए श्रम करते हुए–चाहे सुपर मार्केट में कैशियर हो या बढ़ई, या फिर कठपुतलीवाला और कुत्ते-बिल्लियों को ट्रेनिंग देनेवाली एक तलाकशुदा औरत। उनके पुरुष पात्र पत्नियों को धोखा भी देते हैं, तीन छोटे बच्चों को मार छोड़कर लापता भी हो जाते हैं या इतने असहाय होते हैं कि खाने-पीने और हर बातों के लिए पत्नी पर निर्भर रहते हैं। उनके पात्रों का जीवन बहुत जटिल होता है और उस अव्यवस्था में कोई व्यवस्था लाने का प्रयास ही उपन्यास की परिणति होता है।

पत्नी का यह पाना कि उसका पति किसी दूसरी स्त्री के साथ संबंध स्थापित कर चुका है, उसके बाद आपस का लड़ाई-झगड़ा, कहासुनी, या फिर सुलह या विच्छेद। यह कथानक कई उपन्यासों में मिलता है। यह यहाँ के जीवन का एक कठोर सत्य है क्योंकि सुख की परिभाषा यौनिक संतोष पर आधारित है। विवाह के कई वर्षों बाद जब आपस का नयापन समाप्त हो जाता है, पत्नी बच्चों और घरबार में व्यस्त हो जाती है तो प्रायः पति की दृष्टि इधर-उधर भटकने लगती है। आज के समाज में जहाँ यौनिक संबंधों में से सही-ग़लत दूर हो गया है और निजी स्वतंत्रता ही सब कुछ बन गई है, पति या पत्नी का किसी और से संबंध बहुत

आम बात हो गई है। ध्यान देने की बात यह है कि हरेक परित्यक्ता स्त्री स्वयं कामकाजी है, और वह आत्मसम्मान को पूरी तरह निभाती हुई, भले ही रोए, पर गिड़गिड़ाती नहीं है। उसे पूरी परंपरा मदद देती है, परिवार, मित्र और ज़रूरत पड़ने पर सलाहकार और मनोवैज्ञानिक भी, जो उसके जीवन में संतुलन रखते हैं।

यह उपन्यास पढ़ने पर मेरा ध्यान अपने समाज और परिवेश पर चला जाता है। विशेष तौर से पाकिस्तान में बने सीरियल जो भारत और यहाँ भी बहुत पौपुलर है। यहाँ अंतर्राष्ट्रीय चैनल पर हर शुक्रवार को पाकिस्तानी प्रोग्राम आता है और जो सीरियल आजकल दिखाया जा रहा है उसका नाम है 'आँच'। भारत में यह हर वर्ग की स्त्रियों में पौपुलर था। मेरी छिहत्तर साल की बुआ, मेरी बड़ी बहन और कम उम्र की भानजी, सभी ने बहुत रुचि से यह देखा था। कहानी है एक मध्यम वर्ग के परिवार की, जिसमें जलीस नामक एक अमीर बिज़नेसमैन की पहली पत्नी अपने तीन बच्चों को छोड़कर चली जाती है। उनका दूसरा विवाह उल्फ़तजहाँ से होता है जो अपने घर की मँझली बेटी है—तेज़-तर्रार, सुंदर और स्कूल में पढ़ानेवाली। वह परिवार के दबाव से जलीस की पत्नी बनने को हाँ कर देती है, पर जलीस के बड़े टीनेजर बच्चे उसे स्वीकार नहीं करते। घर में लड़ाई-झगड़े प्रारंभ हो जाते हैं और उल्फ़त, अपने सौतेले लड़के की इस धमकी से बचने 'कि मैं तुम्हें मार डालूँगा' अपने घर लौट आती है। तब वह पहली बार महसूस करती है कि समाज में विवाहिता स्त्री का जो अपने पति को छोड़कर चली आई हो, क्या स्थान होता है। वह पाती है कि उसकी बड़ी बहन, भाभी, ममेरी-फुफेरी बहनें, स्कूल की सहयोगिनें भी उसे तिरस्कृत करती हैं और वह दिन-रात के इस अनादर से तंग आकर होस्टल में रहने चली जाती है। कचहरी में जब वह तलाक़ के लिए जाती है तो विपक्ष का वकील उस पर तरह-तरह के लांछन लगाकर बहुत विचलित कर देता है।

अंत में, और जो भाग मुझे बहुत आपत्तिजनक लगा, उल्फ़तजहाँ अपना स्वाभिमान घोंटकर जलीस के पैर पकड़कर रोती और गिड़गिड़ाती है कि वह उसे एक अवसर और दें। जलीस मान जाते हैं और उल्फ़त दुबारा उस घर में पहुँचकर बच्चों द्वारा अपमान और दुर्व्यवहार का सामना बहुत धैर्य और बिना क्रोध किए करती है। 'आँच' का अंत हमारे पर्व की कथाओं की तरह होता है, 'जैसे उनके दिन फिरे, वैसे ही सबके दिन फिरें।'

महत्वपूर्ण बात यह है कि जब हमारा समाज हर प्रकार से पश्चिम का अनुकरण कर रहा है तब हम स्त्रियों के स्वाभिमान या निर्णय का आदर क्यों नहीं कर पाते। क्यों हम उन्हीं रूढ़ियों से चिपके हैं कि स्त्री का स्थान पति का घर ही है और उसे पत्नीत्व निभाना ही होगा, चाहे हँसकर, या रोकर। शायद इसीलिए 'नीले हाथ', 'प्यास' और 'आँच' जैसे सीरियल देखकर मैं हमेशा उदास हो जाती हूँ।

13

आज जब शताब्दी के अंतिम दशक के दिन हैं, स्त्री और पुरुषों की परंपरागत भूमिकाएँ बदलती जा रही हैं। पति नौकरी करे और पत्नी घर में रहे, बच्चे देखे, धुलाई-सफ़ाई करे और खाना पकाए, यह बात सभी देशों में अपवाद बनती जा रही है। स्त्रियों ने यह अधिकार ग्रहण कर लिया है कि वे अपने जीवन की कर्णधार स्वयं बनें। अपना जीवनसाथी चुनने की स्वतंत्रता, सास-ससुर के हस्तक्षेप से परे अपने पति और बच्चों के साथ अपना परिवार, पति से न पटने पर विच्छेद और नए सिरे से जीवन प्रारंभ—यह सब पश्चिम में तो स्त्रियों को प्राप्त ही था। पर एशियाई देशों में यह बात काफ़ी नई-सी है, विशेषकर भारत में, जहाँ शास्त्रों और पुराणों से ही पत्नी की एकमात्र भूमिका पति की छायास्वरूप मानी गई है। आज की भावना है कि हर स्त्री को अपने आप निर्णय करने का अधिकार होना चाहिए। वह किसके साथ जीवन बिताए, वह माँ बनने का दायित्व निभाए या नहीं; गृहिणी बनकर घर में रहे या बाहर जाकर नौकरी करे; यदि वह पति पर पूरी तरह निर्भर रहना चाहती है तो यह उसका अपना निर्णय होना चाहिए, समाज और परिवार अपने विचार उस पर थोपें नहीं। परंतु हमारा समाज और क्षेत्रों में कितनी ही तरक्की कर ले, स्त्रियों की भूमिका में कोई परिवर्तन नहीं आया है। जैसा मैंने एक पहले पत्र में भी कहा, यहाँ के भारतीय परिवार अभी भी उम्मीद करते हैं कि उनके बच्चे उनके अंकुश में रहें, वह 'डेट' न करें, मिलेंजुलें भी तो अन्य भारतीयों से। लड़कियाँ-लड़के परिवार की इच्छानुसार विवाह करें। इससे भारत में रहनेवाले बच्चों में चाहे असंतोष न हो पर यहाँ बड़े और पले बच्चों में इस बात को लेकर बहुत क्षोभ और विद्रोह रहता है।

हाल में भारत से एक पूर्वपरिचिता आई हुई थीं। मिलने आईं, काफ़ी दिन रुकी भीं। उनकी आराम से रहने की आदत है, लड़के, बहुएँ, नौकर-चाकर। वह कुछ समय मेरी भाग-दौड़वाली पद्धति को देखती रहीं। पढ़ाई-लिखाई, कामकाज, घर, बाज़ार। बात पर बात निकली तो उन्होंने आत्मीयता से कहा, "आपको इतनी मेहनत और भागदौड़ की ज़रूरत ही क्या है ? आपके पति हार्वर्ड युनिवर्सिटी में प्रोफ़ेसर हैं, आप उनके साथ घर में आराम से क्यों नहीं रहतीं ?" इस विचार में वह अकेली नहीं हैं। मेरी कई भारतीय सहेलियाँ इस बात को समझने में असमर्थ हैं कि मैं पति से 1600 मील की दूरी पर अलग क्यों रहती हूँ। नौकरी करती हूँ, बागवानी, मकान की मरम्मत, और तमाम झंझटों में व्यस्त रहती हूँ। साड़ी की दूकान पर मुझे एक साड़ी पसंद आ रही थी, मेरे पति को दूसरी। बंगलौर की बात थी। सेल्स गर्ल हारिणी ने कहा 'आप दोनों ले लें—जब पति के साथ जाएँ तो उनके पसंद की साड़ी पहन लें' तब बिना सोचे मेरे मुँह से निकल गया था, 'जब हम

बाहर जाते हैं तो मेरे पति मेरी पसंद की कमीज़ पहनते हैं, मैं उनकी पसंद की साड़ी नहीं', हारिणी को सुनकर कुछ ऐसा लगा था जैसे मैंने कोई बहुत विचित्र बात कह दी हो, और मैं कोई विचित्र जंतु होऊँ। पति की पसंद की साड़ी न पहनना शायद उसके विचारों की सीमा से बाहर था। अभी सहेलियाँ कहती हैं 'हरेंद्र को यह रंग पसंद नहीं है,' या कोई बहुत भोंड़ी चीज़ पहनकर गर्व से 'यह बलराम ने खरीदी है, यह विष्णु लाए हैं'—मैं उस पर कोई निर्णय नहीं देती पर मुझे यह विचित्र लगता है कि कोई पति गहने, कपड़े में अपनी रुचि पत्नी पर थोपता रहे और पत्नी उसके वश में इतनी रहे कि उसे स्वयं क्या पसंद है, इसे जानने का वह कभी प्रयत्न ही न करे। परंतु यह मेरी अपनी निजी भावना है और भारतीय सहेलियों का साथ चाय पीने, समोसा खाने और फ़िल्मी बातें करने तक ही है। हमारी जीवन-पद्धति एकदम अलग है। बाहरी दुनिया की कोई बात मैं उनसे नहीं करती, क्योंकि दो-एक बार पति व्यवहार से या बातों में प्रकट कर चुके हैं कि उन्हें अपनी पत्नियाँ ऐसी ही अच्छी लगती हैं, परतंत्र, अनगढ़, वशीभूत। जहाँ पुरुषों की इच्छा ही सर्वोपरि रहती है। मेरी भारतीय परिचिता को भी मेरी अपनी अस्मिता से यों जुड़ा रहना अजीब-सा लगा। मेरी पहचान विस्कांसिन विश्वविद्यालय की सीनियर प्रोफ़ेसर, हिंदी की लेखक के बजाय पति की संपन्नता और पद से बनती थी। उन्होंने आगे बताया कि उनके दो बेटियाँ हैं, देखने में गोरी, सुंदर इसलिए विवाह अच्छे घर में हो ही जाएगा। पिता के पास पैसा भी था। यह भावना बेटियों में बचपन से ही बैठा दी गई थी। इसलिए लड़कियों ने पढ़ाई-लिखाई पर ध्यान नहीं दिया। अमीर बापों के लड़के ढूँढ़कर शादियाँ कर दीं कि अब गोरे चेहरे की सिफ़त से ज़िंदगी भर चैन से बिताएँ। पर बड़ा दामाद सपरिवार अमेरिका में है। उसका आग्रह है कि पत्नी का अपना व्यक्तित्व हो, वह पति के सफल व्यवसाय में हाथ बटा सके; जब पति काम से बाहर जाए तो उसकी अनुपस्थिति में वह कारोबार सम्हाल सके। लड़की ने आफ़िस मैनेजमेंट में आगे पढ़ाई शुरू कर दी है, पर बात बन नहीं रही है। हर वक्त घबराई और नर्वस रहती है। सफल और पैसेवाला पति पाना ही उसकी सारी आकांक्षाओं की परिणति थी। इस दुरूह जीवन को सम्हालना उसके वश से बाहर की बात है। उसके ससुराल में सभी स्त्रियाँ काम करती हैं, कैरियरवाली हैं। सभी उसे कोंचती हैं। तब भारत से माँ बुलाई गई हैं कि बेटी को समझाएँ-बुझाएँ। यह दूसरे प्रकार का दुराग्रह है जिसमें स्त्री के अपने अधिकारों का उतना ही अतिक्रमण है। हर व्यक्ति को अपनी जीवन-प्रणाली निर्धारित करने का अधिकार होना चाहिए। यदि विवाह से पहले पति और पत्नी को ठीक तरह पता चल जाता कि उनकी एक-दूसरे से क्या अपेक्षाएँ हैं तो शायद यह स्थिति न बनती। परंतु हमारे समाज में अपना निर्णय अपने से छोटों या निर्भर लोगों पर आरोपित करने की परंपरा रही है। पिता का बच्चों पर, पति का पत्नी पर, गुरु का शिष्य पर; और

यह अपेक्षा की जाती है कि निर्णय स्वीकार ही किया जाए। विशेषकर पत्नियाँ अमेरिका में पतियों की संरक्षकता में बुलाई जाती हैं। उन्हें आने का वीज़ा ही इस बिना पर मिलता है, यह तथ्य उन्हें हमेशा पति के अधीन रखता है। विच्छेद होने पर उनका यहाँ रहने का कोई अधिकार नहीं बनता, अगर उन्होंने नागरिकता या हरा कार्ड न उपलब्ध कर लिया हो। शिक्षित होने पर भी बहुत-सी स्त्रियों को उनके अनुरूप नौकरी नहीं मिलती, जिस प्रकार की योग्यता यहाँ चाहिए, वह होते हुए भी अधिकतर एशियाई स्त्रियाँ खुली, आक्रामक, डाइनैमिक नहीं बन पातीं। या तो वह पार्टटाइम काम करती हैं या फिर ऐसी नौकरियाँ करती हैं जहाँ बड़े-बड़े पालिसी डिसिशन में उनका कोई हाथ नहीं होता। बैंक में क्लर्क, सुपरमार्केट में कैशियर, नर्सिंग होम या अस्पतालों में नर्सों की सहायक या दूकानों में सेल्सगर्ल का काम भले ही कर लें, किसी प्रकार की पावर उनके पास नहीं होती। इस सबके ऊपर दोहरा काम, क्योंकि घर के अधिकांश कामों की ज़िम्मेदारी स्त्री पर ही पड़ती है, वही घर की सफ़ाई करे, खाना बनाए, कपड़े धोए, बर्तन साफ़ करे। कुछ परिवारों में जहाँ पति की सत्ता सार्वभौम है, वहाँ पत्नी चुपचाप काम करती है, पर अंदर ही अंदर उसके अंदर रोष और क्षोभ उमड़ता रहता है। उसके चुप रहने में ही घर की शांति है। ऐसी भी स्त्रियाँ हैं जिन्हें नौकरी करना और घर सम्हालना दोनों रुचते हैं। मेरी पहचान की कई तमिल और कन्नडिगा स्त्रियाँ हैं जिन्हें पति और बच्चों की देखभाल में बहुत सुख मिलता है पर उनकी नौकरियाँ थकानेवाली नहीं हैं, या फिर वे पार्ट टाइम काम करती हैं। अधिकांश परिवारों में, कौन क्या काम करे, इस बात को लेकर अक्सर खटपट होती रहती है। अमेरिकन परिवार में पुरुषों और बच्चों के काम बँधे हुए हैं; घास काटना, कूड़ा फेंकना, घर की मरम्मत, रंग-रोगन यह सब पति करता है। बच्चे अपना नाश्ता स्वयं बना लेते हैं या अपने कमरे को साफ़ रखना भी उनसे अपेक्षित रहता है। इसके अतिरिक्त अमेरिकन बड़ा बच्चा कुछ कमाई भी करता है, अख़बार बाँटे या दूसरों की बर्फ़ साफ़ करे या पड़ोसी के कुत्ते टहलाए। बाज़ार हाट, खाना बनाना, कपड़ों की धुलाई, यह काम स्त्रियाँ करती हैं। भारतीय पत्नियाँ शिकायत करती हैं कि उनके पति घर के काम में मदद नहीं करते। यदि पति रोज़ ताज़ी रोटी चाहता है तो पत्नी को यह स्वार्थ-सा लगता है। वह बाज़ार की नान या पड़ोसी की तरह सुलभ भोजन पर क्यों संतोष नहीं कर सकता ? वे देखती हैं कि अमेरिकन पड़ोसी पत्नी के साथ बर्तन भी धुलवा लेता, है, बच्चे को दूध की बोतल भी बनाकर पकड़ा देता है, छोटे बच्चों को नहलाता-धुलाता भी है। अब कुछ पति गृहिणी बनकर घर रहने लगे हैं जबकि पत्नी नौकरी करती है और उसी की आय से घर चलता है। यह बात अधिकतर छोटी उम्र के दंपतियों में देखने को मिलती है जब बच्चे छोटे-छोटे होते हैं और परंपरागत रूप से माँ को घर पर रहकर उनकी देखभाल करनी चाहिए। आज के दशक में

पति और पत्नी की भूमिकाएँ गडमड हो गई हैं। भारतीय पति को इस तरह भूमिका वदलना मुश्किल लगता है। अगर किसी कारणवश उसकी नौकरी छूट जाती है और उसे घर पर बैठकर पत्नी की आय पर निर्भर रहना पड़ता है तो वह समाज को मुँह नहीं दिखा पाता। वह घर पर छिपा बैठा रहता है।

परंतु मैं अपने विचार अपने तक ही रखती हूँ, मेरी सखियाँ अपना जीवन कैसे जिएँ, या मेरी परिचिता को अपनी बेटी को क्या राय देनी चाहिए, इसमें मैं कुछ भी नहीं कहती। हरेक को अपनी जीवन-प्रणाली, जीवन में द्वंद्व के हल अपने आप ही ढूँढ़ने होते हैं, और फिर अमेरिका में तो किसी के जीवन में हस्तक्षेप करने का रिवाज ही नहीं है। मैं केवल यही कह सकती हूँ कि मेरे जीवन की व्यस्तता, भाग-दौड़ और जटिलता मेरे मानसिक सुख और संतुलन के लिए बहुत आवश्यक है। शायद मेरी शिक्षा और मेरा पालन-पोषण इस प्रकार किया गया जिसमें मुझे संपूर्ण, स्वतंत्र विचारों और धारणाओं वाला व्यक्ति बनने का अवसर मिला। जब वर्षों पहले मुझे फुलब्राइट फेलोशिप पर आगे पढ़ने के लिए अवसर मिला तो मुझे किसी की आज्ञा लेने की ज़रूरत नहीं पड़ी। जब मैं यहाँ रह गई, तो परिवार में शोक हुआ, पर किसी ने भारत लौट आने के लिए दबाव नहीं डाला, बल्कि सबसे भविष्य के लिए सुख की शुभकामनाएँ ही मिलीं। पर मैं जानती हूँ कि मेरे विकल्प हर स्त्री के विकल्प नहीं हो सकते। जिन स्त्रियों की शादी परिवार की इच्छा के अनुसार सत्रह और अठारह वर्ष में हो गई है और साल-भर बाद ही वे बच्चों को जन्म देने की प्रक्रिया में व्यस्त हो गई हों, उनके लिए अपने को रूढ़ियों से मुक्त करना, और परंपराओं से विद्रोह करना बहुत मुश्किल है। और काफ़ी स्त्रियाँ भले ही अमेरिकन टेलिविज़न में फिल डोनाह्यू और ओप्रा विनफ्री को देखकर नवीन विचारों से परिचित हो गई हों, उन्होंने बाल कटा लिए हों और अमरीकी परिधान पहनने लगी हों, पर अंदर से वे पति के विचारों की छाँह में, उसके संरक्षण में ही सुखी दीखने का प्रयत्न करती हैं, चाहे वह अंततः सुखी हों या नहीं। यह तथ्य तभी उभरकर आता है जब हम अमरीकी परिवेश में भारतीय विधवाओं को देखते हैं। कुछ कई-कई वर्षों बाद भी पति की स्मृति से जुड़ी संन्यासी की भाँति रह रही हैं। कुछ को एक तानाशाही पति के मरने के बाद इंश्योरेंस का रुपया, घर, विधवाओं की पेंशन सभी मिल रही है। चाहे वे अंतरतम में स्वीकार न करें परंतु वह पति की तानाशाही से मुक्त होकर स्वस्तिपूर्ण और संतुष्ट दीखती हैं। यह बात नहीं है कि वे पति की मृत्यु से प्रसन्न हैं या उन्हें भूल गई हैं। परंतु उन्हें सब कुछ अपनी इच्छानुसार करने का अधिकार मिल गया है। जो चाहें पहनें, जो चाहें करें, जहाँ चाहें जाएँ, अब उन पर अंकुश नहीं है। उन्हें समाज की सहानुभूति और मानसिक संबल भी मिला हुआ है, जो कि एक तलाक़शुदा स्त्री को नहीं मिलता। वह लांछित और तिरस्कृत रहती है, भले ही अकेले रहने पर उसे शांति मिलती हो। हर परिवार में बच्चों, पति और पत्नी

को अपनी ही तरह तालमेल बैठाना पड़ता है और अक्सर यह भार पत्नी के ऊपर ही पड़ता है कि वह नौकरी और घर, पति, बच्चों और अपनी इच्छाओं के बीच संतुलन रखे। कैसे भी हो तालमेल बैठाए, मेरा उत्तर हर किसी का उत्तर नहीं हो सकता, जैसे मेरे जीवन की उपलब्धियाँ हरेक की नहीं हो सकतीं। मेरी सखियाँ मुझे बहुत करुणा और दया की दृष्टि से देखती हैं। अपने सजे-बजे परिवार के बीच उन्हें सुरक्षा और स्थायित्व की अनुभूति होती है। वे मातृत्व में जीवन की पूर्णता ढूँढ़ती हैं—मैं एक दूसरे तट से उन्हें देखती हूँ। जानती हूँ कि मेरे यायावर जीवन, उपन्यास, पात्र, कहानी गढ़ने से उन्हें कहीं न कहीं कुछ ईर्ष्या ज़रूर होती है। अक्सर सुनने में आता है, अगर हमारी शादी न हो गइ होती तो हम भी कहानियाँ लिख सकते थे, पी-एच. डी. कर सकते थे, प्रोफ़ेसर बन सकते थे। तब हँसकर, धीरे-से यह कहने के अतिरिक्त कि 'अभी भी यह सब किया जा सकता है', मेरे पास कुछ और नहीं बचता।

अंतिम पत्र

पिछले कई सप्ताहों से आप श्रोताओं को पत्र द्वारा संबोधित करती आई हूँ। यह पत्र उस शृंखला की अंतिम कड़ी है। अगले सप्ताह से अगर मैं पत्र लिखूँगी तो वह भारत से अमेरिका की ओर प्रेषित होंगे, क्योंकि कल, ढाई वर्षों की अवधि के बाद, मैं भारत आ रही हूँ।

एक प्रवासी के लिए घर लौटना एक मधुर और कचोटभरा अवसर होता है। घर से हम विदेश के लिए निकलते हैं तो आँखों में एक स्वप्न होता है। नए अनुभवों के लिए उत्साह रहता है। मन में एक ऊर्जा और शक्ति होती है, पर लौटते हुए मन में अनेक भावनाएँ गडमड होती रहती हैं। अपने परिवार में बैठने का सुख, अपनी भाषा बोलने का आनंद, और अपना देश। यह सब आह्वान करता है, पर साथ ही कहीं छुपा यह बोध भी रहता है कि हम पूरी तरह घर नहीं लौट पाएँगे। हमारा एक अंश, हमारी भावनाओं और अनुभवों का एक भाग जैसे पीछे रह जाता है। अलमारी में लटकते कपड़े, रसोई के बर्तन, डिब्बों में बंद पुराने पड़ते अचार और चावल, गैरेज में खड़ी मोटर, जैसे हर चीज को हमारे लौटने की प्रतीक्षा रहती है। और भारत में सबसे घिरकर भी हम जानते हैं कि हमें लौटना है और फिर उसी व्यस्तता, और अकेलेपन से जूझना है। मुझे उन लोगों से ईर्ष्या होती है जो भारत या स्वदेश असंलग्न भाव से सिर्फ़ छुट्टी मनाने और ख़रीदारी करने के मूड में जाते हैं।

भारत में अधिकांश लोग किस प्रकार रहते हैं, इसका ख़्याल मुझे बराबर रहता

है। बंबई हो या हैदराबाद या दिल्ली, बस के लिए लंबी-लंबी लाइनें, थके चेहरे वाली दफ्तर से लौटती माँएँ, जिनके थैले से शाम को घर में बननेवाली सब्जी झाँकती रहती है। भारत में हर दिन संघर्ष से भरा हुआ होता है, चाहे सुबह दूध लेने जाना हो, या बाद में दफ्तर। कभी बिजली गायब है, कभी पानी। यह वहाँ का यथार्थ है, यहाँ का यथार्थ भी उससे कम कटु नहीं है। भले ही अमेरिका में बिजली कभी नहीं जाती, पानी की इतनी इफ़रात है कि कभी सोचना नहीं पड़ता। खाना सस्ता है, कपड़े, जूते, चप्पल से लेकर टेलिविज़न तक हर चीज़ आसानी से उपलब्ध है।

अमेरिका बहुतायत का देश है। साथ ही यहाँ सिरफिरे और बावले लोगों की भी कमी नहीं। यहाँ कोई भी संबंध स्थायी नहीं है, पत्नी, बच्चे, माँ-बाप, अड़ोसी-पड़ोसी, कभी भी कोई बंदूक निकालकर किसी पर भी चला सकता है। यही नहीं, जैसे पारिवारिक और मानवीय भावनाओं का लोप होता जा रहा है। माँ और पिता द्वारा क्रोध आने पर अपने छोटे बच्चों की हत्या भी आम तौर से पढ़ने में आती है। तब लगता है कि कितना विचित्र है यह देश। यह बात सच है कि भारत जैसे देश की तुलना में यहाँ पैसा बहुत है। आराम और सुविधाएँ भी अधिक हैं। कुछ लोग बराबर वापस जाने की बात करते हैं, पर साल के बाद साल निकलते जाते हैं और लौटने का मुहूर्त नहीं आता। और कुछ ऐसे जमे हैं कि भारत जाकर रहने का विचार भी नहीं करते। वह अपना नाम अशोक से चार्ल्स कर लेते हैं, उनकी पत्नी देवयानी से डबी हो जाती है। शायद उन्होंने कुछ नहीं खोया होगा। शायद भारत से उनका लगाव इतना गहरा नहीं होता, या उनमें नई जगह अपने को आरोपित करने की अधिक क्षमता होती है, जो मुझमें नहीं है।

बार-बार भारत लौटना मेरे लिए एक अनिवार्यता है। परिवार के साथ घिरकर बैठना, सुख-दुख बाँटना, पुरानी मित्रों से लंबे-लंबे वार्तालाप, हर समय अपनी भाषा सुनने का सुख, यह सभी मुझे नई प्रेरणा से भरता रहता है।

आप श्रोताओं से यह पत्राचार भी मेरे लिए एक सुखद अनुभव रहा, इसके माध्यम से मुझे स्वयं अपने और अपने वातावरण को नई दृष्टि से देखने का अवसर मिला। अब आपसे विदा लेती हूँ, नमस्कार।

●●●